# 少年籠城《しょうねんろうじょう》

櫛木理宇
KUSHIKI RIU

集英社

c o n t e n t s

少年

しょうねんろうじょう

籠城

# プロローグ

　記憶の中の〝梨々子《りりこ》ちゃん〟は、いつまでも十一歳のままだ。

　彼女との思い出は、たいてい柳楽《やぎら》家の書庫とセットになっている。ずらりと並ぶ本の背表紙。古紙の黴《かび》くささ。天窓の磨《す》りガラスから斜めに射しこむ光の帯。その帯の中で降るように舞う、こまかな塵《ちり》。

　そんな書庫の壁にもたれて座り、いつも梨々子は本を読んでいた。


　だが柳楽家の長男である司《つかさ》には、書庫など場所ふさぎで鬱陶《うっとう》しいだけだった。

「あんなのより、おれはゲーム専用の部屋がほしいよ」

「じゃあ司くん、立場を取っ替えて」

　司が愚痴るたび、梨々子はそう反駁《はんばく》した。

「わたしが司くん家《ち》の子になるから、司くんはうちの子になりな。うちなら一日じゅうゲームしてようがテレビ観てようが、親はなんにも言わないよ」

「おー、いいね。取り替えようぜ」

応じながらも、「それはやだな」と胸中で司は思う。

司の家には父親しかいない。〝梨々子ちゃん〟には母親しかいない。お母さんがいることも、一日じゅうテレビを観ていられることも、確かにうらやましい。でもやっぱり〝梨々子ちゃん〟に成り替わりたいとは思わない。

――だって、〝梨々子ちゃん〟のうちは。

そんな司の心を悟ったか、梨々子がふんと鼻を鳴らし、ふたたび本をひらく。

かぼそい腕にはいくつもの青痣《あおあざ》がある。火傷《やけど》の痕があり、刃物でできたらしい古傷が走っている。その日とくに目立っていたのは、左目をぐるりと囲む痣だった。治りかけの痣は紫に変わりつつあり、まわりはぞっとするような暗黄色でまだらに染まっていた。

――でも、傷のことだけじゃない。

家をほんとに〝取り替え〟たなら、きっと彼女はもうおれと遊ばない。

梨々子ちゃんのお目当ては、おれじゃなくこの書庫だ、と彼は信じていた。書庫が自分のものになれば、彼女が司と幾也《いくや》に付きあう義理はなくなる。三角サッカーも、川遊びも、司たちのゲーム観戦もしなくなるだろう。

この書庫には父の蔵書だけでなく、死んだ母の愛書も並べてあった。『クラバート』『指輪物語』『赤毛のアン』『ジェーン・エア』『はてしない物語』『飛ぶ教室』『子どもだけの町』『ナルニア国ものがたり』……。どれも、梨々子のお気に入りだ。

「そんじゃあさ、おれの妹になるってのはどう？」

棚に寄りかかり、司はなるべくさりげない口調で言う。

「取り替えっこより、そのほうがいい。おまえがうちの食堂継いでくれよ」

「え、わたしが継いでいいの？」

梨々子の目が輝いた。

「もちろん。でも一生、他人のメシ作って生きてかなきゃいけないぜ」

「いいよ、そんなの全然いい。ていうか、それのなにがいやなのかわかんない」

むきになって言いかえす梨々子に、

「ああ違う違う、わかった。おまえ幾也とケッコンすりゃいいんだ」

と司は膝を打った。

「あいつん家はさ、姉ちゃんも本好きなんだぜ。それに幾也の親父さんは店やってねえもん。あいつとケッコンすれば本が読めて、食堂もやんないで済むじゃんか」

矢継ぎ早にそう言いつのる。なぜって、司は知っていた。

――幾也は、〝梨々子ちゃん〟が好きなんだ。

だからおれは協力してやらなきゃいけない。男の友情ってやつだ。男同士の絆は永遠だって、こないだ読んだ漫画に描いてあったからな。

「――司くんはさあ、きっと一生ケッコンできないね」

つまらなそうに梨々子が天窓を仰ぐ。

「は？」

「女心が全然わかんないもん。そんなんじゃ、一生無理だと思う」

「なに言ってっかわかんねえ」

司は首を振った。だが言葉とは裏腹に、なぜか胸がどきりとした。これ以上、この会話をつづけるのは危険な気がした。

「……おまえ、その本好きだよな」

話をそらすべく、梨々子が膝に広げた本を指さす。

松谷《まつたに》みよ子《こ》の『ふたりのイーダ』だ。これもまた、亡母の愛書であった。

司もすこし読んでみたことがある。だが怖くてすぐやめた。椅子のお化けが、女の子を捜して歩きまわる話なのだ。なんだか暗い雰囲気がしたし、気味が悪かった。

「それ、おまえにやるよ。持って帰れば？」

「なに言ってんの。駄目だよ、司くんの本じゃないでしょ」梨々子が眉をひそめる。「勝手にそんなこと言ったら駄目」

「そうか？　じゃあ、期限なしで貸してやる」

「いいの？」

「うん。返すの、いつでもいいよ」

親父にはおれから言っとくから――。そう付けくわえた。

その瞬間、梨々子がどんな顔をしたのか司は覚えていない。

たぶん笑ったんだろう、と思う。嬉しそうに顔をくしゃっとさせて、目を細めて笑ったに違いない。しかし三十一歳になったいまでも、彼はその顔をどうしても思いだせない。

わかっているのは、その本が書庫に戻らなかった、という事実だけだ。

本と一緒に〝梨々子ちゃん〟は消えてしまった。

ある日、母親とともにいなくなった。

彼女たちが住んでいた部屋はからっぽのがらんどうになり、一箇月もすると、別の誰かが当たりまえのように住みはじめた。それ以来、司は彼女に会えていない。

司と幾也は、彼女を失ったのだ。たぶん永久に。

日に焼けて背表紙が薄れた『ふたりのイーダ』とともに。

# 第一章　端緒

## 1

夏休みが明けたとはいえ、まだまだ蟬の声はうるさかった。

エアコンを二十度設定で効かせても、厨房《ちゆうぼう》の中は暑い。火のついたコンロの前に立っているだけで、うなじにも背にもじんわり汗が湧いてくる。

固定電話の子機から響く声を、柳楽司は片耳で聞いた。

「だからな、おれは言ったんだよ。『いつまでも若いつもりなのは自分だけ。免許なんざ、さっさと返納しちまえ』って……」

子機から聞こえてくるのは、スピーカーフォンにした父の声だ。

父はこの『やぎら食堂』の先代店主である。五十五歳の誕生日を機に、店を息子に譲って田舎へ引っこんだのだ。

妻に先立たれた男三人——ほかに元古本屋の店主と、元喫茶店のマスター——で徒党を組み、いまは年寄りばかりの限界集落に住んでいる。古民家でちいさな畑を耕し、雨の日には大好きな本を読みふけるという、単調かつ優雅な暮らしだった。

「まったく田舎の年寄り連中には困ったもんさ。自損事故を起こしても、けろっとしてやがる。大怪我したらどうするんだって、何度も注意してるのに」

「そうは言っても、あの村で車なしじゃ暮らせないだろう」

鰯《いわし》の梅干《うめぼし》煮《に》の火加減を見つつ、司は父に反論する。

「バスは一日二本きりなんだっけか？　なら免許を手ばなせなくて当然だ。親父もあんまりお節介するなよ。しょせんよそ者なんだから、嫌われたら住みづらいぜ」

「いやあ、気ごころが知れてるからこそ、遠慮なくものが言えるのさ」

と父は軽くかわして、

「もし村八分にされたとしても、こっちは男三人で結束してるしな。最低限の暮らしは確保していける。ノープロブレムだ」

「はいはい。そりゃよかった」

「なにがはいはいだ、最後にものを言うのはやっぱり友情だぞ。……なあ、司」

父の声のトーンが変わる。

「というわけで、おまえもそろそろ幾也くんと仲なおりを――」

「だーかーら、何度言わせせんだよ。おれはあいつと喧嘩《けんか》なんかしちゃいないっての！」

司はぴしゃりと父を遮った。

「しょうもない雑談だけなら、もう切るぞ。おれは仕込みで忙しいの。じゃあな。つづきがあるならメールで送っといてくれ」

一方的に言い、切った。

子機を充電器に立てかけ、ふうと司は息を吐く。

――そう、喧嘩などしていない。

幼馴染みの三好《みよし》幾也が、ただ店に食べに来なくなった。それだけだ。

理由はわかっている。所轄署の警察官である幾也は、去年の春に刑事課から異動して内勤になった。となれば外で食う機会が減るのは当然だろう。同時になぜか連絡も途切れたが、忙しいだけだ、と司は己に言い聞かせていた。

なのに父は無神経にも、

「幾也くんはまだ顔を出してくれんのか」

「喧嘩はよくないぞ。おまえから譲歩したらどうだ」

などと毎度ちくちく言ってくる。

――譲歩もなにも、その譲るもんの心あたりがないんだよ。

ひとりごちて、司はコンロの火を止めた。梅干煮の鍋から煮汁をひとすくいし、味を見る。

――うん、美味《うま》い。

さて次は豚汁の仕込みだ。

まずは牛蒡《ごぼう》である。風味が失《う》せるからあまり剝《む》きたくないが、九月の牛蒡は旬とは言えない。ぶ厚い皮をピーラーで軽く剝き、ささがきにし、五分ほど水にさらしておく。

その間に、ほかの具材を刻む。この時季の白菜は高いから、キャベツで代用だ。キャベツは一口大、大根と人参は銀杏《いちょう》切りにする。

長葱《ながねぎ》も高くて手が出ないため、玉葱を使うことにした。だがあまり大量に入れると甘くなる。量を加減しつつ、半月切りにしていく。

『やぎら食堂』の定番メニューは、なんといってもこの豚汁である。

一年を通して、司は毎日必ず豚汁を仕込む。

ほかの定番といえばハンバーグ、竜田揚《たつたあ》げ、豚の生姜《しょうが》焼き、鯖《さば》の味噌煮、ポテトサラダ、焼きそば、出汁巻《だしま》き玉子といったところか。あとは客のリクエストを聞きつつ、旬の安い食材を使ってこしらえていく。

す、と入口の引き戸がわずかに開いた。

まだ開店時刻ではない。引き戸には『準備中』の札も下げてある。しかし薄く戸を開けて、誰かが半分顔を覗《のぞ》かせている。

司は目をすがめた。

十歳前後の女児であった。はじめて見る顔だ。

ベリーショートと言えるほど短く切った髪。色褪《いろあ》せたピンクのワンピース。服の中で、瘦せた体が泳いでいる。どう見ても誰かのお下がりだった。

豚汁の具材をさっと炒《いた》め合わせながら、

「名前は？」と司は訊《き》いた。

「……ココナ」

「どんな漢字かわかるか？」

「心に、えーと、菜……は、こういう字」

空中に指で字を書いてみせる。司はうなずいた。

「よし心菜《ここな》、入って戸をぴったり閉めろ。冷房がもったいないからな。――店《うち》のことは、誰から聞いた？」

「えっと、『千扇《ちせん》』の番頭さん……。あと、和歌乃《わかの》ちゃん」

なるほど、と司は納得した。温泉旅館『千扇』の番頭のしなびた顔と、和歌乃の猫目が脳裏に浮かぶ。

「和歌乃ならうちの大常連だぞ。仲いいのか」

「まあまあ」

「じゃあとっくに聞いてるだろうが、うちの料理は子どもに限り、なんでも百円だ。百円がないなら、別の支払い方法もある。割らずに皿を洗える子にはカツ丼。表を掃き掃除できる子は親子丼。客の皿を厨房に下げて、テーブルを拭ける子は玉子丼だ。さて、心菜はなにができる？」

「掃除できるよ」心菜は即答してから、

「あ……でも、玉子がいい。玉子丼」

おずおずと付けくわえた。

「そうか。掃除できるけど玉子丼、な」

鰹《かつお》出汁を張った鍋に、司は豚汁の具材を順に放りこんだ。

「ちなみに鶏肉は嫌いか？　唐揚げとか、チキンナゲットとか食えないか」

「……ううん、好き」

「そっか。じゃあ初回サービスで鶏肉も入れてやろう。鶏肉入りの玉子丼だ。代わりにおまえは表の掃き掃除をする。これでいいな？」

「うん。いい」

心菜がうなずいた。強張《こわば》っていた頬が、ようやくほっとゆるむ。

『やぎら食堂』では、この手のやりとりは珍しくない。店にはじめて来る子どものうち、約四割は「親子丼」という単語を知らない。なぜなら親子丼を作って食卓に出す親がおらず、本を読まないから語彙が乏しく、学校にも行っていないせいだ。

しかしながら、子どもはプライドの高い生き物である。「オヤコドンってなに？」と無知を認め、「テーブル拭きしかできない」と卑下するくらいなら、

「掃除できるよ！　でも玉子丼が好きなの」

と強がってみせる。それが子どもというものだ。

「よし心菜。掃除はあと。食うのが先だ」

司はカウンター席を親指で指した。

「十分待てるか？　もうちょっとで豚汁ができる。玉子丼はそのあとな」

「うん」心菜がストゥールを引いて座る。

玉杓子《たまじゃくし》に取った味噌を、司はゆっくりと煮汁で溶きのばした。味噌のいい香りが店じゅうに広がっていく。

心菜の喉が、ごくりと上下した。

親子丼を食べる心菜を横目に、司は厨房を出て引き戸を開けた。表に下げてある『準備中』の札

を裏返し、『営業中』に替える。

二人目の客は、五分と経たず入ってきた。

「よう司ちゃん。カレーくれ。カレーライスの大盛りだ」

「残念だな。今日はカレーは仕込んでない」

「ちぇっ。相変わらずひでえ店だ」

そう顔をしかめるのは、道向こうの角に立つ『かなざわ内科医院』の院長である。とうに還暦を過ぎた頭は禿《は》げあがり、磨いたように光っている。

「メニューの安定した店がいいなら、ファミレスに行きな」

「マジでひでえ店だ」

金沢院長は苦笑して、「じゃあなにがあるんだよ?」と訊く。

「『魚辰《うおたつ》』に鰯のいいのがあったんで、梅干煮にした。あとは秋鯖《あきさわら》の味噌煮。秋刀魚《さんま》の塩焼き、もしくは刺身。鮭ならフライかな。肉は、新鮮なレバーが入ったからレバニラ。ニラ抜きの、もやしのみにもできるぜ」

「じゃあ最後のそれ」

院長が膝を打った。

「午後も往診するんだ。息がニラ臭くなっちゃまずい」

「どうせマスクするだろ」

司がそう応じたとき、引き戸が開いて三人目が入ってきた。

「おい司ちゃん、野菜くれ野菜。薄味でな。こないだの健診で、血圧が引っかかっちまってよ。女房がうるさくてたまらん」

「野菜より青魚がいいぞ」司は言った。

「今日のおすすめは鰯の梅干煮だが、いやなら秋刀魚にしなよ。それに小松菜のおひたしときんぴらの小鉢を付けて、肉すくなめの豚汁でどうだ」

「いいね。そいつでいく」

ぽんぽんとお互い遠慮なく言い合えるのは、全員がこの泥首《どろこべ》温泉街の住民で、司が幼い頃からの顔馴染みだからだ。

磐垣《いわがき》市大字泥首は、県内有数の温泉街である。

硫黄を多く含む低張性弱アルカリ性高温泉で、源泉は約五十度。肩こり、リウマチ、皮膚病、婦人病、神経痛、軽度の高血圧に効くと言われる。メインストリートには一泊四千円台の安宿から、一泊五万超えのホテルまでがずらりと立ち並ぶ。

そんなメインストリートからバスで一区間離れた繁華街のはずれに、この『やぎら食堂』は建っていた。

ちまたに〝子ども食堂〟なる言葉が広まって久しい。だがそのはるか前から、腹を空かした子どもに食事を提供してきた店であった。

なぜなら泥首には、平日の日中に街をうろつく子どもが多い。その大半が、温泉旅館に住み込みで働くシングルマザーたちの子である。

店の常連たちもむろん、そのへんの事情はよく心得ていた。

「うちの店は子どもらを食わせてやんなきゃいけないんだ。そのぶん料金に上乗せするが、いやなら来るな」

と公言する司に、「無礼だ」などとは誰も言わない。

「教育によくないから、十九時以前に酒を頼む客はおことわり。その代わりアルコールを出す時間帯になれば、子どもは一人も入れない」

等々のルールに、双手《もろて》を挙げて賛成している。司いわく「気のいいおっちゃんの群れ」が、この『やぎら食堂』の常連たちなのだ。

そんな客たちが店に押し寄せ、ほぼ満席となった頃。

「こんにちはぁ」

かん高い声とともに、引き戸が勢いよくひらいた。

「あーなんだ心菜、先に来てたんじゃん」

掃除道具入れから出てきた心菜に、先頭の少女がマスクを下げて笑う。厚めの前髪の下で、大きな猫目がきゅっと細まる。

「おう和歌乃、いつも客引きありがとうよ」

フライパンを振りつつ司は言った。

「おかげで新規の客が獲得できた」

「いいっていいって、気にしないで。店長とあたしの仲じゃん」

和歌乃はカウンターのストゥールを引いた。

しかし腰を下ろす前に、同じくカウンターに座る『千扇』の番頭にぺこりと頭を下げることは忘れない。和歌乃が後ろに引き連れた、芽愛《めあ》と蓮斗《れんと》も同様だ。

彼らの母親はみな、温泉旅館で住み込みの仲居をしている。和歌乃と芽愛の母が『千扇』、蓮斗の母が『ひさご屋』勤務という違いはあれど、番頭の前を素通りできぬ立場は同じであった。

今年で十五歳になる和歌乃は、同じ境遇の子どもたちのリーダー的存在だ。

芽愛は十二歳。蓮斗は九歳。どちらも和歌乃が数年前に、

「店長。この子らに食べさせてやってよ」

とこの店へ引っぱってきた〝上客〟である。

「和歌乃は実績があるから皿洗いな。一時間めいっぱい洗えよ。芽愛は皿を拭いて片づける係。蓮斗は洗面所の床をモップ掛けだ。で、今日はなにを食う？」

「唐揚げ！」

勢いよく蓮斗が手を挙げた。

「あたしは……なにか、ヘルシーで野菜多めのやつ」と和歌乃。

「じゃあレバニラか」

「ちょっとぉ！　乙女が昼間からニラなんか食べるわけないでしょ。もっとこう、サラダ的な感じにしてよ」

「はいはい。そんじゃおまえはキャベツのサラダに鰯の梅干煮で、血液さらさらになっとけ。芽愛は、いつものでいいな？」

芽愛が無言でうなずく。

小鍋に取り分けておいたぶんの豚汁に、司はかねて用意のスパイスを放りこんだ。

この小鍋には味噌を溶いておらず、代わりにホールトマトを一缶ぶちこんで煮詰めてある。スパ

イスはクミン、コリアンダー、ターメリック、そして市販のカレー粉だ。

じきに店内に、カレーの匂いが漂いはじめた。子どもが食べる甘口スパイスカレーの香りであった。

「おいおい、おれにさっき『カレーはない』って言わなかったか?」

さっそく金沢院長が抗議する。

司は片手を振ってあしらった。

「いい歳して大人げないこと言うなよ。しょうがないだろ」

——そう、しょうがない。

芽愛は偏食だ。なぜって彼女は八歳四箇月になるまで、食パンとレトルトカレーとスナック菓子のみで生きてきた。

暴力夫から逃げまわる過程で、芽愛の母親は心を病んだ。わが子の食事の支度まで手がまわらなかった。だから今も芽愛は、ほかの食べ物をほぼ受けつけない。この豚汁アレンジの、野菜たっぷりのカレーを食べるようになっただけでも大した進歩なのだ。

「いいから院長は黙って食えよ。文句ばっか言ってると、よけいハゲるぜ」

「まったくひでえ店だ」

金沢院長が三たび慨嘆して、「いい大学出てるくせして、司ちゃんはなんでそう口が悪《わ》りいかな」とぼやく。

「え、店長って大学出てんの?」

なぜか和歌乃が目をまるくした。

「なんだ、おれが大学出てちゃおかしいか」

「ううん。おかしくはないけど」

鰯の梅干煮を箸でつついて、上目づかいに言う。その横では蓮斗が、大口を開けて唐揚げを頬張《ほおば》っている。

「……あの頃は、店を継ぐ気はなかったんだ」

ぽつりと司は言った。

そうだ。大学受験した当時は、こんな片田舎の食堂の親爺《おやじ》で終わる気はなかった。

彼は福祉に携わる仕事をしたかった。とりわけ児童を対象とした福祉にだ。大学では社会福祉学を専攻し、児童心理学や心身健康科学を中心に学んだ。状況が許せば、ほんとうは院にまで進みたかった。

なぜ児童福祉を志《こころざ》したかと言えば、それは――。

「そうだ店長。これ返すね」

思いだしたように、和歌乃がバックパックから本を引っぱりだした。

店の本棚から貸し出していた、手塚治虫《てづかおさむ》の『ブラック・ジャック』三巻である。

「あ、知ってる！　それ怖《こ》えーんだぜ。気持ち悪りい絵がいっぱいなの」

口から飯粒を飛ばしながら蓮斗が言い、

「ちょっと、きったないなぁ。飲みこんでからしゃべんなよ」

芽愛が顔をしかめる。

その隣で金沢院長が、腹を擦《さす》りながら言った。

「おい司ちゃんよ。なんかデザートはねえのか」

「カスタードプリンなら蒸してある」

甘口カレーを味見し、塩で味をととのえて司は答えた。

「それ以外だと、今日出せるのはバナナシャーベットくらいかな。あとはそこらで売ってるバニラの棒アイスか、もらいもんのカステラしかない」

「んじゃカステラをくれ」

「あいよ」

応えて司は、『風月堂《ふうげつどう》』のカステラを二きれ平皿に取った。斜めに薄く切ったバナナを添え、生クリームを絞り、チョコレートソースを幾重にも細くかけてから、ミントの葉をちょこんと挿す。

「たんと食え」

「おまえなぁ……。おれに出す皿を洒落《しゃれ》てどうする。凝らなくていい方向に凝るんじゃねえよ」

文句を垂れつつも、金沢院長はカステラを嬉しそうに切り分けた。

2

その死体は、河原に転がっていた。

風のない日だった。地元住民が「小笹川《こざさがわ》」と呼ぶ川が、水面にペットボトルやビニールのごみを浮かせ、虹色の油膜をぬんめりと陽《ひ》に弾かせている。

死体はうつろな目を見ひらき、晩夏の青空を仰ぐように大の字に倒れていた。

十歳前後の男児であった。

青のボタンダウンシャツにハーフパンツ。どちらも量販店の安物だ。食べこぼしの染みだらけで、全体に垢じみている。また袖も裾も短すぎる。

おそらく親が成長を無視し、何年も同じ服を着せつづけたに違いない。だがその安っぽいシャツとパンツを剝《は》げば、誰もがきっと瞠目《どうもく》するだろう。

男児の下半身は、切創にまみれていた。

鋭利な刃物での創《きず》だ。×字を描く創は下腹部や太腿《ふともも》だけでなく、陰茎と睾丸にまで及んでいる。滅多切りであった。とくに睾丸の片方は、皮一枚でかろうじて繫《つな》がっている惨状だった。

そして創にまみれた鼠蹊《そけい》部は、現在進行形でじわじわと暗緑色に変わりつつある。腸内細菌と外来菌による、腐敗の色であった。そのぞっとするような緑は、まだ顔までは達していない。代わりに顔面を這うのは、蛆《うじ》だった。

鼻孔、耳孔、眼球などに産みつけられた蠅《はえ》の卵が孵化《ふか》したのだ。蛆はまだ二ミリ程度で、死体が捨てられたのが約半日前だと物語っている。今日も気温は三十度を超えた。蛆の成長も、当然ながら早かった。

創だらけの下半身とは対照的に、彼の上半身には三箇所しか創がない。しかしそのすべてが深い刺創であった。そのうち一創は右心室を、一創は太い動脈を傷つけ、彼の命を血液とともに流し去った。

眼球はとうに乾き、濁っていた。死後硬直は全身に達していた。また、舌の先端が切りとられてもいた。

パトカーのサイレンが近づいてくる。

あきらかに、この河原に向かっている。

男児の死体を発見した通行人が、十分ほど前に一一〇番通報したからだ。

通行人は初老の男性だった。いまは草むらで嘔吐《おうと》している。男児が発する腐敗臭のせい、そして男児と同じ年ごろの孫がいるせいだった。肉体的にも精神的にも、ショックを受けていた。

その次に男児を目にしたのは、パトカーで到着した巡査と巡査長だ。通信指令室より無線連絡を受け、この河原に急行した交番勤務員である。

「こちら現場到着《ゲンチャク》。ただいま、通報者を確認中――」

巡査長が無線で一報を入れる。

その間に、出動服をまとった機動捜査隊が到着した。

河原の脇にパトカーが集結しつつある。ルーフの上で、赤色警光灯《けいこうとう》を派手に回転させる。同時に野次馬も集まりはじめていた。

機動捜査隊員が、きびきびと現場をイエローテープで区切っていく。

野次馬は手に手にスマートフォンを掲げていた。男児の死体など写しようもない距離から、つま先立って背伸びし、腕を伸ばしてシャッターを切る。

やがて新たな捜査車両が二台、脇道に横づけされた。所轄署刑事課の捜査員と、鑑識係の車であった。

彼らが現場をカメラで撮影し、足跡を調べ、毛髪や繊維、血液などを採取する間にも、やはり男児はもの言わぬ死体として転がっていた。

# 3

「おーい、三好ぃ」

磐垣署警務課は留置管理係の島に、係長ののんきな声が響く。

「……はい？」

三好幾也はパソコンモニタから顔を上げた。

「なんですか、係長」

「あーあれだ。おまえも聞いとるだろ？　小笹川の河原で見つかったマル害。小学生くらいの子で、身元不明のやつ」

「はあ、まあ」

幾也の眉間に、われ知らず皺《しわ》が寄る。しかし係長は彼の皺など頓着せず、

「うちの管轄区域だからな、当然ながら署内に捜査本部《チヨウバ》が立った。ついては警務課からも兵隊を派遣しろとよ。てなわけで、おまえ行ってくれ」

「なんでおれが」

「なんでってそりゃ、ほかに使えそうなやつがおらんもの」

しれっと係長は答えた。

「知ってるだろ。生活安全課《セイアン》も地域課《チイキ》も、目ぼしいやつはみんな塚本町《つかもとちよう》の殺人《コロシ》に動員済みだ。となれば残りの課から、なんとか人員をかき集めにゃなるまいよ」

塚本町のコロシとは、先々月に発生した女性会社員殺人事件だ。この磐垣署から徒歩二分とかからぬアパートで、二十代の女性が絞殺されたのである。

目と鼻の先で起こった事件だけに、解決には磐垣署の面子《メンツ》がかかっている。捜査員をはじめ、署員の誰もが意気込んでいた。

——なのに解決せぬうち、別の死体が発見されてしまった。

人員が足らなくなって当たりまえだ。

地方の所轄署では、「年に一回捜査本部《チヨウバ》が立てば、それだけで年度予算を使いきる」と言われる。それほどに田舎の殺人事件は珍しい。現にこの磐垣署管内は、一昨年も去年も大きな事件はなかった。

——まだ九月だというのに、二件たてつづけか。

いやな当たり年だ。そう眉を曇らせる幾也を、係長が片手で拝んだ。

「なあ頼むよ。警務課《うち》から出せるのはおまえくらいなんだ。それに刑事課《ケイジ》で長いことメシを食ったおまえなら、すぐに溶け込めるだろ」

「はあ……」

——だからこそ、行きたくないんですよ。

そう幾也は内心で反駁した。

確かに去年の春に異動するまで、幾也は刑事課強行犯係の捜査員だった。

この警務課留置管理係にやってきたのは、ひとえに異動願が通ったからだ。やる気を失い、ゴンゾウ化した捜査員など、刑事課にいる資格はない。

——そう思っていたのに。

幾也は深いため息をついた。

係長が片手拝みのポーズを崩さずに、

「県警本部《ホンテン》からは、強行犯第四係が出張ってきなさるそうだ。捜査主任官には大迫《おおさこ》警部が就く予定だとよ。おまえも知ってるだろ？　大迫課長補佐」と言う。

「はあ」

幾也はまたも生返事をした。

係長が苦笑して、

「そんな顔するなって。今回のマル害は年端もいかん子どもだぞ。どう見ても十歳前後だってのに、いまだ身元不明だ。行方不明者届も出されとらんし、各学校に問い合わせても『該当する児童はおりません』だった。あの殺されかたもたまらんが、親にすら捜してもらえんとはな。せめて犯人を挙げてやらにゃ、気の毒すぎるだろうよ」

「わかってます」

幾也は低く答えた。

被害者の情報は、すでに聞くともなしに耳に入れていた。身長百三十二センチの男児。ランドセル、記名ありの文具、名札、子ども用スマートフォンなど、ＩＤつまり身分を証明する所持品いっさいなし。衣服にも記名なし。

死因は失血死。上半身に三箇所の刺創。下半身に無数の切創あり。

衣服は上下とも着用していたものの、ボタンが掛け違っていたり、肩の位置が不自然だったりと、死後に衣服を着せた疑いが濃いという。また、下着や肌着のたぐいは着けていなかった。

性的暴行の顕著な形跡あり。しかし遺体は漂白剤で洗われており、体液の検出は望めなかった。

また、舌先が三センチほど切除されていた。

「……かわいそうだとは、もちろん思ってますよ」

「だろ？　まあこう言っちゃなんだが、十中八九、泥首温泉まわりの子だしな。三好、確かおまえも泥首の生まれだろう？」

「ですね」

いやいやながら幾也は答えた。

正直、幾也自身も泥首の子だろうとは思っていた。行方不明者届が出ていない、就学の様子がない、サイズに合わない不潔な衣服となれば、条件は揃《そろ》っている。

「おまえ、高校卒業まで泥首の実家に住んでたのか？　やっぱりあれか。ガキの頃は、もっとヤバい場所だったか？」

「いえ、いまとたいして変わりません」

「そうかぁ？　生安《セイアン》課からたまに洩れ聞くが、三、四十年前なんてそりゃあもう——。あ、おまえはまだその頃生まれてねえか、ははは」

そっくりかえって笑う係長を、幾也は苦にがしく眺めた。

泥首温泉は、よくも悪くも〝昔ながらの温泉街〟だ。

従業員の流出入が激しく、どの旅館もつねに人手不足である。だから仲居を保証人なし、履歴書なしで雇い入れ、住み込みで長時間働かせてはばからない。

そんな仲居の大半が、行政を信じられず、頼れもせずにいる女たちだ。子どもを抱えてＤＶ夫から逃げた女。身寄りのないシングルマザー。借金で夜逃げしてきた一家の母親。はたまた親に虐待された家出娘。彼女たちにとっては、泥首温泉街そのものが巨大なシェルター的存在だった。

暴力や借金から逃げおおせるため、仲居たちはなるべく息を殺し、気配を消しながら日銭を稼ぐ。まずは〝生きる〟ことに精いっぱいで、わが子の教育や衛生状態は二の次、三の次になってしまう。その結果、街には子どもたちが溢《あふ》れる。学校に行けず行き場もない子どもたちが、日がな路地裏や飲み屋街をうろついては、食べ物をあさるのだ。

――ガキの頃は、不思議にも思わなかった。

幾也は奥歯をひそかに嚙《か》みしめる。

――あの頃はよその世界を知らなかった。飢えた子や、洟汁《はなじる》で袖を光らせた子や、虱《しらみ》だらけの頭をした子がいることを、当たりまえだと思いこんでいた。

同い年なのに、学校に籍のない子がいた。通っていても来なくなる子や、いつの間にか転校した子が何人も、いや何十人もいた。

当たりまえではないと気づいたのは、小学五年生のときである。

一人のクラスメイトが消えたのだ。もう顔もろくに思いだせない、なのに存在と名前だけは、胸に焼きついているクラスメイトが。

「やぎら食堂……」

われ知らず、幾也の唇から言葉が洩れた。

「あ？」

係長が怪訝《けげん》な顔をする。

「あ、いや」と幾也は手を振って、

「『やぎら食堂』に聞きこみに行けば、マル害の身元はすぐ割れるだろうと思ったんです。あそこは子どもたちの溜《た》まり場ですから」

とごまかした。

「そりゃそうだな。だが心配せんでも、捜査がはじまりゃ捜査一係《ソウイチ》は真っ先にあそこへ向かうさ。そこまで無能じゃない」

「それはそうでしょうが」

「しっかし『やぎら食堂』かあ。久しく行ってねえな。知ってるか、三好？　あそこの親子丼と野菜炒め定食は絶品だぞ。二代目は若いが、先代より腕がいい」

「はあ」

幾也は生返事をした。

係長に演説されるまでもない。幼馴染みの腕ならよく知っている。

司には料理のセンスがあった。とくに火加減と塩加減を見きわめる感覚が、飛びぬけている。大蒜《にんにく》を効かせ、ラードの風味を活《い》かしただけの野菜炒めが、息を呑《の》むほど美味い。

――だが、もう二年近く食っていない。

とくに警務課に異動してからは、一度も『やぎら食堂』に足を運んでいなかった。

顔を合わせづらかった。いや正確に言えば、合わせる顔がないのだ。

ふたたびむっつり黙りこむ幾也に、

「おいおい、大丈夫だって。たぶん残業なんかさせないから」

と係長がピントはずれの言葉を投げてくる。

「いくら刑事《ケイジ》課の出でも、いまが警務《ケイム》課なら炊き出しか雑用係にされるだけさ。ちゃんと夜には帰してもらえる。ここは、かるーい気持ちで行ってくれ」

なにが軽い気持ちだ。幾也は思わず係長を上目で睨《にら》んだ。

――地元で子どもが殺されたんだぞ。

それもあんな、残虐なやりかたで。

だが彼の口からこぼれたのは、やはり「はあ」の一言のみだった。

## 4

そして同日の午後三時半。

三好幾也はうだるような炎天下を、県警捜査一課の志波《しば》巡査部長とともに歩いていた。

「いやあ、なんも知りませんねえ」

ハーフパンツから脛《すね》毛《げ》をはみ出させた男が、アパートの扉に寄りかかって言う。

「リョウ？　リョウって呼び名の子ども？　そんなの、このへんには売るほどいますよ。リョウだのショウだのリュウだの、似たような名前のガキ……いや、男の子はさあ」

ハーフパンツに手を突っこみ、男があらぬ箇所をぼりぼりと掻《か》く。

「ありがとうございました。ではなにか思いだされましたら、署までご連絡を」

幾也は型どおりの台詞《せりふ》を吐いた。同時に、叩《たた》きつける勢いで扉を閉められる。

手の甲で、幾也は汗を拭った。

「いまが警務《ケイム》課なら炊き出しか雑用係にされるだけさ」との係長の予言は、ものの見事にはずれた。

子ども殺しの特捜本部《トクソウ》となれば、最低でも六十人規模、できれば八十人はほしい。署長は急いで、女性殺しの捜本《ソウホン》から十五人を呼びもどした。

しかし県警本部からやって来た三十人に、応援要員を足してもまだ足りなかった。というわけで幾也のような〝出戻り〟すら、貴重な捜査要員とあいなったのだ。

『小笹川男児殺人死体遺棄事件特別捜査本部』の第一回捜査会議は、磐垣署一階の多目的室で午後二時からおこなわれた。

殺人事件ともなれば人員はたいてい捜査班、予備班、庶務班、鑑識班に割りふられる。そうして捜査班はさらに、地取り、敷鑑、証拠品に分けられる。

幾也は志波とともに地取り班に任命された。遺体発見現場を中心に周辺一帯を区分けし、不審な人物や車両、見慣れぬ残留物や遺失物がなかったか、住民に尋ねてまわる班である。

捜査班の編成後、刑事課強行犯係の係長――つまり幾也の元上司が、

「おい三好、頼んだぞ」

と幾也の肩を強く叩いた。

「おまえは使えるやつだと、捜査主任官に太鼓判を押しといたからな」

「はあ」

――なにが太鼓判だ。

幾也はひっそり唇を曲げた。

忌々《いまいま》しかった。元上司が、ではない。彼の見えすいた世辞を、どこかで嬉しく思ってしまう自分がいやだった。

捜査主任官が噂《うわさ》どおり大迫警部だったことも、志波と組まされたこともつらかった。幾也が刑事課だった頃、何度かともに捜査をした二人であった。

――いまのおれを、彼らに見せるのが恥ずかしい。

アパートの外付け階段を下り、幾也はアスファルトに立つ陽炎《かげろう》を眺めた。

結局はこうして、自己嫌悪にすべて回帰していく。しょせんは自分の問題なのだ。自分、自分、なにもかも自分だ。三十歳を過ぎてさえ、まるで成長できない。

――十一歳のあの頃から、進歩できていない。

「なあ、間瀬当真《ませとうま》とかいうガキは、ここらじゃ有名なのか？」

ハンドタオルで額を拭いつつ、志波が小声で問うた。

四十代なかばのはずだが、引き締まった体軀《たいく》のせいか、後ろ姿と横顔が若々しい。

「少年係の話じゃ、そのようです」

幾也も手で顔を扇《あお》いだ。

――間瀬当真。

第一発見者および、現場に集まった野次馬の口から洩れた名だ。『小笹川男児殺人死体遺棄事件特別捜査本部』の第一回捜査会議は、

「現場から、間瀬んとこの悪ガキが逃げていくのを見た」

「殺された子は確か、ここいらで『リョウ』とか呼ばれてた子だ」

との目撃証言を報告し、班編成を発表したのみで慌ただしく終わった。まだ解剖の結果が出ておらず、被害者の身元さえわからないからだ。夜九時からいま一度、各班の報告を受けての会議をひらく予定とされていた。

幾也はスマートフォンのメモ帳アプリをひらき、読みあげた。

「えー、生安課少年係の情報によれば、間瀬当真は満十五歳。本来であれば中学三年生です。また間瀬とともに目撃された渡辺慶太郎《わたなべけいたろう》も、同年の生まれです」

〝本来であれば〟と付けたのは、当真たちが学校へ通っていないせいだ。後者にいたっては、学籍そのものが存在しない。

照会したところ、間瀬当真は小学一年生の三学期から登校をやめていた。

対する渡辺慶太郎のほうは、小学二年生のなかばから就学実績がない。県外の生まれ育ちで、転居後の住まいを行政が追えなくなったケースである。俗に言う〝居所不明児童〟であった。

「間瀬の身柄はまだ押さえていないんだよな？　親のほうはどうだ」

「そちらもまだです。間瀬当真に母親はなく、父親は泥首温泉街のストリップ小屋で呼び込みをしています。経営者の甥《おい》だそうで、不真面目でもクビになる心配はないようですね。交番員がアパートを訪ねたところ、不在でした」

「夜の商売なら、おねんね中かね。手を付けたストリッパーのアパートで、いまごろは高いびきってとこか」

「かもしれません」幾也はうなずいて、

「渡辺慶太郎のほうも、同じく父子のみの家庭です。母子家庭の多い泥首では少数派にあたりますから、それでつるむようになったかな。ただ間瀬と違い、渡辺は粗暴ではないようです。間瀬の金魚の糞《ふん》というか舎弟というか、パシリですね。単独ならば、内気でおとなしい少年です」

「リーダーと舎弟コンビか。ありがちだな。一人一人はたいしたやつじゃなくても、二人になると途端に凶悪化する。互いが互いにいい恰好《かっこう》をしようとして、イキり合ううちエスカレートしていくんだ」

志波の半袖シャツから覗く上腕は、真っ黒に日焼けしていた。ところどころ皮がめくれ、赤剝《あかむ》けになっている。

幾也はつづけた。

「間瀬当真はバタフライナイフを所持しており、いつも泥首の子どもたちに見せびらかしていたそうです。ただ遺体の刺創がバタフライナイフと一致するかは、まだ不明。司法解剖の結果待ちです」

「マル害の身元がわからんってのが痛いよな。死亡推定時刻は、昨夜なんだろう？　親が夜の商売で夕方に出勤したとしても、朝には帰るはずだ。帰宅してわが子の姿がないことを、ちったあおかしいと思わんものかね」

「そこはいろいろ理屈を付けて先送りしたんでしょう。友達の家に泊まったんだろう、朝メシを食いに行ったんだろうと、彼らお得意の〝だろうだろう〟でね」

つい口調に皮肉が滲《にじ》む。

だが、いわれのない反感ではなかった。幼い頃からの、幾也自身の体験が言わせた台詞であった。

——親である彼らとて、社会の犠牲者だ。わかっている。

貧困も虐待も連鎖する。彼らのそのまた親がしたことが、繰りかえされているだけだ。事情を汲《く》まずに上から責めたところで意味がない。わかっている。

——だが、どうしたって腹は立つんだ。

「温泉宿の従業員寮は、朝食のみ提供のところが多いんです。母親は昼夜にまかないが食えても、子どものぶんまではない。だから夜明けごろから、腹をすかして徘徊《はいかい》をはじめる子どもは珍しくありません」

幾也は、なるべく抑えた声で語った。

「つい三、四十年前までは、お菓子一袋や総菜パン一個で売春する子もいたそうですよ。『やぎら食堂』ができる前の話です」

「『やぎら食堂』か。そういや前に三好くんと組んだとき、連れてってもらったな」

ふっと志波が頬をほころばせる。

「店長が幼馴染みなんだっけか。いやあ、あそこの生姜焼きとポテトサラダは絶品だった。また食いたいと思っちゃいたが、結局ずっと行けずじまいだ」

「どうせ、これから向かいますよ」

さりげなく顔をそらし、幾也は言った。

「食堂に行きゃあ、マル害の身元はすぐ割れるでしょう。……泥首の子どもの三割弱が集まる店ですからね。夜の会議までに名前と素性が割れりゃ、こっちは大手を振って帰署できます」

皿を洗い終え、掃除を終えた和歌乃たちは「店長、またあとで来るね！」と言い置いて店を出て行った。

## 5

司はおざなりに片手を振り、

「夜七時までだぞ。酒を出す時間になったら入れないからな」

と念押しして送りだした。

町医者や商店街の店主たちも、昼休みを終えていっせいに出ていく。

――午後二時か。さて、ここからは大人タイムだな。

と言ってもメニューが変わるわけではない。変わるのは客層のほうだ。

この時刻あたりから店内は、スウェットにすっぴんの女性や、目やにをくっつけた無精髭《ぶしょうひげ》の男性で埋まりはじめる。

明け方まで、温泉旅館まわりの歓楽街で働く者たちだった。女性はホステスやストリッパー、ピンクコンパニオン。そして男性はバーテンダーに黒服、もしくは女たちの情夫《ヒモ》である。

彼らは店に長居しない。無駄口もほとんど利かない。丼ものや定食を無言で掻きこみ、けだるそうに帰っていく。

しかしたまには例外もいて、

「店長！　焼きそばひとつね、紅生姜マシマシで。あと持ち帰り二人前もお願い。うちのガキどもったら、ここの焼きそばにバカハマり中でさぁ」

とカウンターから身を乗りだすのは、ピンクコンパニオンのユキであった。時計の針は四時にさしかかりつつある。

「おうおう、えらいな、ユキちゃん」

温泉饅頭《まんじゅう》屋のご隠居が野次を飛ばした。

「ちゃんとわが子のメシも考えてやってんだ。えらいえらい」

「あったりまえじゃん。ほかのやつらが考えなさすぎなんだよ。自分が産んだ子のごはん買って帰るだけで誉《ほ》められんだから、変わった街だよねえ、ここ」

顔じゅうにタトゥーメイクを入れた〝ユキちゃん〟が、鼻でふんと笑う。

フライパンを振りながら司は笑った。

「まあそこは〝貧すれば鈍する〟ってやつだな。もしくは〝朱に交われば赤くなる〟」

「は？　なにそれ」ユキが顔をしかめる。

「店長って、たまにわけわかんないこと言うよね。黙ってりゃいい男なのにさ」

「そうか。すまなかった」

司は素直に謝った。

「それよりお座敷の景気はどうだい。盛りかえしてきたか？」

「駄目だめ。全っ然駄目。そりゃコロナのせいもあるけどさ、不景気だとなにより客層が落ちるね。もう下品も下品。っていうかエグい。触りかたがエグいよ。あたしが言うなって話だけどさあ、なんか世の中、全体的におかしくなってない？」

「言えてるな」隠居が同意した。

「そういや聞いたか？　小笹川の河原で、子どもの死体が見つかったって」

「えっ知らない。なにそれ」

ユキが目を見張った。

司は焼きそばを盛りつけながら、「嘘だよ、嘘」と頭上のテレビを顎で指す。

「朝からずっと点《つ》けっぱなしだが、そんなニュースは一度も見てないぞ？　ご隠居、趣味の悪《わ》りい嘘をつくな」

「いやいや、嘘じゃねえって。司ちゃんはそこで鍋振ってたから知らんだろうが、表じゃとっくに騒ぎになってんだ。朝の十時だか十一時に死体が見つかってさ。河原が野次馬だらけだったんだから」

「えー。子どもの死体って……」

ユキが満面に皺を寄せる。

「まさかここいらの子？　やだぁ、うちのガキどもに『外出るな』って言わなくちゃ。やっぱ世の中おかしいよ。子どもなんか殺して、いったいなんになるっての」

「まったくだ。変なやつが増えたよな」

隠居が腕組みして唸《うな》る。

「うちの姪《めい》がデパートで働いとるんだがな、こんな話を聞いたよ。ほら、迷子案内のアナウンスってやつを最近聞かなくなったろう。あれはアナウンスを聞いた変質者が、親を名のって来るケースが増えてやめたんだそうだ。いまは対応マニュアルを作って〝マジックミラー越しに、子どもに顔を確認させてから引きわたすこと〟〝アルバイトは対応せず、警備員を必ず呼ぶこと〟を徹底させとるんだとよ。姪自身も体験したそうで、『アナウンスしたらほんとの親は来ずに、他人ばっかり四人も来た。迷子の子どもは一人だけなのに。気持ち悪いし、怖い』と愚痴ってたよ。あーあ、まったくいやな時代になったもんだ。昔は、子どもを狙う変態なんていなかったのにな」

「いや、そんなこたぁない」

司はかぶりを振った。

「変なのは昔からいたさ。おれだって、ガキの頃は知らんおっさんにしょっちゅう声をかけられた。『ねえぼく、お小遣いあげるから、おちんちん見せてくれない?』なんてな」

「そうそう。変態に一度も遭わずに育つ子のほうが珍しいよね」

ユキが大きくうなずく。

「あーヤバ。こんな話してたら、シャレ抜きでうちの子が心配になってきた。ねえ店長、やっぱあたしの焼きそばも持ち帰りにして。変態はともかく、人殺しがうろうろしてんのはヤッバいわ。ここらの警察《ポリコ》は、まるっきり頼りになんないしさ」

――ポリさんだけじゃないさ。

食べかけの皿をユキから受けとり、司はひとりごちた。

そう、警察だけではない。子どもの死体が真実かデマかは知らないが、この泥首に飢えた子や無学な子が溢れているのは、まぎれもない事実だ。

だが住民のほとんどは見慣れて麻痺《まひ》し、当の親たちでさえなんとも思っていない。ユキのような「子どもの食事を気にかける」程度の母親が誉められる街だ。

——本来なら、行政が乗りだすべきだ。

子ども食堂だってそうだ。民間ではなく行政が子どもを保護し、食べさせ、教育をほどこすのが近代国家というものだ。

だが「泥首の教育状況を改善しましょう」などと言いだす議員は、いままで一人もいなかった。

歴代の市長とて同じだ。噂では泥首温泉協会の会長が、多額の納税を盾に、市長たちに鼻薬を長年かがせてきたという。真偽はむろん不明だが、ありそうな話だと司は思っていた。困窮する母親たちを仲居として丸抱えし、十六時間以上働かせている旅館は、この泥首にひとつや二つではない。

「ほらよ、ユキちゃん」

司はフードパックに詰めた三人前の焼きそばを差しだした。

「それ持って、早く……」

帰ってやりな、と言いかけた声は、しかし喉の奥で消えた。

入口の引き戸が開いたからだ。

入ってきたのは、あきらかに店の空気にそぐわぬ二人組であった。

——幾也。

片割れは、幼馴染みの三好幾也だった。

司はもう一人の男に素早く目線をくれた。こちらも見た顔だ。何年か前に、やはり幾也が連れてきた客である。確か、そう、県警本部の捜査員だと聞いたような——。

「おう、幾ちゃんじゃないか」

饅頭屋の隠居が片手を上げた。だが幾也はそれを黙殺して、

「すみません。ちょっとお聞きしたいことが」

他人行儀な口調で言った。

「この店に来る男児の中に、〝リョウ〟という愛称で、十歳から十二歳の子はいませんか？　身長百三十二センチの痩せ形。目は二重で色黒。虫歯の多い子です」

「あー……、そりゃ、何人かいるな」

わざと司は乱暴に答えた。「苗字は？　なにリョウだ？」

「いえ。愛称が〝リョウ〟の男児を捜しているんです」

「つまり苗字はわからんってことだな。もしかしてそれが、死体で見つかったって噂の子か？」

「お答えできません」

幾也が無表情に答える。その視線は司から微妙にそれ、背後の壁を見据えていた。

さすがに司はむっとした。しかし顔には出さず、

「知っている限りで遼介《りょうすけ》が一人、亮太《りょうた》が一人いる。それと漢字違いのリョウが二人いるな。遼介と、さんずいの涼《りょう》は昼に来た。こざとへんの陵《りょう》と亮太は、今日はまだ見ていない」

「では間瀬当真と、渡辺慶太郎は？　見かけましたか」

「見てない。それに間瀬はうちに来たことがない。慶太郎は常連だったがな」

「だった？　過去形ですか」

「ここ半年はあまり顔を出さないんだ。たぶん、間瀬とつるむようになってからだろう」

そう答えてから、司は片目をすがめた。

「間瀬当真が容疑者なのか？」

「なぜそう思うんです」

問いかえしたのは県警捜査員のほうだった。司は肩をすくめた。

「そりゃ、誰だってそう考えるでしょ。間瀬当真は有名な悪ガキだ。子どもの死体が見つかった直後に、警察がやつを捜してるならほかの答えはあり得ない。一たす一は二みたいなもんです」

幾也よりくだけた態度の捜査員は「はあ」と苦笑して、

「どちらにしろ、捜査に関してはお答えできないんです。もし見かけたらご一報ください」

と名刺を差しだしてきた。

司は素直に受けとり、背後の冷蔵庫にマグネットで貼りつけた。幾也へと目を戻す。

「死体の身元さえわかってないのか？　だったらあとで和歌乃たちが来るはずだから、あいつらに亮太と陵を捜すよう言っておくぞ？」

幾也は応えない。かまわず司はつづけた。

「捜させるにあたって、情報の切れっぱしでももらえりゃありがたいんだがな」

「捜査に関しては、なにも言えません」

抑揚のない声だ。やはり視線は合わないままだった。

「いやいや、ご協力ありがとうございました」

県警捜査員が割って入る。

「ではなにか思いだされましたら、ぜひ署までご連絡を」

そう念押しし、きびすを返して二人は店を出ていった。

引き戸が閉まる。

同時に隠居とユキが、ふうっと肺から絞りだすような長いため息をついた。

「なんだい幾ちゃん、ずいぶん気取ってやがんなあ」

「ほんとほんと。えっらそうにしちゃってさ。なーにが『ソーサに関しては言えません』だよ。だから言ったじゃん。ポリコなんて、どいつもこいつも糞《くそ》ばっかなんだよ」

仁王立ちでユキが吐き捨てる。司はうなずいた。

「典型的な〝慇懃《いんぎん》無礼《ぶれい》〟ってやつだな」

「はあ？　店長ってば、またわけのわかんないこと言ってぇ」

焼きそばのフードパックを、ユキはカウンターに置きなおした。

「それよりトイレ貸してよ。ムカついたらもよおしてきちゃった。おまけに今日、あたし二日目なのよね」

「かまわんが、汚すなよ」

「あ、女子に向かってそういうこと言うー？　最悪。そんなんだから店長、いつまでも結婚できないんだよ！」

鼻息荒く言うと、ユキはトイレの方角へ足早に消えた。

6

その三十分前、磐垣署は泥首交番から、一台のミニパトが出動した。

ハンドルを握るのは今年二年目の巡査だ。助手席には交番長《ハコチヨウ》兼係長である、五十代の警部補が着いている。

今日の午前に立ちあがった『小笹川男児殺人死体遺棄事件特別捜査本部』より命を受けての出動であった。

むろん自動車警邏《けいら》隊は出動済みで、すでに現場の半径五キロ以内を捜索中である。とはいえ土地勘は、地元交番の勤務員が絶対的に上だ。

彼らのマル対は――第一の捜索対象は、十五歳の少年二人だった。次いで優先順位が高いのが、被害者男児の身元調査である。

「えー、現時点でのマル害の情報は、おおよその年齢と体格、〝リョウ〟という呼び名の三点のみか」

交番長が言う。

近県はもちろん、本州以外からも該当する行方不明者届は確認できていない。十歳やそこらの男児が無残な死体で見つかったというのに、親からの通報一本ない現状は、あきらかに異様であった。

「まずは、そうさな。リョウが付く名の男児を一人ずつ見つけて、リストから順に消していくか」

「子どもらの溜まり場というと、まずはゲーセンですかね」

ハンドルを握る巡査が答えた。

オンラインゲームの普及を受け、都会ではゲームセンターが続々と閉店しつつあるという。しかしここ泥首では、ゲームセンターは堂々の現役だ。なぜか人は温泉に来ると、レトロな雰囲気を楽しみたくなるものらしい。ひと昔前に流行った格闘ゲームやメダルゲームに、喜んで金を落としていく。

「あとはコンビニの駐車場、ショッピングセンター。それと『やぎら食堂』ですか」

「仲居の子が多いから、従業員寮のまわりも見にゃならんな」

「そしてマル対――、とりわけマル間《ま》の捜索ですね」

巡査はうなずいて言った。

マル間こと、間瀬当真のことならよく知っている。泥首交番に着任して以来、幾度となく補導し、職質《バンカケ》してきた相手だ。

間瀬当真は背が高く、十五歳にしては体格がよかった。

右目が左目に比べて極端に細く、それが顔全体に酷薄な印象を与えている。色白で、唇ばかりが妙に赤い。虫歯とトルエンの常用により、前歯が二本ない。

十四になってすぐの頃、彼は傷害と恐喝で鑑別所送致となった。

規定どおりの四週間で帰ってきたものの、早々に強盗および傷害で再逮捕。今度こそ少年院送りが決まった。約三箇月を院で過ごし、退院したのが半年前である。

現在は保護司の監督下にあるはずだが、間瀬当真の素行が改まった様子はない。家裁調査官からの連絡もない。巡査としては少年係の署員と顔を見合わせ、

「いやあ、間瀬には困ったもんですな」

「まったく」

と嘆息し合うしかすべがなかった。

とくに最近の間瀬当真は色気づいており、厄介だった。年少の子どもにナイフを突きつけて体を

触る、性的いたずらをはたらく等の訴えが十数件起きている。被害者のほぼ全員が、男児であった。

「遺体は――マル害は、性的暴行されていたんですよね？」

巡査はウィンカーを出し、右折レーンに入った。

「ああ、ひでえもんだったらしい。おまけに下半身は切り創だらけだそうだ」

「だったらやっぱり――」

間瀬の仕業かもしれませんね、との言葉を呑み、巡査はハンドルを切って右折した。

「せめて、マル辺《なべ》のほうを確保したいんですが」

と微妙に話題を変える。

「単独ならあの子は、おとなしくて扱いやすいですから」

マル辺こと渡辺慶太郎の顔を、巡査は脳裏に思い浮かべた。

こちらは間瀬当真とは対照的に、ひょろりと痩せぎすだ。目も鼻もちいさく、印象の薄い顔である。代わりに顔じゅうのにきびと、大きな泣きぼくろばかりが目立つ。首が長く撫《な》で肩《がた》なため、どこか動物のキリンを思わせる少年であった。

「お、子どもらがいたぞ」

交番長が窓の外を指した。

コンビニの駐車場だった。数人の子どもがたむろしている。巡査は再度ウィンカーを出し、駐車場にミニパトを停めた。

「おーい、ちょっといいか」

助手席側のドアを開け、交番長が声をかける。

慌てて立ちあがろうとする子どもたちを押しとどめ、

「いやいや、補導しようってんじゃないんだ。すこし話を聞きたいだけさ。きみたち、リョウって子を今日見かけたかい。十歳ちょっとの男の子なんだが」

「……リョウスケなら、お昼に『やぎら食堂』で会ったよ」

一人の男児が警戒心もあらわに答える。

「あとハシリョウがさっき、『すが田《た》』の横で自販機の小銭拾ってた」

ハシリョウね、巡査は胸中でつぶやいた。フルネームは橋本《はしもと》リョウか橋田《はしだ》リョウといったところか。リョウがたくさんいるため、呼び分けているのだろう。

「ありがとうよ。日が暮れる前に帰るんだぞ」

交番長はミニパトのドアを閉めた。バックミラーに映る子どもたちの顔が、目に見えてほっとゆるむ。

「歯牙照会で、見つかってくれりゃいいんですがね」

巡査は低く言った。

遺体の歯型照会は、県警を通して歯科医師会に要請済みだ。身元さえ判明すれば、こんな気まずい聞き込みの手間もなくなる。

「まったくだ。しかしマル害の口腔《こうくう》は、ご多分に洩れず虫歯でぼろぼろだった。すくなくとも、ここ数年の治療痕はないとよ。もし親が〝夜逃げ組〟なら、県外から越してきた可能性も高い。乳歯の生え変わりもあるし、照会は手こずりそうだな。……おい、それより報告頼む」

「あ、はい」

交番長の言葉に、「そうでした。すみません」と巡査は肩の無線機に手をかけた。

肩がけの無線は『小笹川事件特捜本部』に、ミニパトの無線は通常どおり通信指令室に、あらかじめ周波数を合わせてある。

「泥首１１２から特捜」

「特捜です、どうぞ」

「報告一件願います。リョウスケ一名、本日の目撃あり。つづいて俗称ハシリョウなる子ども一名、目撃あり。繁華街へ確認に向かいます、どうぞ」

「特捜了解」

「泥首１１２了解。以上泥首１１２」

無線を切ってシートベルトを締め、巡査はシフトをＤに入れた。コンビニの駐車場を出て、温泉饅頭屋『すが田』へ向かうべく左折する。

しかし五分と走らないうち、ミニパトのスピードは落ちた。

「おい、あれ見ろ」

「ええ」

気づいたのは、巡査と交番長とで同時だった。

前方を走る二人乗りの自転車である。痩せぎすの少年がペダルを漕《こ》ぎ、その肩に体格のいい少年が手をかけての二人乗りであった。

――間瀬当真と、渡辺慶太郎だ。

今度は交番長が、自分の肩から無線マイクを取った。

「泥首112から特捜。報告一件願います。マル対を発見。マル間およびマル辺を発見。これよりバンカケに向かいます、どうぞ」

了解、の返事を聞くのもそこそこに、無線を切った。車内に一気に緊張が走る。

通常ならば「そこの自転車、停まりなさい」との警告を発するところだ。しかしそれはせず、巡査はミニパトのスピードを上げて自転車を追い越した。そして、行く手をふさぐようにして停めた。

渡辺慶太郎が急ブレーキをかけた。交番長が素早く降りる。自転車が斜めに停まり、後ろに乗っていた間瀬当真がアスファルトへ片足を付く。

自転車を降りて数歩たたらを踏むと、当真は交番長を睨みつけた。

交番長が、顔に愛想笑いを貼りつけて言う。

「おいおい、自転車の二人乗りは道路交通法五十七条違反だぞ。違反だってことくらい、きみらでも知ってるよな？　……ついでにちょっと質問させてくれや。その自転車、誰のだい？」

「おれのだよ」当真が即答した。

「ほう、きみの名前は？」

「関係ねえだろ」

「そうか、じゃあきみは？」

交番長が慶太郎へ目線を移す。「え、あ」とくぐもった声を出し、慶太郎は露骨に顔をそむけた。

少年たちが交番長に気を取られている隙《すき》に、

「防犯登録だけ、確認させてね」

ミニパトを降りた巡査は、自転車の後ろへまわった。防犯登録のシールを確認し、地域名と番号を手帳に素早くメモする。

「あ、おい」

気づいて目を怒らせた当真を、「大丈夫、大丈夫」と交番長がなだめた。

「きみたちの自転車だって確認さえとれりゃ、それで終わるんだから。ごねたら余計に長引くぞ？　それはいやだろうが。さあ、名前は？」

茶番であった。泥首交番の勤務員が、間瀬当真の顔と姓名を知らないはずがない。その場の誰もが芝居だとわかっていた。

「こっちの子は答えたくないようだな」交番長が言い、慶太郎に再度顔を向ける。

「もういっぺん訊くぞ。きみの名前は？」

「あ、あの……、わた、な」

「おい！」

当真が怒鳴った。

空気が震えるような声だった。慶太郎がびくりと身をすくめ、肩を縮める。

一気に場が張りつめた。交番長がゆっくりと、当真に視線を戻す。

「――佐藤《さとう》だ」

逃げられないと悟ってか、当真はふてくされた顔で吐き捨てた。

「ほう、佐藤ね。佐藤なにくん？」

「ハルキ」

「じゃあそっちのきみは？　渡辺なに？」

やはり答えたのは当真だった。「ケンジだよ」

「そうかい。渡辺ケンジくんね」

交番長が巡査に目くばせする。

巡査は早足でミニパトに戻り、無線機を取った。磐垣署の通信指令室へ繋がる。まだるっこしいが、必要な手順は踏まねばならない。

「泥首112から磐垣。自転車一件願います。番号は……」

交番長と当真に目を配りながら、巡査はメモした登録番号を、わざと時間をかけて読みあげた。

肩越しに交番長の声が聞こえる。

「佐藤くん、いま登録番号を照会中だ。その間にポケットの中を見せてもらえんか」

「あぁ？　なんでだよ」

「いいから、な？　見せてくれれば、すぐに終わるから」

「ヤに決まってんだろ。なんだよそれ、ふざけんな」

「いやいや、『ふざけんな』で済まされたんじゃ仕事にならんのだなあ。これで自転車の持ち主がきみらでないとわかって、ポケットも見せてもらえんとなれば、きみらは不審者を越えて参考人になる。となれば、磐垣署まで来てもらわにゃいかん」

「は？　なに言ってんだ。馬鹿じゃねえの」

「いやいや、だからな、それがいやなら……」

巡査は登録番号を読み終えた。ただちに通信指令室から返答がある。

「磐垣了解。――登録者の住所、磐垣市大字泥首一二四二番地。姓名、須藤礼一《すどうれいいち》。どうぞ」

やはり間瀬当真の自転車でも、渡辺慶太郎の自転車でもなかった。だよなあ、と巡査は含み笑う。彼らの所有物にしては、あの自転車は真新しくきれいすぎる。

「ざっけんな。……わかってんだぞ、てめえら警察《サツ》のやることは、いつも……」

「だから、見せればすぐ済む……」

「さわんな、糞が。……てめえ、最初からおれを……」

ごねる当真の声を片耳で聞きながら、

「泥首112了解。以上泥首112」

と巡査は通信を切った。ともかく、これで彼らを署に引っぱる理由はできた。よしと小声でつぶやき、巡査が無線機をミニパトに戻した瞬間。

背後で悲鳴が起こった。

短く、鋭い悲鳴だった。

反射的に巡査は振りかえろうとした。だが遅かった。

ナイフの刃が、巡査の喉もとに突きつけられていた。

バタフライナイフだ。見覚えがある。ボールスペーサータイプで、そう、確か間瀬当真が以前所持していた——。

だがいま巡査の喉に刃を向けているのは、当真ではなかった。

「すみません」

震える声で言ったのは、渡辺慶太郎だった。その手もまた、音をたてんばかりに震えていた。

やめてくれ、と巡査は思った。

――そんなわななく手で、刃を、おれの喉に近づけないでくれ。

首すじに痛みが走った。

やはり刃が当たったらしい。だが自分の傷をうかがう余裕はなかった。彼は眼球を動かし、向こうの間瀬当真を見やった。

当真は道路にかがみこんでいた。いや違う、とすぐに悟る。

交番長が倒れている。当真が交番長の横にしゃがみこんでいる。その右手には、ミリタリーショップで買えるたぐいのハンティングナイフが握られていた。

地面を赤いものが流れている。

まさか、あれは血か。巡査は目を疑った。

喉がからからだ。一瞬にして舌が干上がっていた。声を上げたいのに、喉の奥で悲鳴は凝《こご》り、固く縮こまっていた。

――交番長が、刺されたのか。

交番勤務の警官は、基本的に防刃ベストを着けている。だが刃物を跳ねかえすほど強靱《きょうじん》ではなく、完全に刃を防ぐことはできない。それに、むろん――。

――むろん首を狙われれば、おしまいだ。

交番長はどこを刺されたんだ。巡査は目を凝らした。

この角度からはうまく見えない。いや刺されたのではなく、首を裂かれたのかもしれない。血が流れつづけている。アスファルトが、見る間に染まっていく。

自分の視界がぼやけるのがわかった。鼻がつんとし、頬を熱いものが流れた。

「ごめんなさい」慶太郎がいま一度言った。

その声もまた、涙でふやけていた。

「だって、こうしないと、当真くんが……。ほんとうに、ごめんなさい」

## 7

長っ尻《ちり》な饅頭屋の隠居が帰っていくのを見送って、司は引き戸の札を『準備中』に裏返した。

しかし数分後、戸はふたたび開いた。

入ってきたのは和歌乃であった。背後に蓮斗、芽愛、心菜を連れている。

「おい、まだ準備中だぞ」

「わかってるよぉ」和歌乃が口を尖《とが》らせた。

「夜の仕込み、手伝おうと思って来てやったんじゃん」

「殊勝な心がけだな。どういう魂胆だ?」

和歌乃が答える前に、肩をすくめたのは芽愛だった。

「だって外、めっちゃウザいんだよ。あっちこっち警察がうろついててさ」

「そうそう、家に帰れ帰れってうるせえの」

蓮斗もまるい頬をふくらませる。

「その家にいらんないから外にいんじゃんか。馬鹿だよなあ。あいつらってば、大人のくせに頭悪《わ》りいんじゃねえの」

泥首三大旅館のひとつと言われる『千扇』は、朝九時に従業員寮から子どもを追いだす。そして夕方五時まで完全に締めだしてしまう。理由は「中に誰かいると、光熱費がかかるから」である。残る『ひさご屋』と『月見の宿』は多少マシで、午後三時に開錠し、病気の子ならば追いださない。こう比べれば、やはり『千扇』は因業《いんごう》さで群を抜いていた。

蓮斗がスイングドアを押し、厨房へ入ってくる。

「店長、おれ野菜の皮剝きする。その代わり剝き終わったら、七時までここで漫画読ませてよ。うるさくしないからさあ」

「わかった。じゃあそこの人参とじゃがいもを剝け。手ぇ洗ってからだぞ」

「あたし、玉葱切りたーい」芽愛が片手を挙げる。

「剝いたらみじん切りやらして」

「それはいいが、事件のこと、もうだいぶ噂になってるか？」

司は尋ねた。

「もっちろん。大人も子どもも、今日はその話ばっかしてるよ。小笹川の河原で、死体が見つかったんだってさ。でも殺されたのが誰かは、まだわかってないみたい」

「あたしらが顔見れば、すぐわかるかもだけど」と和歌乃。

「そのうち被害者の似顔絵でもできりゃ、それを持って聞き込みにまわるかもな。もしくはデジタル処理した画像か」

司は首をひねった。子ども相手にどれほどこの話題をつづけていいものか、切りあげどきに迷う。

心菜がおずおずと口をひらいて、

「ねえ、殺された子が誰かわかれば、犯人もすぐ捕まる？」と訊いた。

「まっさかあ、無理でしょ」

和歌乃と芽愛が異口同音に言った。

「無理無理。だって塚本町で女の人が殺されたアレも、まだ逮捕できてないじゃん。刑事ドラマみたいにはいかないいんだって」

「あっちとは違う犯人っぽいよね。だって今回殺されたのって、男の子でしょ？」

「え、おれは女の子だって聞いた」

とピーラー片手に蓮斗が声を上げる。

「男の子だってば」

「あたしもそう聞いたよ」

「えー、でも……」と四人が口ぐちに言い合う。

どうやら情報が錯綜《さくそう》しているらしい、と司は思った。言い争う子どもたちを「おい、でかい声出すな」と仲裁する。

「それよりおまえら、怖くないのか。殺されたのはおまえらの友達かもしれないんだぞ。人殺しがこの近くを歩いてたんだぞ」

「え、うーん……」

和歌乃が額を掻く。

「なんか、ぴんとこないっていうかさぁ。殺されたのが、ほんとに知ってる子だったらあれだけど……。なんかまだ、よくわかんないんだ」

「うん。ほんと、ドラマかなんか観てる感じ」

芽愛が和歌乃と目を見交わし、うなずいた。

「怖いし、ヤバいのかもしんないけど、まだ全然『ふーん』って感じ」

「そうか」

司は首肯し、それ以上言うのをやめた。

確かに降って湧いたような大事件だ。どこか現実感がないのは司とて同じで、子どもたちはなおさらだろう。彼らは空想を好むが、かといって大人が期待するほど想像力豊かでもない。精神的に未熟なぶん、共感力は高くない。

――とくに、泥首の子はそうかもしれない。

声には出さず、司はそう口中でつぶやく。

ここの子たちは、突然の別れに慣れている。ある日友達が、親と夜逃げしていなくなる。その翌日には別の友達が、借金取りに追われて一家ごと消える。もしくは近隣の父親が泥酔して道端で寝入り、凍死体となって発見される。

死や失踪に関する感覚が鈍麻し、いつ誰がいなくなっても驚きもしない。むしろ〝人はいなくなるものだ〟〝それで当然だ〟と思っているふしさえある――。

と、己の考えに沈みつつあった司の耳に、

「殺したの、当真のやつみたいだよ」

ふとそんな言葉が届いた。

司は顔を上げた。物騒な言葉を吐いたのは和歌乃であった。細い腰に片手を当て、わけ知り顔で得々と話している。

「だってお巡《まわ》りたち、みんな当真を捜してたもん。『リョウが付く名前の子を今日見かけたか。間瀬当真を見たか』って。でもまあ、あいつなら納得……」

慌てて司は「そういやあ」と割って入った。

「そういや、うちにも警察が聞き込みに来たぞ。和歌乃、おまえ顔が広いだろ？　昨日から見かけてない〝リョウ〟はいるか？　もしいるなら、おれから警察に伝えておく」

「え、あ、えーと……。遼介は見たよね？」

いち早く心菜が反応した。

「見た見た。昼にいた」蓮斗が同意する。

「ハシリョウもどっかで見たよ」と芽愛。

「スガリョウは？」

「昨日の夜、パチ屋の前で見たな」

「そういえばセイリョウを見てな……」

遮るように、ばたん、と派手な音がした。

ピンクコンパニオンのユキだった。手を振ってしずくを切りながら、トイレの戸を閉めて悠々と出てくる。

まだいたのか、と司は内心で呆《あき》れた。あまりにもトイレが長いので、彼女がいたことすら忘れかけていた。

ユキは睫毛《まつげ》の角度をいじりつつ、

「うへぇ。あんたら、『千扇』とこの子じゃん」と眉根を寄せた。

「は？　だったらなに」

和歌乃が臆さず応じる。

「なにじゃないよ。女将《おかみ》に言っときな。あたしはあんたの亭主《ヒモ》なんかに色目使うほど、男に飢えちゃいないって。ふん、マジで頭おかしいよ、あのババア」

「おいおい、子どもにからむなよ」

司はユキを制した。

「焼きそば持って、早く帰ってやれ」

しかしユキはするりと厨房へ入りこみ、司にしなだれかかってきた。

「聞いてよ店長。あそこのババアってば、ほんと最悪なんだから。『千扇』からお呼びがかかんなくなって、どんだけあたしの実入りが減ったと思う？　『ひさご屋』は客層がお上品すぎるしさ。『月見』はグレードが一段落ちるし、『千扇』が一番ピンク目当ての客が多いってのに……」

「おい、包丁持ってんだぞ。くっつくな」

「そうだよ、やめなよみっともない」

和歌乃が目を怒らせて言った。

「だいたい、うちの女将はみんなにそうだよ。あたしの母さんだって、心菜の母さんだって疑われたんだからね。女将のヒスがおさまるまで『はいはい』って受け流してりゃいいだけ。なのに、あんたがうまく立ちまわれなかったんじゃん。そういうのって、ただのジコセキニンじゃない？」

「はあ？　なにそれ。最近のガキって、マジで生意気」

「やめろって」

言いあう二人を制して、司はユキを厨房の外へ押しだした。

「ほら、子どもんとこに早く帰ってやれ。さっき警察から聞いただろ。人殺しがうろついてるかもしれないんだぞ」

「なんだよ。邪魔者扱いしやがってさ」

悪態をつきながらも、ユキは焼きそばの袋に手を伸ばした。フードパック入りの焼きそばは、すっかり冷めていた。

「店長、これレンジであっため……」

られるよね？　と尋ねた語尾が消えた。

引き戸が開く音に、司は顔を上げた。

冷房の効いた店内に、熱を帯びた外気がむわっと吹きこむ。なのに一瞬、背すじが冷えた。空気が変わったのがわかった。

引き戸から半身を入れ、覗きこんでいるのは見慣れた顔だった。

「あれ、慶ちゃんじゃん」

芽愛が声を弾ませる。渡辺慶太郎だ。

しかし慶太郎は応えなかった。芽愛を見ようともしない。彼は店の外を振りかえり、掌を広げてみせた。次に指を一本立てる。

なんだ？　司は思った。掌を広げ、次いで指を一本。数字の六か。六——。

その瞬間、司の腕にさあっと鳥肌が立った。

和歌乃。芽愛。心菜。蓮斗。ユキ。そして自分。六人だ。

——外の誰かに、人数を伝えていやがる。

誰に、などと考えるまでもなかった。慶太郎に一番近い位置に——本棚の前にいる心菜へと目を移す。気をつけろ、と叫ぼうとした。

だが遅かった。

ものも言わず慶太郎が心菜を摑《つか》むのと、黒い影が押し入るのは同時だった。

かたわらで、蓮斗が息を吞むのがわかった。司は咄嗟《とっさ》に蓮斗を背にかばいつつ、影の正体を見やった。

少年だった。

黒のTシャツに、同じく黒のデニム。どちらも擦りきれ、汗で色落ちしている。

背が高く骨太だ。体格がいい。右目が左目に比べて極端に細い。奇妙なほど赤い唇の合わせ目から、抜けた前歯の穴がぽっかりと黒く映る。

——間瀬、当真。

当真は和歌乃にナイフを突きつけていた。

ハンティングナイフだ。厚く太い刃がなめらかに湾曲している。喉を切り裂くのに、最適な曲線に見えた。

つづいて慶太郎も、おずおずとバタフライナイフを抜いた。心菜の喉に当てる。当真と違い、ひどくぎこちない仕草だ。それだけに危うかった。いつ間違えて刃を皮膚に当て、裂いてしまうかわからぬ不安定さがあった。

唐突に「ぱぁん」と鋭い音が響いた。

その場の全員が——当真ですら、身をすくめた。

ユキが焼きそばのフードパックを床に叩きつけた音だった。

その隙を突き、床を蹴ってユキは走った。慶太郎の脇をすり抜け、引き戸の向こうへと駆け去っていく。止める間もなかった。わずか数秒間の出来事であった。

「あ、あぁ、逃げた……」

慶太郎が、ため息のような声を洩らす。

「——に、逃げられたよ。当真くん」

にきびだらけの顔が、くしゃりと歪《ゆが》んだ。

「いいさ。どうせババアなんか人質にならねえ」

対照的に、当真は悠然としていた。和歌乃にナイフを突きつけたまま、唇を吊りあげて笑う。

「ババアが殺されたってテレビは騒がねえ。でもガキが死ねば、わんわん騒ぎやがるんだ。警察だってそれは知ってる。……ガキが四人いりゃ、充分だ」

司は目を凝らした。

当真が持っているあのナイフ。刃が汚れで曇って見えるが、あれはいったいなんの汚れだろう。

まさか血曇り？　いやそんな、まさか——。

当真は引き戸に手を伸ばし、中から施錠した。そしてナイフを左手に持ち替え、利き手を背中にまわしてなにかを抜いた。

一瞬後、司は己の目を疑った。

背にかばった蓮斗が、「ひっ」とちいさく叫ぶのが聞こえた。

「動くなよ。本物《ホンモン》だぞ」

拳銃だった。見覚えのある吊《つ》り紐《ひも》がぶら下がっている。

司の脳裏を、幼馴染みの幾也の顔がよぎった。そうだ、あれは幾也がまだ交番勤務員だった頃だ。制服の帯革に、必ず決まった装備を着けていた。警棒。手錠。そして吊り紐に繋がった、ホルスター入りの拳銃――。

「間抜けなお巡りから、ぶん捕《ど》ってきたばっかのほやほやだぜ」

当真が得意げに笑う。

「おまえら、そこに一列に並べ。両手を出して上げろ。――いいか。たったいまからおまえらは、全員おれのもんだ」

# 第二章　占拠

## 1

午後四時五十五分。幾也は志波とともに泥首商店街を歩いていた。

太陽はゆっくり西へ傾きつつあるが、日没にはまだ遠い。気温のピークを過ぎても、アスファルトには逃げ水がぎらぎらと輝いている。

横断歩道にさしかかったとき、志波の胸ポケットで呼びだし音が鳴った。県警支給の携帯電話であった。

「こちら特捜、地取り一班」

志波が応じる。その顔が、みるみる青ざめていった。

「どうしたんです」幾也は問うた。

志波が送話口を手でふさぎ、早口で答える。

「――警邏中の警官《PM》二名が襲われ、拳銃一丁を奪われたそうだ」

「は?」

幾也の背を、さっと悪寒が駆け抜けた。

志波の目くばせで、急いで狭い小路に入る。人気《ひとけ》がないことを視認し、志波は携帯電話を耳に当てた。

「了解。ああ、……なに？　いや、いまは栄通《さかえ》りだ。通りの西端にいる。――……了解。ああ……ただちに向かう」

通話を終え、志波は幾也に向きなおった。

「襲われたのは泥首交番のPM《PB》二名。とくに交番長《ハコチョウ》が重傷だ。創のひとつは、頸動脈《けいどうみゃく》に達する深さだそうだ」

彼らしくもなく、声がうわずっていた。

「二名とも救急搬送され、巡査のほうは意識あり。搬送中に取れた証言では、マル間とマル辺に襲われたらしい。マル間がまず交番長を刺し、次に巡査を傷つけた。現在マル対二名は、人質を取って食堂に立てこもり中だ」

「立てこもり？　食堂……？」

幾也はぼんやり鸚鵡《おうむ》返しした。情報量が多すぎる。矢継ぎ早に言われて、思考がついていかない。

志波は目もとを引き攣《つ》らせて、

「――『やぎら食堂』だ」

と言った。

「人質は店長と、客の子ども数名。ただちに食堂の前に前線本部を作るとさ。おれたちは帰署せず、そっちに合流しろとの指示だ。……くそ、えらいことになったもんだぜ。たかが十五のガキに拳銃を奪われた、だと？」

地面を蹴りつける志波を、幾也は呆然《ぼうぜん》と眺めた。


立てこもりの現場前は、すでにイエローテープで区切られていた。

テープの外側には野次馬が集まりつつある。制服姿の警官たちが押しとどめてはいるが、彼らは手に手にスマートフォンを掲げ、現場を――つまり『やぎら食堂』を撮影していた。

幾也は舌打ちした。

マスコミらしき車両はまだ見あたらない。しかしSNSに、画像なり動画を上げられれば同じことだ。かといって一人一人の手から、スマートフォンを没収してまわるわけにもいかなかった。

無言で人波をかき分け、イエローテープをくぐる。

――こんなケースに遭遇したのははじめてだ。

幾也は、刑事課に六年在籍した。小規模な立てこもり事件なら、その間に二度経験している。妻子に逃げられたDV夫が、刃物を元妻に突きつけてアパートに籠城したケース。そして強盗犯が進退きわまり、店員を人質に立てこもったケースだ。

どちらもさいわい小一時間で解決した。前者は窓ガラスを割って突入しての犯人確保、後者は犯人の自主的な投降によってである。

だが殺人の参考人が、複数人を人質に立てこもる事件は経験がない。

しかもマル対は少年で、警官から拳銃まで奪ったという。未曾有の事態と言ってよかった。

イエローテープの内側も、幾也と同じく混乱していた。

ばたばたと立ち働いているのは、どれも特捜本部で見た顔だ。捜査一課の捜査員、強行犯係のかつての同僚、機動捜査隊員。みな連絡を受けて現場に急行したらしい。

「地取り一班だ。こちらへ合流しろと言われた」

志波がそう申告した。

連絡係を受けもったらしい署員が、特捜本部に報告を入れる。まだ無線機が揃っていないゆえ、携帯電話での報告だ。

「えー、一七〇〇《ヒトナナマルマル》頃、機捜現場到着《ゲンチャク》。一七一五《ヒトナナヒトゴ》、特捜地取り一班および敷鑑二班ゲンチャク。現在、発砲音なし。犯人に動きなし」

機動捜査隊の班長らしき男が、志波の隣に立った。

「マル間が立てこもる寸前に、女性客が一人逃げおおせたらしいぞ。彼女の証言によれば、中には店長と子ども四名。内訳は男児一名、女児三名だ」

「こちらもつい一時間ほど前、『やぎら食堂』へ寄ったばかりです。な？」

志波が幾也を見る。

幾也はうなずき、班長を見上げた。

「はい。聞き込みに立ち寄りました。半端な時間帯でしたから、店内に客は二、三人。その時点では子どもの客はいませんでした」

「なぜあの店が狙われたんだ？　マル対どもとあの店は、どういう関係だ」

「マル辺が元常連だそうです」志波が答えた。「ただし、マル間はその限りでないようです。それ以上の情報は、いまのところ不明ですね」

「そうか」

班長はいったん納得して、

「ともかく、小笹川の殺人《コロシ》はやつらの犯行で決まりだな。主犯はマル間、従犯がマル辺。立てこもったことで、自白したも同然だ」

と言った。

「今後、磐垣署内の『小笹川事件特捜本部』は、立てこもり事件の指揮本部も兼ねることになる。指揮本部は磐垣署の署長が、前線本部においては主任官の大迫補佐が責任者だそうだ。ま、基本の命令系統は変わらんってことだな。なお近隣の署に応援を要請し、四十人ほど増やす予定だ」

「大迫補佐は？」と志波。

「いまこっちへ向かってる」

——発砲音なし。犯人に動きなし……か。

幾也は連絡係の言葉を反芻《はんすう》し、爪さき立って食堂をうかがった。

まだ発砲音がないからといって、油断はできない。いつ銃声が響きわたるかわからない。少年たちは警官を襲うほどに追いつめられている。いわば手負いの獣だ。すこしの刺激で、たやすく爆発するだろう。

「やつら、吊り紐を切って銃を奪ったんですか？」

幾也は尋ねた。班長が答える。

「いや、紐と拳銃を繋ぐ金具を外してあったそうだ。紐に金属が入っていると知って、切るより外したんだろう。まったくの馬鹿ではないようだな」

「ホルスターから、よく抜けましたね」

「まあ……限界があるからな」

班長が言葉を濁した。

意味は幾也にもわかった。現在の拳銃ホルスターは樹脂製に変更され、帯革を着けた本人以外には銃を抜きにくい造りになっている。とはいえ〝にくい〟だけであって、抜けないわけではない。拳銃を奪われないための工夫をいくら重ねようと、百パーセント防げはしないのだ。

「特殊班《SIT》も来ますよね？」

どこか不安そうに、志波が問う。中堅捜査員の彼とて経験したことのないケースなのだろう。心なしか、頬も強張って見えた。

「むろんだ。あと数分で着くそうだ。前線本部の設営についても、SITの班長より電話で指示を受けてある」

と班長は食堂の向かいを指して、

「現場つまり『やぎら食堂』が見下ろせるよう、『野宮《のみや》時計店』の二階の一室を借りる計画を立てた。時計店のご主人は『やぎら食堂』の店長を子どもの時分から知っているそうで、さいわい計画に乗り気だ。設備機器が届き次第、おまえらも設営を手伝ってくれ」

「了解です」

志波とともに、幾也は声を揃えた。

『野宮時計店』の主人なら、幾也もよく知っている。祖父の代から、腕時計の電池交換といえばこの店だった。一階が店舗で二階が住居のため、窓に面した居間を使わせてもらうことになるだろう。

ふと、背後がざわめく。幾也は振りかえった。

大迫課長補佐率いる捜査班と、ＳＩＴこと県警第一特殊班が到着したところであった。捜査車両を降り、テープをくぐって入ってくる。

「大迫課長補佐。命により特二矢田野《やだの》警部補、参りました」

ＳＩＴの責任者らしき男が、大迫に挨拶した。

これがＳＩＴか――。幾也は気圧《けお》されつつ、矢田野を見上げた。たかが所轄署の署員に過ぎぬ自分とは、体格や姿勢からして違う。

特二とはおそらく、第一特殊班捜査第二係の略称だろう。ごつい装備を着けた制服の左肩に、色あざやかなワッペンがまぶしい。マイクとヘッドホンが一体となった、いわゆるヘッドセットを着けている。

「おう、捜査主任官の大迫だ。よろしく頼む」

大迫は矢田野への挨拶もそこそこに、

「動きはどうだ」

と県警の捜査員を振りむいた。

「大きな変化はありません。店はエアコンの室外機が稼働中で、電気メーターがまわっています。いまのところそれ以外の動きはなしです」

「人質は子どもが大半だそうだな。身元は？」

「確認中です。ただ籠城寸前に現場から逃走した女性の証言で、女児一名のみ下の名前が判明しています。〝和歌乃〟。歌の和歌に、乃木《のぎ》大将の乃です」

「マル間とマル辺の保護者とは？」

「まだ連絡が取れません」

「発砲音はゼロのままなんだな？　残弾は？」

「襲撃された巡査の証言によれば、全弾です」

「ってことは、五発か」

大迫が渋い顔になる。つられて幾也も同じ表情になった。

あの重い帯革を着けなくなって久しいが、配備される拳銃については忘れもしない。M37エアウェイト。M360J　SAKURAと同様、全国の警察署で貸与される銃だ。軽量化され、照準を定めやすいよう反動もちいさいのが特徴であった。

――つまり、訓練していない少年でも撃てる。

「拳銃のほか、マル対は二名ともナイフを所持しています。襲撃された巡査がマル間の手にハンティングナイフを、マル辺の手にバタフライナイフを、各一丁目撃しております」

「そうか……」大迫はしばし考えこんで、

「SITの意見は？」

と矢田野を見た。

「まずはコンタクトを取ることです」

ためらわず矢田野が答える。

「立てこもり事件は、中のマル対と交渉できねばどうしようもありません。まずは店の固定電話の番号に、隊員から電話をかけさせます。応答しないようなら拡声器で呼びかけますが、九割の犯人は電話に出ますね。彼らとて、永遠に籠城できないことはわかっていますから」

電話か。幾也は記憶をたぐりよせた。

『やぎら食堂』の回線は、確か店舗と自宅とで同一のはずだ。固定電話は、厨房から手が届く位置に置いてある。

幾也たちが子どもの頃はピンク電話もあったが、携帯電話の普及により、いつしか消えた。そうだ、確か〝梨々子ちゃん〟がいた頃あたりを最後に――。

「おい三好」

淡い回想を、志波の声が断ち切った。

彼は大迫が乗ってきた捜査用ワゴンを指して、「前線本部の設営だ。急いで機器を中に運びこむぞ」と言った。

2

司は厨房で、蓮斗とともに両手を上げていた。

永遠とも思える長い沈黙を破ったのは、片手に銃、片手にナイフを構えた間瀬当真だった。

ただし言葉ではなかった。「ごくり」と喉を鳴らす音であった。

思わず司は彼の視線の先を追った。床に散乱した焼きそばだ。ユキが叩きつけた、三人前のフードパックである。

「腹が、減ってるのか」

おそるおそる、司は言った。

「……だったら、銃を下ろしてくれ。ナイフもだ。そうしたら……そんな残飯じゃなく、新しいのを作ってやる」

途端に当真の顔が歪んだ。

「ざけんな。おい、誰がしゃべっていいって言った」

めくれた唇から、尖った犬歯があらわになる。

「馬鹿かてめえ？　自分がいま、タメ口きける立場だと思ってんのか」

「思っちゃ、いない」

司は低く答えた。ひりつく喉に、乾いた声がへばりつく。

「いないが――ナイフは、下ろしてほしい。子どもにそんなものを突きつけられたんじゃ、心配で料理どころじゃない。きっと、手もとが狂っちまう」

舌がもつれた。司は、無理につばを呑みこんで、

「なにが、目的だ？」

と問うた。

当真が片眉を上げる。「は？」

「いや、だって……要求や目的があるから、立てこもったんだろう」

言いながら、司は子どもたちを順に目で確認した。

自分の背後にいる蓮斗は見えないが、ほか三人の顔はあざやかに見てとれた。

当真にナイフを突きつけられた和歌乃は、一番落ちついている。顔いろこそ青いが、度を失って

はいない。

一方、慶太郎にバタフライナイフを突きつけられた心菜は、全身を震わせていた。顔は紙のように真っ白だ。両目からこぼれた涙が、いくすじも頰を伝っている。

だが司がもっとも心配なのは、カウンターの脇に立つ芽愛だった。

ふだんの芽愛は、こまっしゃくれた明るい子だ。しかし喘息《ぜんそく》の持病がある。発作の引き金は気温や埃《ほこり》だが、なにより大敵なのはストレスであった。

そんな司の懸念をよそに、ふん、と当真が鼻で笑う。

「べつに目的なんかねえよ。……腹が減ったし、ここなら人質になるガキがいるからな。サツから逃げるのに、ちょうどいいと思っただけだ」

「……なにも要求しないなら、永遠に立てこもることになるぞ」

司はゆるく首を振った。

「まさか、この店に住みつく気じゃあるまい。逃げおおせるためにも、有利な取引をするとか、なにか物品をもらうとか、警察相手に交渉するのが筋だろう」

「じゃ、逃亡用のヘリと一億円……なんてね」

ぼそりとつぶやいたのは慶太郎だった。

だが、即座に当真の足が飛んだ。したたかに慶太郎の脛を蹴りつける。

「黙ってろ、ポチ！」

慶太郎は悲鳴も上げなかった。ただ身をすくめ、口をぎゅっとつぐんだ。

「……なあ、子どもは解放してくれないか」

司は低く言った。

「人質なら、おれ一人で充分だろう。きみたちより幼い子を盾にするなんて、警察の心証を悪くするだけだぞ。さっきも言ったが、ここに永遠に立てこもってはいられないんだ。出たあとのことも、落ちついて考えてみろ」

「あああ、うるせえ！」

当真が喚《わめ》いた。

「おっさん、さっきからごちゃごちゃうるせえんだよ！　なに勘違いしてんだか知らねえが、いらねえのはてめえだ。ガキと違って、おっさんじゃ――」

そこで言葉を呑む。床に散乱した焼きそばを見て、

「いや、メシが作れるだけ、マシか……」

当真は声を落とした。

よほど腹が減っているらしい、と司は察した。

当真はこの店の常連ではない。話をしたことすらなく、家庭の事情はさっぱりだ。だが不潔な服や髪、歯の様子からして、まともなケアを受けているとは思えなかった。食事も間違いなく不規則だろう。

――食事で釣るのは、いい手かもしれない。

当真の手にある銃を、司は凝視した。

果たして安全装置は外れているのか？　と考える。だが見ただけでは判断しようがなかった。そもそも司には銃の知識がない。アクション映画の字幕や小説で〝安全装置〟だの〝撃鉄〟だのの用

語は知っているが、それがどこのどういう部品なのか、皆目わからない。

司は慶太郎に視線を移し、言った。

「殺したのは……小笹川の遺体は、おれも知っている子か？」

声が、低くひび割れた。

「なぜだ。なぜ、殺したんだ」

「黙れってんだよ」

怒鳴りかえしたのは当真だった。司は言葉を呑んだ。

刺激してはいけない、と思う。と同時に、しゃべりつづけなければ、とも思う。

コミュニケーションを取りたい。いや取らねばならない。

司たちはただの人質ではなく、肉の塊でもなく、一人の人間なのだと当真にわからせたい。いったん人間だと認識した相手には、人は刃《やいば》をふるい、引き金を引くことに抵抗を覚える。

――覚える、はずだ。

大学で学んだ児童心理学が、机上の空論でなければだ。

覚悟を決めて、司はいま一度尋ねた。

「殺したのは、どこの子だ」

「……うるせえ」

はじめて当真の声が、ふっと落ちた。

「殺しちゃ、いねえよ」

重いまぶたの下で、瞳がかすかに揺れる。

「そりゃ……そりゃ、あいつはふざけたガキだからよ。ぶん殴ったことならあるさ。けど、それだけだ。なのにあいつら、はなっからおれを疑いやがってよう」

「それは、マジな話だな？」

「マジさ。……死体とヤっても、つまんねえしな」

一瞬呻《うめ》きそうになり、司は慌ててこらえた。同時に背後の蓮斗が、ぎゅっと司のシャツを握るのもわかった。

――当真が子どもに性的いたずらをするという噂は、ほんとうらしい。

だが当真が同性愛者かどうかは、まだなんとも言えなかった。この年頃ならば精神的に未熟だろうし、まともな知識もあるまい。攻撃欲や女性嫌悪などとあいまって、混乱しているだけの可能性は十二分にある。

「被害者はリョウという子らしいな。なにリョウだ」

「知るかよ。セイリョウとか呼ばれてるガキさ。……河原でぐちゃぐちゃんなって、転がってやがってよ。なんだこりゃって眺めてたら、どっかのじじいが通りかかって、ぎゃあぎゃあ喚きながら行っちまったんだ。それだけだ」

当真は銃を持ったほうの手を振り、冷蔵庫を指した。

「おい、それよりなんか飲むもん寄越せ。喉が渇いた。コーラがいい」

「コーラはない」司は答えた。

「缶のオレンジジュースと、烏龍茶だけだ」

「ケッ。しょっぺえ店だな」

当真は吐き捨ててから、蓮斗に視線を向けた。

「おいガキ、おまえが取れ。ジュースだ。冷蔵庫から一本だけ取って、こっちに転がせ。おかしな真似したらぶっ殺すぞ」

濡れた目で、蓮斗が司を見上げる。

司はうなずきかえした。ここは渡してやるほかあるまい。

司のシャツを握りしめたまま、蓮斗はもう一方の手で冷蔵庫を開けた。わななく手でオレンジジュースの缶を取る。

彼はかがみこむと、厨房のスイングドアの下にあいた隙間から、そっと缶を転がした。

当真が銃を下ろした。

ナイフを和歌乃に突きつけたまま、慶太郎に「拾え」と命じる。銃は、デニムの背中側に挿した。

「拾え。……缶を開けて、こっちに渡せ」

ジュースを慶太郎から受けとるやいなや、当真は一気に呷《あお》った。ぐびぐびと喉を鳴らし、ちいさくげっぷをする。飲み残しの缶を、慶太郎に押しつける。

途端、店の電話が鳴った。

けたたましい音だった。その場の全員が、びくっと肩を跳ねあげた。

カウンターに置いた固定電話だ。鳴りつづけている。全員の視線が集中する。

「出るな！」

当真が叫んだ。

「出るな。誰も、動くな！」

数秒の間、誰一人として動かなかった。息づまるような静寂が流れた。

電話だけが鳴り響いている。空気を裂くような音だった。神経が焼き切れそうだ、と司は思った。

――客や、業者からだろうか。いや警察か。

きっと後者だ、と考える。そういえば外が騒がしい。逃げたユキが通報できたなら、警察が表に来ているはずだ。それとも機動隊かもしれない。子どもが人質に取られたと、ユキは正確に伝えてくれただろうか。

五十コールほど鳴って、電話は切れた。

数秒あいて、ふたたび鳴りだす。やはり五、六十コール鳴って、切れる。

また鳴りはじめる。

「で――、出ない、のか」

司は当真に言った。

「殺してないんだろう？　なら……それを、警察に言ったほうがいいんじゃないか」

喉に詰まる声を、無理に押しだす。

電話の音に、当真はあきらかに苛立《いらだ》っていた。伝わってくる。ぴりぴりと皮膚がひりつく。

彼を刺激したくない。だが、黙っているわけにもいかない。

――なんとか、おれが電話に出られないだろうか。

当真と警察とで、直接話をさせるのは怖い。交渉にあたる警官はきっと、ベテランで老獪《ろうかい》だろう。

口調に不用意な反感を滲ませるとは思えない。だがそれでも、怖い。

――当真はおそらく、ほんとうに警官を刺した。

ナイフの血曇りは本物だ。彼は警官を刺して銃を奪ったのだ。いつまた怒りを爆発させるかわからない。

誰とも知れぬ警察の交渉に、子ども四人の命がかかっている。

「出、出たくないなら、おれが」

「うるせえ！」当真が司に吠えた。

「ちったあ黙ってられねえのか、おしゃべり野郎。さっきからごちゃごちゃごちゃごちゃ、イラつくんだよ。黙れ。黙れ黙れ黙れ」

顔面に血がのぼっている。いまや当真は、耳や首まで赤く染まっていた。

しかたなく司は黙った。電話のコール音は、まだつづいている。

苛々と当真が爪を噛みはじめた。その横で、慶太郎は無表情だ。しかし心菜に当てたナイフを下ろそうとはしない。

電話の音が止んだ。

店内をしん、と静寂が覆う。

細い声で、心菜が泣きはじめた。啜《すす》り泣きだった。両の手を握りしめ、突っ立ったまま嗚咽《おえつ》を洩らしている。喉から振り絞るような声であった。

「黙れ、メスガキ！」

耐えかねたように当真が喚いた。

「だから女は嫌いなんだ。なにかっちゃあ、ぴいぴい泣きやがってよ。甘ったれてんじゃねえぞ、糞がっ」

その語尾をふさぐように、四たび電話が鳴りはじめる。

「サツも嫌いだ。ああ糞、なんなんだよ。なんでてめえら、誰も静かにしてられねえんだ。くそっ、糞が。畜生ども」

当真は地団太を踏まんばかりだった。

司はふと、和歌乃の視線に気づいた。

当真を見ていない。彼にナイフの刃を向けられながらも、和歌乃は当真ではなく斜め横を見ていた。思わず司も、彼女の目線を追った。

芽愛だった。

顔が蒼白だ。その喉が、ひゅうひゅうと鳴りはじめている。細い笛のような音だった。喘息発作の前兆だ。

さすがに当真も気づいたらしい。彼は喚くのをやめ、気味悪そうに芽愛を見た。

「なんだ、こいつ？　キメぇな」

「喘息だ」司は言った。

「ストレスは、発作の引き金になるんだ。気に障るか？　――うるさいと思うなら、その子だけでも、解放してくれないか」

「黙れ。指図すんじゃねえ」

当真が叫ぶ。ほぼ同時に電話のコールが止んだ。

またも店内が静まりかえる。

しかし、またすぐ鳴るかと思った電話は沈黙していた。うんともすんとも言わない。

司は胸中で十数えた。やはり、コール音は響かなかった。

「――もう、かかってこないかもしれないぞ」

司が言う。当真はせせら笑った。

「ふん、静かでいいぜ」

だがその頬は強張っていた。瞳に迷いがあった。

ふたたび爪を噛みはじめる。忙《せわ》しない噛みかただった。

「ああ、いや待て……。次は、出ろ」

当真は首を振った。ナイフを持っていないほうの人差し指を、司に突きつける。

「次にかかってきたら、おまえが出ろ」

しかし次に鳴ったのは、店の固定電話ではなかった。

司のスマートフォンであった。

場違いなほど軽快なメロディが、張りつめた店内に朗々と響きわたる。

吐きそうだ、と司は思った。緊張で胃がしくしく痛む。子どもたちが持ちこたえているのが、不思議なくらいだった。

「誰だ」当真が言う。

司はおそるおそる、スマートフォンを覗きこんだ。一瞬、瞠目する。『三好幾也』の登録名が浮かんでいた。幾也からの着信だ。

「友達だ」司はそう答えてから、

「――いや、警官だ。おれの幼馴染みで、磐垣署の警察官なんだ」

と言いなおした。

「よし、出ろ」

当真は顎をしゃくった。

「ただし、ほかのやつとは話すな。おまえのツレだけだ。そいつ以外を出したら、すぐにたたっ切ると言え」

顔を引き攣らせ、にやりと笑う。唇から発達した犬歯が覗いた。

「おまえのツレなら、間違ってもエリートの偉いさんじゃあねえだろ。……エリート野郎は嫌いだ。頭がいいと思って、ナメたごまかしを言いやがるからな。ツレに伝えろ。おれはガキを殺《や》っちゃいねえ、ってな」

そこまで言い、

「そうだ」

当真ははっとした表情になった。

「そうだ、これが要求だ！　おれじゃねえってことを、サツどもできっちり調べやがれ。犯人が見つかったら、そいつの名前をテレビで発表しろ。そしておれに『疑ってすみません』と謝るんだ。――それまでは、店から一歩も出ねえぞ！」

3

ワゴンタイプの捜査車両から、幾也たちは時計店の二階へと機器を運びこんだ。

急ごしらえの前線本部である。茶簞笥や飾り棚などの家具は壁に寄せた。カーテンも外した。『やぎら食堂』を映すビデオカメラや監視用機器を据えねばならないが、あいにく昔ながらの店舗付き住宅だ。ベランダなどという洒落たものはない。しかたなく窓際に三脚を立て、ビデオカメラや双眼鏡を設置した。

ほかには無線機、ノートパソコン、プリンタ兼ＦＡＸ、筆記用具、デジタルカメラ、充電器などを揃えた。本来なら電話線も引きたいところだが、これは間に合いそうにない。個々の携帯電話やスマートフォンでまかなうしかなかった。また、小型テレビも運びこまれた。

「テレビは住人からの借り物です」

矢田野が大迫に、そう説明した。

「『やぎら食堂』から逃走できた女性客の話では、店内にもテレビがあるそうです。今後マスコミが駆けつければ、当然テレビ中継がはじまります。こちらの動きがマル対に筒抜けになりますから、テレビ実況の監視も必要でしょう」

「よし。指揮本部からマスコミに、再度の釘刺しを頼もう」

大迫はうなずいて、

「電話は？」と尋ねた。

「かけつづけていますが、応答がありません。ガキにしてはしぶといですね」

「出ない気なんじゃないのか？　このまま無視しつづけたらどうする」

「それはあり得ません」

矢田野は断言した。

「こうした籠城は、神経戦です。相手の動きが知りたいのは向こうも同じですからね。『当方には話をする余地がある、交渉する余地がある』と先方にアピールするためにも、電話を鳴らしつづけるのは有効な手段です」

と、そこへ「すみません」と口を挟んだのは志波だった。

「すみません、意見よろしいでしょうか。こいつが——所轄の三好が、『やぎら食堂』の店長と幼馴染みです」

と親指で幾也を指す。

余計なことを——。咄嗟に幾也はうつむいた。

だが私事にこだわっている場合ではない、と思いなおす。顔を上げ、彼は大迫と矢田野の視線を正面から受けとめた。

「幼馴染みか。では店内の様子に詳しいな？」

大迫が問う。幾也は即答した。

「はい。二年ほど前の知識になりますが」

「改築していないならかまわん。見取り図を描いてくれ」

「了解です」

「それと、店長はどんな人物だ。おまえの幼馴染みなら、まだ若いな？　現状では立てこもりが短期決戦になるか、長引くかは不透明だ。長時間の籠城に耐えられそうな男か？」

「姓名は柳楽司。歳は三十一歳です。精神的に不安定な男ではありません。持病はなく、体力もあります」

幾也は自信を持って答えた。

「言葉づかいや態度は一見粗野ですが、国立大学で社会福祉学を専攻し、知的レベルも高いです」

「国立で福祉学？　調理師だろう？」大迫が意外そうに眉を上げた。

「普通なら、調理の専門学校へ行くもんじゃないのか」

「かもしれません。しかしやつは大学を卒業後に、実家である『やぎら食堂』で二年働き、その後に調理師免許を取得。店を継いで二代目となりました」

「変わり種だな」

応えて、大迫はしばし考えこんだ。やがて顔を上げ、幾也を見る。

「おまえ、店長のスマホの電話番号を知っているか？」

「はい」

「こいつは賭けだが……、鳴らしてみろ」

幾也は了承し、自前のスマートフォンを取りだした。

電話帳から、久しくかけていない司の番号を呼びだす。通話のマークをタップした。

耳もとで呼びだし音が鳴る。一コール。二コール。大迫と矢田野の視線を感じた。五コール。六コール。

十二コールを数え、やはり出ないか、と諦めかけた頃。

「――幾也か？」

聞き慣れた声が、鼓膜を打った。

「つ、……司」

思わず、声が喉でつかえた。自分でも驚くほどの安堵《あんど》がこみあげる。なぜか鼻の奥がつんとした。慌てて咳払いし、感情を呑みくだす。スピーカーに切り替え、スマートフォンをテーブルに置いた。

「無事か、司」

「ああ」

「話せるか」

数秒の間があった。

「……大丈夫だ。ただし電話口に出るのは、おまえだけにしてくれ。スピーカーフォンに、していいか」

マル対、つまり間瀬当真たちにも聞こえるように、との要求だろう。幾也は大迫を見やった。大迫が顎を引くように首肯する。

幾也は次いで、ＳＩＴの矢田野を見やった。矢田野は『人質の人数、名前を聞け』と書いたスケッチブックを掲げていた。

幾也はこくりと顎を引き、

「人質は何人だ。五名で合っているか」と訊いた。

「合っている。おれと、客の子どもが四人だ」

「籠城犯はマル間――間瀬当真と、渡辺慶太郎だな？」

「そうだ」司は答えてから、

「……銃を、持ってる。警官から奪った銃だというのは、ほんとうか」と尋ねてきた。「無事なのか、その警官は」

質問を幾也は無視して、「人質の姓名が知りたい。言えそうか？」と問うた。

ふたたび数秒の間があいた。

やがて、司が低く言う。

「下の名しかわからん子も、いるが……。鶴井《つるい》和歌乃。高品《たかしな》芽愛。蓮斗。心菜だ。ワカノは古今和歌集の和歌に、乃木坂《のぎざか》の乃。メアは木の芽に愛情の愛。レントは植物の蓮《はす》に北斗七星の斗で、この子のみ男児だ。ココナは心に、くさかんむりの菜」

「わかった、こちらで調べる」

幾也が言うと同時に、捜査員の一人が走り出るのが視界の端に見えた。確認に走ってくれたのだろう。

ほっとしつつ、幾也は矢田野の指示をつづけて読んだ。

「間瀬当真と渡辺慶太郎は、なんと言ってる？　彼らの要求はなんだ？」

「無実だと、間瀬は主張している」

司が言った。

「小笹川付近で今朝、子どもの死体が発見されたらしいが、当真は自分の犯行ではないと言っている。『不当に疑われたため、かっとなって警官を刺して逃げた。しかし子ども殺しのほうは自分ではない。正しく捜査し、自分たちの無実を証明しろ』というのが彼の要求だ。……真犯人が逮捕されるまで、この店を出ないと言い張っている」

幾也の隣から、派手な舌打ちが聞こえた。

「ふざけやがって」

志波だった。

「警察官《サツカン》の喉を刺して、銃を奪ったんだぞ？　……なにが無実だ。必ず手錠《ワッパ》をはめてやるからな、糞ガキども……」

大迫が志波に向かい、唇に指を当てた。「静かに」のサインだ。次いで幾也に「スピーカーはもういい」「引きのばせ」のジェスチャーをしてみせる。

幾也は首肯し、通常の通話に切り替えた。

「──わかった。そちらの要求を、もっとくわしく教えてくれ」


幾也と司が話す間に、大迫は背後の捜査員を振りかえった。

「『小笹川事件』の死体検案書はもう出たな？　指揮本部に連絡して、至急ＦＡＸかメールで寄越せと言え。いいか、大至急だぞ」

死体検案書のＦＡＸが届いたのは約一分後だった。

大迫が小声で読みあげる。

「……〝死因は失血死。凶器は刺創口と断面からして、刃渡り十六センチの牛刀と推測される。左第四肋間筋《ろつかんきん》に深さ約六センチの創あり。刃の先端は右心室を貫通し、心膜《しんまく》に大量の出血を生じさせた。また左鎖骨下動脈を傷つけた、深さ約五・五センチの創あり。致命傷はこの二創のうちどちらか、もしくは両方。

下半身と性器に無数の切創あり。とくに性器の先端と睾丸への攻撃が顕著。また右腕に、防御創と見られる創が二箇所認められる。舌の先端約三センチが切除されており、この創のみ生体反応がないことから、死後の損傷と推定される。

性的暴行の顕著な痕跡あり。ただし遺体は漂白剤で洗われており、体液は検出できず。毛髪、陰毛、爪間に残存した皮膚なども採取できず。衣服も同じく洗濯済みであり、皮脂や指紋は非検出。現場の足跡はいくつか採取できたものの、どれも前歴データにヒットなし。

死亡推定時刻は昨日午後八時から十時の間。胃はほぼ空だった。薬物および中毒物質は検査中。現場周辺で採取された微物についても、同上〟……」

大迫は尻ポケットから携帯電話を取りだした。耳に当て、やはり小声で問う。

「――おい、牛刀で間違いないんだな？　つまり、まっすぐな刃だな？　湾曲していない？　……バタフライナイフならどうだ？　……そうか、よし、わかった……」

通話を切り、ふうと息をつく。

矢田野を上目に見て、大迫は唸るように言った。

「――コロシの凶器は、おそらく牛刀だ。ある程度の幅があり、薄くまっすぐな刃らしい。襲撃された巡査によれば、マル対二名が所持しているのは、ハンティングナイフとバタフライナイフ各一丁。そして前者の刃は、ゆるい弓状に湾曲しており、一致しない……」

大迫は矢田野を見上げた。

「ＳＩＴの指揮は、まかせていいな？」

「むろんです」

「今後の計画は？」

「ひきつづき前線本部より、双眼鏡およびカメラで監視。マル対もしくは人質の保護者と連絡がつき次第、ここへ来させ、拡声器での呼びかけ等を要請します。その声で注意を引きつつ、同時にファイバースコープを潜りこませる予定です」

「ファイバー……？」

「長い紐状のカメラです。こいつを小窓などの隙間から挿しこむことで、中の様子をうかがえるんです。スコープで店内を監視しつつ、人質が危険となればただちに突入できるよう、隊の準備を整えます」

「よし」

大迫は彼の肩を叩いた。

「頼むぞ。わが県にはＳＡＴがない。必ず人質を、店から無事に出してやってくれ」

特殊急襲部隊《ＳＡＴ》とＳＩＴとの最大の違いは、犯人の生死を問うか問わないか、である。ＳＡＴは制圧に特化した部隊だ。しかしＳＩＴは「人質確保が第一、第二に犯人の確保」を目的として動く。純粋に武力で戦うのがＳＡＴであり、情報をもとにした交渉力を武器とするのがＳＩＴであった。

「ようし、全員聞け」

大迫が叫んだ。

「この場を現在より、前線本部および新たな『小笹川事件特捜本部』とする。ここで『小笹川男児殺人死体遺棄事件』の捜査を続行するぞ。ついては指揮本部に〝鑑識の結果、目撃情報、敷鑑の報告など、すべてこっちに寄越せ〟と伝えろ」

「いや、ですが、大迫補佐……」

志波がおずおずと片手を挙げた。

「お言葉ですが――小笹川事件は、マル間の犯行で決まりですよ。やつらが現在所持する凶器と一致しなかったからといって、〝使用しなかった〟とは言えません。牛刀は、どこかに捨てたのかもしれない」

「まあな。おれも十中八九、間瀬当真だろうと思っている」

大迫は認めた。

「とはいえ小笹川を半日かけてさらい、百人態勢で河原の草むらをつつきまわしたのに、凶器はいまだ発見されとらん。マル間はまだ十五歳で、単純粗暴な不良少年だ。警察の目をかいくぐるほどのタマとは思えん」

「それに、どのみち時間は稼がねばなりません」

矢田野が言った。

「今回の人質には、幼い子を含む未成年が四人います。人質の安全を考えれば、強硬手段は取れません。マル対を消耗させる作戦が有効でしょう。マル対は未熟な少年で、暴発しやすい一方、精神的疲弊も早い。要求を呑めるところは呑み、ある程度の機嫌を取りながら、水面下で救出作戦を進めるべきかと」

「だな。おれだって子どもの死体が並ぶさまなんぞ見たくない」

大迫は言った。

「時間を稼いで、疲弊させるのは大いに賛成だ。それにマル間の犯行を証明せにゃならんのは、立てこもり事件がなくたって同じだぞ。物証の乏しい殺人《コロシ》だからな。派手な立てこもりに目をくらまされて、公判でどんでん返しを食らっちゃたまらん。いや、マル対は少年だから審判か？　まあどっちだっていい」

大迫が膝を折り、畳にあぐらをかいた。背を向けて通話をつづけていた幾也の膝を、ぐいと掴む。

「よし三好。きりのいいとこで報告してくれ。マル対は、なんと言っている？」

その言葉を受け、幾也は司に「すこし待て」と告げた。

スマートフォンをミュートに切り替え、大迫と矢田野へ向きなおる。

「……『やぎら食堂』店長より伝えられた、マル対の主張と要求を復唱いたします」

声がかすれた。

「まず第一に、小笹川で発見された遺体――マル対によれば〝セイリョウ〟と呼ばれる少年だそうです――について、自分は無関係であると述べています。面識はあり、過去に何度か暴力をふるったことも認めています。店長は言葉を濁しましたが、性的暴力を含むニュアンスでした。ですがマル間の主張は『殺していない』です。理由は、その……死姦《しかん》の趣味はない、だそうです」

露骨な言葉に、大迫が顔をしかめた。唸るように、「第二は？」とうながす。

「第二の主張は『真犯人は絶対、いままでにもやっている』です。つまり、連続殺人であると言っています」

「連続殺人？」

矢田野が繰りかえし、隣の大迫をうかがう。

「いきなり話が大きくなりましたね。テレビドラマか、映画の影響でしょうか？」

「いや、やつの知的レベルにそぐわん発言だ」

　大迫は上目に幾也を見て、

「つづけろ」と言った。

　幾也はうなずき、口をひらいた。

「第二の主張をつづけます。『この泥首では、突然いなくなる子どもが多い。理由は家族単位での夜逃げだったり、家出だったり、母子のみの出奔だったりとさまざまだが、事件に巻きこまれているのか、そうでないのか区別がつきにくい。事件の様相があっても親が訴え出なかったり、厄介を恐れて雲隠れしたりで、表沙汰になることがない。ここ数年だけでも、二、三人は不審な失踪を遂げた子どもがいる』というのが、マル間の意見です。もちろん本人の弁はここまで理路整然とはしていないでしょう。店長の補足が多いと思われます」

「ふむ。まあ言いたいことはわかった。それでさっきの『正しく捜査し、自分たちの無実を証明しろ』という要求に繋がるわけか」

「そのようです。マル間いわく『犯人が見つかったら、テレビでそいつの名を日本じゅうに発表しろ。そして自分に謝罪しろ。それらが終わるまで、自分たちは店から一歩も出ない』だそうです」

「なるほどな。……で、おまえはどう思う」

　大迫が顎を撫でた。

「『やぎら食堂』の店長と幼馴染みなら、おまえも同郷だろう。つまり泥首の生まれだ。マル間の言葉に、なにがしかの信憑性《しんぴょうせい》はあるのか？」

「そう……ですね。唐突に姿を消す子どもが多いのは、事実です」

言葉を選びつつ幾也は答えた。

「学籍のない子が多いので、行政が把握しづらいんです。通学している子でも、前ぶれなく登校しなくなるケースはざらです。おれが小学生の頃は、毎年学年から一、二人は消えていました。学校側も慣れっこでしたね」

「ということは、マル間の主張もあながち荒唐無稽ではない？」

「……そうと断言はできません。しかし、人の出入りが激しい土地柄なのは確かです。ある日子どもがいなくなっても、気にする者はほぼいません」

――そう、〝ほぼ〟だ。

胸中で幾也はつぶやく。

皆無ではなかった。気にする者もいた。その一人がおれだ。

小学五年生の冬に、消えたクラスメイト。ぽっかり教室に空いた空席。もはや顔をぼんやりとしか思いだせない、淡い初恋の相手――。

「よし、捜査再開だ」

大迫が背後に手を振った。

「こちらの捜査の進捗は、要求に応じてマル対に知らせる。むろん情報すべてを渡すわけではないぞ。マル間が真犯人なら、進捗状況を聞いて観念するか、もしくは逆上する可能性がある。もし後者なら――」

ちらりと矢田野を見る。矢田野が首肯した。

「突入します」

「だな。ＳＩＴはそのときのため態勢を整えておいてくれ。それから」

　大迫は幾也に向きなおった。

「三好。……確か、三好巡査だったな？」

「はい」幾也は居ずまいを正した。

　大迫が目をすがめる。

「これよりわれわれは『泥首立てこもり事件前線本部』兼『小笹川事件特捜本部』として動くことになる。すまんが、おまえにはきつい役をやってもらうぞ。立てこもり現場との橋渡し役、ならびに交渉役だ」

　大迫は幾也のスマートフォンを指した。

「通話はまだ繋がっているな？　いいか。マル対二名が投降するまで、その通話を絶対に切らせるな」

　幾也の鼻さきに指を突きつける。

「おまえの警察官《サツカン》生命に懸けて、回線を死守しろ。そいつが切れるときは、すなわちマル対との交渉が決裂したときだ」

　ずん、と肩が重くなるのを幾也は感じた。

「この意味はわかるな？　やれるか？」

　訊かれて、ひとりでに鼓動が速まった。うなじが汗ばんでくる。

　粘《ねば》い、いやな汗だった。胃がざわめき、喉もとに胃液がこみあげた。自分のこの肩に幼馴染みの命が、そして子ども四人の命がかかっている――。

震える声で、幾也は答えた。

「やります」

4

幾也と繋がったスマートフォンを、司はカウンターに置いた。当真の命令どおりの行動だ。つづいて、これも指示どおりに固定電話の受話器を外した。

――警察は、こちらの要求を呑む気らしい。

当真の求めに応じ、「真犯人が存在するか否か捜査する」と言う。実際にどう動くかは知らないが、すくなくとも電話口では応じてみせた。

――ということは強引に突入せず、人質の安全を最優先してくれるのか。

とりあえずは、ほっとした。

「仮にも民主主義を謳《うた》う国家だ。子どもの命を危険にさらしたりはすまい」と頭では思う。だがやはり、心のどこかで不安だった。泥首で生まれ育った人間の常として、司も行政を信じきることはできない。

――個々はいい人間でも、組織となると腐る。

数が膨れあがるほどに良心は消え、「ことなかれ主義」と「利己主義」ばかりが蔓延《まんえん》する。司自身、幼い頃からいやというほど見聞きしてきた。とくに公務員はそうだ。職員の一人一人はやさしくとも、市役所や児童相談所は、そびえ立つ冷たい壁でしかなかった。

「おい、おっさん」

当真が司に向かって顎を突きだした。

「ガムテープあるか、ガムテープ」

「え？　ああ、ある。ここに……」

反射的に、厨房内の棚を目で指した。当真が蓮斗にふたたび命じる。

「そこのガキ。ガムテを取って、こっちに転がせ。さっきのジュースと同じようにな」

蓮斗は言うとおりにした。

慶太郎がしゃがんでテープを受けとり、当真を目顔でうかがう。

「縛れ」

当真は短く命じた。

「そこのオスガキ、おまえもこっちへ来い。おっさんはそこから出るなよ。出ようとしたら、こいつの喉をかっさばく」

和歌乃の喉へ、当真はふたたびナイフの刃を当てた。迷いのない動作だった。

和歌乃のまぶたが、痙攣《けいれん》するのがはっきり見えた。

慶太郎が、心菜から順に縛っていく。両手を背にまわさせ、手首をまとめてガムテープで幾重にも巻く。座らせてから、足首も同じように縛った。

——テープなんてない、と言えばよかった。

司は悔やんだ。やはり頭がまわっていないらしい。さっきからヘマばかりしている。

慶太郎は芽愛と和歌乃、蓮斗を同様に縛った。

「場所がねえな。ポチ、テーブルを壁のあっち側に寄せろ」

言われたとおり、慶太郎は店内のテーブルと椅子を壁の片側に寄せた。本棚が半分がたふさがれる。和歌乃たちは窓のない壁を背に、四人並べて座らされた。

「おっさんもだ」

当真が言った。

「ポチ、中に入って縛ってこい。おいおっさん、動くなよ。ガキが死んだらてめえのせいだ。おれは悪くねえ。てめえが動いたせいで、ガキは死ぬ。わかったな」

スイングドアを押して、慶太郎が入ってくる。

彼は唇を震わせ、頭皮から汗をしたたらせていた。顔じゅうに「すみません」と書いてあるようだった。「すみません。ぼくだってほんとは、こんなことしたくないんです」と。

「後ろ、向いてもらえますか」

細い声で、慶太郎が言った。

「ごめんなさい。痛く、しないですから……」

しかし司は動かなかった。代わりに当真に向かって言った。

「手を縛られて、どうやってメシを作るんだ」

「あ?」

当真が眉を上げる。細いほうの目がきゅっと糸になった。

「いらないのか」

床に散乱した焼きそばを、司は視線で指した。

当真がつられたように床を見、口を「あ」のかたちに開けた。

「腹が減ってるんだろう」

司はもう一押しした。

「いつから食ってないんだ。今朝か？　それとも昨日の夜からか？　ここへ来てから、ジュースしか飲んでないじゃないか。腹いっぱいになれば落ちつくぞ。これからのことは、食ってから考えたっていいだろう」

「……クスリとか、入れるつもりじゃねえだろうな」

当真は探るように言った。

「眠くなる薬とか、腹を下す薬とかよ。そういうやつ、仕込む気じゃねえのか」

「そんなものは、店にない」

司は即答した。

「約束する。なにもしない。おれにも料理人のプライドがある。口に入るものに、おかしな真似は絶対にしない。客に、美味いと思ってほしいだけだ」

言葉を切って、司は当真をうかがった。

当真は考えこんでいるようだ。眉間に皺を寄せ、じっと司を睨んでいる。

見透かすような眼《め》だった。知性は乏しいものの、猜疑心《さいぎしん》に満ちた瞳である。その猜疑心と拳の力で、彼はこの十五年を生き延びてきたに違いなかった。

「――よし、いいだろう」

当真は顎を上げた。慶太郎を振りかえる。

「ポチ、おまえは横に立ってそいつを見張れ。おかしな動きをしたら、腹を刺せ。脇腹だ。ヤッパの持ち方はわかるな？　刃を上にして刺せよ」

ヤッパか、と司は口中でつぶやく。古くさいチンピラ用語だ。たぶん当真の父親が使っているのだろう。

当真の父はストリップ小屋の呼び込みをしていると聞く。昭和末期で時を止めたような温泉街には、むしろ似つかわしい隠語であった。

「作るのは、ソース味の焼きそばでいいか？」

「いちいち訊くんじゃねえ！　早くしろ」

冷蔵庫から、司は中華麵と豚コマ肉を取りだした。次いでキャベツに手をかけると、

「いらねえ」

すかさず当真の声が飛んだ。

「野菜は腹の足しにならねえ。肉だけ入れろ。たっぷりだぞ。麵は三玉使え。おれに二玉、慶《ケイ》に一玉だ」

当真が床を蹴りつける。芽愛の喉がひゅうっと鳴った。

司は口をつぐみ、まな板に向きなおった。またも当真が怒鳴る。

「待て、包丁は持つな。肉ははさみで切るんだ。あれだ、あれ。焼肉屋とかにあるじゃねえか、あいうはさみだ」

「わかった」

うなずくと、司は慶太郎に向かって抽斗《ひきだし》を指した。

慶太郎が厨房の抽斗を開け、はさみを取りだしてまな板の横に置く。やはり慶太郎のほうが、意思疎通は楽だ。司はちいさく礼を言い、調理に取りかかった。

中華麺は油と臭みが付いているので、表面をさっと水洗いする。ペーパータオルで水けを拭きとったのち、酒を振って軽く揉《も》みながらほぐす。

豚コマは脂の部分をいくらか切りとり、同様に酒と塩を少量振っておく。

ほかに具はないため、中華鍋を火にかけた。本来ならキャベツと玉葱で野菜の甘みを加えたいが、今回ばかりはしかたない。

中華鍋から煙が立ちはじめた。豚コマの脂を入れる。溶けた脂が鍋に充分に行きわたったところで、肉を炒める。

肉の色が変わり、あらかた火が通れば、あとは麺を加えて炒め合わせるだけだ。

さて味付けは——と考えて、すこし迷ったのち、市販の焼きそばの粉末ソースを使うことにした。料理人として、あまり市販ソースに頼りたくはない。だが焼きそばやカレーは、できあい以外の味を嫌う子どもが多い。当真もそのタイプではと思えた。

あとは炒めながら水分を飛ばすだけだ。換気扇をまわしていないので、店内にソースの焦げる香りが満ちる。

おおよそ一人前と二人前になるよう、目分量で皿に盛った。仕上げには、青海苔《あおのり》をたっぷり振りかけた。

ごくり、と当真が喉を鳴らす。

「ポチ、とっとと寄越せ」

いまにもよだれを垂らさんばかりだった。

「カウンターに置け。いっぺんに両手に持つなよ。ひとつずつだ」

慶太郎は言われたとおりにした。そして冷蔵庫を開けると、オレンジジュースと烏龍茶を一本ずつ抜き、皿の隣に置いた。

当真は迷わずオレンジジュースを取った。

「おれが先に食うぞ、ポチ」

ストゥールを引き、当真は怒鳴った。

「おまえはおれが食い終わってからだ。おっさんを見張ってろ。いや、全員だ。おれが食ってる間、糞どもが糞な真似をしねえよう、よーく見てろ」

言うが早いか、当真は焼きそばを掻きこみはじめた。

ひどい握り箸だった。おまけに犬食いだ。口のまわりどころか、頬までべたべたにして食らいつく。

にもかかわらず、見とれるような食いっぷりだった。なんて美味そうに食うんだ、と司は感嘆した。やっぱり子どもだな。なんだかんだ言っても、可愛いところがあるじゃないか——と。

だが次の瞬間、はっとした。慌てて甘い考えを振り払う。

いけない。ストックホルム症候群のきっかけになりかねない。

籠城や監禁などの閉塞的な状況に長く置かれると、人質は無意識に犯人へすり寄ろうとする。助かりたいから、殺されたくないからだ。

相手の機嫌を取るうちに、やがて本心から愛着を覚え、はなはだしいときは意思のすべてを犯人に委ねてしまう。

――おれだけは、そうなってはいけない。

この場にいる唯一の大人がおれだ。司はあらためて己に言い聞かせた。

和歌乃や蓮斗たちが、当真に呑まれるのはしかたがない。だがおれだけは、持ちこたえなくては。

――それに、向こうだって同じことだ。

司は学生時代の知識を必死にたぐり寄せた。

人質と立てこもり犯。もしくは人質と誘拐犯。ともに過ごす時間が長くなれば、感情は一方通行ではなくなる。犯人のほうも人質に対し、ある程度の情愛を抱きはじめるのだ。

とくに有名なのは一九九六年に起きた『在ペルー日本大使公邸占拠・人質事件』だろう。南米ペルーのゲリラ組織メンバーが、首都リマの日本大使公邸パーティーを襲撃し、当初六百余人を人質として立てこもった事件である。

この籠城は四箇月以上にも及び、やがてゲリラ組織メンバーと人質たちはインドアサッカーやカードゲームを楽しむまでに打ちとけた。この心理は事件の地名を取って『リマ症候群』と名づけられ、極限状態における情動の一ケースとして語り継がれている。

――そうだ。むしろ向こうに、おれたちへの愛着を抱かせたい。

食事を作るのもその一環だ。たとえ野生動物だって、食事を与えてくれる存在、世話してくれる存在には愛着を持つものだ。

できるだけ当真の望みどおり食わせよう、と司は思っていた。

ある程度の年齢からは、当真は強盗や恐喝で金を得ていた。その金でマクドナルドなり、牛丼屋なり行けたはずだ。だがそれ以前の食生活はどうだったか――。およそ悲惨な想像しか浮かばなかった。

司が考えをめぐらす間に、当真は焼きそばをきれいにたいらげていた。

麺一本残していない。最後にオレンジジュースを流しこみ、満足そうにげっぷをする。

「いいぞポチ。そっから出てこい」

当真は慶太郎を手まねきした。笑った歯に、青海苔が付いていた。

「早いとこ食っちまえ。……しょうもねえメシだが、ま、悪かねえや」


慶太郎が食べ終えたのを確認し、司は当真に訊いた。

「皿を洗っていいか」

それから、と床に散乱した焼きそばを指す。

「床もきれいにしたい。そのままにしてたんじゃ、ゴキブリのいい餌だ」

言いながら歩きだそうとした。だが、いち早く当真に制された。

「おっさん、誰が出ていいと言った」

鞭のような声だった。当真は慶太郎に向かい、ナイフを持っていないほうの手を振った。

「慶、おまえがやれ。おっさんはそこに突っ立ったまま、慶に教えろ。道具がどこにあるだとか、どうしろだとか――とにかく、やりかたを言え」

しゃべりながら、当真は苛立っていた。〝指示〟や〝指導〟といった言葉が浮かばず、もどかしいらしい。咄嗟に出てこないのではない。そもそも語彙がないのだ。

「さっさと動け、グズ」

威嚇するように、当真は壁を蹴りつけた。

蓮斗がびくり、とすくみあがる。芽愛の喉がまたひゅうっと鳴り、細い音がつづく。

まずい、と司は思った。

いったんおさまった芽愛の発作が、また起こりつつある。笛の音のようなひゅうひゅう音に、ぜいぜいと喘鳴《ぜんめい》が混じりはじめている。

その横で心菜は押し黙っていた。もう泣いてはいないが、表情がうつろだ。和歌乃だけが気丈に当真を睨みつづけている。

「わかった。そこの『従業員専用』と書いてある扉だ」

司は急いで言った。芽愛のためにも、当真を怒らせたくなかった。

「その中に掃除用具一式が入ってる。まずはビニール手袋を嵌《は》めて、床の残飯をかき集めて、ビニール袋に入れてくれ。そう、その袋だ。そうしたらあとは、湿らせた雑巾で……」

指示を出しながら考えた。どうしたらいい。これから自分はどうすべきだろう。

ちらりと目線を上げる。時計の針は七時を過ぎていた。

時間の経つのが早かった。反面、遅いとも感じる。当真たちが籠城をはじめてから、丸一日経ったようにも、たった数分のようにも思えた。

芽愛には喘息がある。蓮斗は当真の性的対象になり得る。心菜はこの中で一番、精神的にもろい。

そして和歌乃は、当真への反感を隠そうともしない。

――この子ら全員を守るには、いったいどうしたらいい。

「そうだ、いいぞ。雑巾がけが終わったら、仕上げにモップをかけて……」

慶太郎は黙々と床を拭いている。うつむいているので前髪に目が隠れ、表情が読みとりづらい。

――いつから慶太郎は、当真とつるみはじめたのだろう。

たぶんこの食堂に来なくなったのと同時期だ。少年院を出た当真が、おとなしい慶太郎に目を付けてパシリにした、といったところか。

「ありがとう。きれいになった。じゃあモップを戻してくれ。拾った残飯は、そこのバケツに……」

芽愛が咳《せ》きこみはじめた。司はぎょっと彼女を見やった。

本格的な発作がはじまったらしい。止まらない。体を折り、芽愛は苦しげに咳きこんでいる。ちいさな体全体が揺れていた。

見ているほうがつらくなるような、激しく重い咳であった。

「うるせえ！」

突然、当真が激昂した。

「なんなんだよ、さっきからよぉ。このぜいぜい野郎、なんで静かにしてられねえんだ！　イラつくんだよその音！」

足が飛んだ。今度の蹴りは壁ではなく、芽愛の背中に当たった。

芽愛が床に転がる。その背を、さらに二度、三度と蹴りが襲った。芽愛が体を丸め、さらに激しく咳きこむ。

「やめろ！」

「やめてよ！」

司と和歌乃が叫んだのは同時だった。

和歌乃が尻で這って身を投げだし、芽愛をかばう。だがその腹にも、容赦なく靴さきが食いこんだ。和歌乃の悲鳴が響く。

「やめろと言ってるんだ！」

司は厨房を飛びだそうとした。だがその前に、当真がナイフを突きだした。倒れた和歌乃の顔に、ぴたりと刃を当てる。

「動くなって言ってんだろ、おっさん」

「……わ、わかった」

司は両手を上げ、厨房の中へ退いた。

「だが、蹴るのはやめろ。そっちの子は、喘息なんだ。薬の吸入器を持ってるはずだ。使わせてやってくれ。使いさえすれば、発作はおさまる」

「ポケットに」

和歌乃が首をもたげ、あえぐように言った。

「芽愛のポケットに、入ってる。慶ちゃん」

彼女は慶太郎を見やった。

「お願い慶ちゃん、芽愛のポケット、調べて。薬を吸わせてあげて」

「うるせえってんだよ」

当真が喚いた。

「おい慶、勝手な真似すんなよ。動くんじゃねえぞ」

と制してから、

「わかってねえな、てめえら。おれはそのガキを気絶させてやろうとしたんだ。気絶すりゃあ、そのやかましい〝ぜいぜい、げほげほ〟も止まるだろうよ。ああくそ、人の親切がわかんねえやつらだな。ぴいぴいぎゃあぎゃあ騒ぎやがってよぉ。おれをこれ以上イラつかせんな、カスども」

彼は肩で息をしていた。こめかみに静脈が浮いている。

やがてふうぅっと長い息を吐き、当真は慶太郎を振りかえった。

「ポチ、パンツ脱げ」

「えっ」慶太郎は目を見ひらいた。

当真がにやりと笑う。和歌乃をナイフの先で指して、

「このメス、さっきからムカつくんだよ。黙らせろ。おまえのその汚《きたね》えパンツを、丸めて口に突っこんでやれ。お仕置きだ」

店内が数秒、静まりかえった。

凍りつくような空気に、芽愛の咳だけが響く。慶太郎の顔は蒼白だった。目が激しく泳いでいる。

身動きせず、眼球だけを動かして、当真と和歌乃を何度も交互に見やる。

一拍置いて、当真の馬鹿笑いが聞こえた。

「冗談だ、バーカ。……ガムテでふさげ。早くしろ」

「あ、ああ。うん」

あたふたと慶太郎は動いた。粘着テープを切り、そっと和歌乃の口に貼る。

司の位置からは慶太郎の横顔が見えた。その唇が「ごめんね」と動いていた。

芽愛は咳きこみつづけている。

当真が芽愛を見下ろし、おどけた顔で目玉をぐるりとまわした。

「ぜいぜい、ひゅうひゅう。ぜいぜい、ひゅうひゅう。げっほげっほ、うえぇ」

大げさに発作の真似をしてから、「ははは っ」とのけぞって爆笑する。慶太郎に向かって手を振ってみせる。

「おい、このぜいぜい野郎の口も……」

「ま、待て。待ってくれ」司は慌てて遮った。

当真が派手にちっと舌打ちする。

「またかよ、おっさん。てめえはほんとにウゼえやつだな」

そう言いつつも、体ごと司に向きなおった。

司はすこしほっとした。体を向けるのは、会話の余地がある証拠だ。さっき食わせてやった効果だろうか。すくなくとも頭から無視する気はないらしい。

「咳が気障り……いや、うるさいんだろう。だったらその子を、店の外に出しちゃあどうだ？」

「はぁ？　ざけんな」

当真が嘲《あざわら》笑った。

「店の外に出せだと？　んなことしたら人質が減るじゃねえか、馬鹿かよ、てめえ」

「いや待て。もちろん、きみたちの不利になるようにはしない」

司は声を抑え、言った。

「代わりに、警察と交渉する。……交換条件を出すんだ」

「あ？」

「たとえば、きみのそのナイフ。そいつを警察に調べさせる。刃に被害者の血が付いていないとわかれば、無実の証明に一歩近づくはずだ」

「阿呆か。んなもん、やつらは『拭いたんだ』って言い張るだろ」

当真が呆れ顔で言う。

「おれぁよく知ってる。サツってのは、いったん〝こいつがやった〟って決めつけたら、そっから動きやしねえんだ。今回もサツは、おれがやったって決めこんでる。やったっておれが認めるまで、なにがなんでも止まらねえ。そういうもんなんだ。おれが少年院《ネンショー》にぶち込まれたときもそうだった」

「だとしても、それは所轄署レベルの話だろう」

司は粘った。

「今回はそんな杜撰《ずさん》な捜査はできない。殺人事件で県警が乗りだしているし、この立てこもりでマスコミの注目だって集まった。これほど話題になった事件を、もしいい加減に捜査したなら、警察はテレビや新聞でいいように叩かれる。彼らは公務員だからな。公務員は、マスコミに叩かれるのをもっとも嫌う。わかるだろう？　いままでの事件とこれは、わけが違うんだ」

熱弁した。背中にじっとり汗が滲んでくる。体温がひとりでに高くなり、心拍数が跳ねあがる。

本来ならば、一番年少の蓮斗を真っ先に出すべきだ。だが芽愛の発作は深刻だった。なによりあの喘鳴音と咳は、当真を苛立たせる。一秒でも早く引き離したかった。

「大丈夫だ。刃を拭いたかそうでないかなんて、いまの科学捜査の精度——いやレベルなら、すぐわかる。いまの警察は、なんていうか、技術が進んでいるんだ。絶対に、きみの無実を証明してくれる」

「……ふん」

当真がかすかに鼻を鳴らした。

「てめえ、おれからナイフを取りあげてえだけだろ。バレバレなんだよ、おっさん」

「いや、違う」

司はかぶりを振った。

「なぜならおれだって、真犯人を知りたいからだ。殺された子は、たぶんうちの常連だ。子どもなのに身元が判明しないなんて、このへんの――泥首の子に決まっている。長年メシを食わせてきた子をあっけなく殺されて、おれだって悔しいんだ」

「ふん」

いま一度、当真は鼻から息を抜いた。なにか思案しているふうな顔だ。

「なあ、考えてもみてくれ」

司はさらに押した。

「たとえここを無事に出られても、殺人犯になっちゃ意味がないぞ。きみはここにいる間に、無実を証明する必要があるんだ。もしこのまま逮捕されたら、すべての罪をかぶる羽目になる。捜査をしてほしいんだろ？　だったら証拠品を警察に渡すことだって大事だ。何度も言うようだが、マスコミの目が集まっているいまがチャンスなんだ。きみについて、正しく捜査してもらおう」

「おっさん……」

当真がなにか言いかけた。だがその前に、慶太郎が顔を寄せてささやく。

「うるっせえな」当真は慶太郎を乱暴に小突いた。

「いま言おうと思ってたんだよ。黙ってろ」

当真は司に向きなおり、片手を突きだした。

「おっさん、包丁を寄越せ」

言ってから、彼は首を横に振った。

「ああ、いや違う。慶、中に入って出刃を取りあげろ。一本だけじゃねえぞ。全部だ。……くそ、おれとしたことが、ボケてたぜ」

言われてはじめて、司ははっとした。

そうだ、厨房には包丁がある。刺身包丁、出刃包丁、菜切り包丁、牛刀、ペティナイフ。

ついさっきも調理したばかりだというのに、それで反撃しようなどと、頭の片隅にも浮かばなかった。

「包丁もナイフも全部取りあげろ。出刃だけ一本おれに寄越して、あとはさっきの掃除道具入れに置いとけ」

慶太郎はその命令に、従順に従った。掃除道具入れにナイフ類をしまい、出刃包丁を当真に差しだす。

床に伏せたまま咳をつづけている芽愛に、当真はかがみこんだ。

芽愛の両目には、いっぱいに涙が溜まっていた。咳の音が変わりかけている。ひどく弱々しい。

当真がハンティングナイフを鞘《さや》に入れ、芽愛のポケットに押しこんだ。代わりに、といったふうにすかさず出刃を受けとる。

彼は勝ち誇ったように司を見た。おれから凶器《エモノ》を取りあげられると思ったか？　残念だったな――と、その目がはっきり語っていた。

「いいぜ、サツと話せ」

カウンターに置いたスマートフォンを、当真は指した。

「おれのナイフをきっちり調べる、とサツに約束させろ。それだけじゃねえぞ。スマホでサツの声を録音するんだ。もしアプリを入れてねえなら、今すぐ入れろ。あとで言った言ってねえと、ごちゃごちゃ言われちゃウゼえからな」

幾也との交渉は、思いのほかスムーズに進んだ。

「人質一人とナイフを引きわたすんだな？　了解した。マル間の――いや、間瀬のナイフを科捜研《かそうけん》に渡せるなら、こちらも願ったりかなったりだ」

「ああ、頼んだ」

司は安堵の吐息とともに言った。

「結果が出たら、この通話で教えてくれないか。間瀬当真は、捜査の進捗を逐一知りたいと言っている。……彼を刺激したくない、頼む」

「わかった。超特急でやらせる。科捜研の事情にはくわしくないが、事件が事件だから最優先にしてくれるはずだ。ほかに、なにか困ったことはないか？」

「あー、そうだな。これから先、食料が乏しくなるかもしれん。さっき焼きそばを作って間瀬たちに食わせたんで、中華麺の在庫が切れた。ほんとうなら夜の営業前に、出入り業者が食材を届けてくれる予定だったんだ」

「そうか。じゃあ仕出し弁当なり、届けさせよう」

「いや、おれが作って食わせたい」司は言った。

「仕出しやコンビニじゃなく、あたたかいものを食わせてやりたいんだ。……冷めたものをうつむいて食うのは、誰だって気が滅入る。人質の子どもたちのためにも、湯気の立つ料理を出してやりたい」

「そうか」

幾也が背後となにやら話す気配がした。ややあって、電話口に戻ってくる。

「了解した。食材の希望があれば、差し入れる」

「ありがとう」

「では、解放する人質を戸口に立たせてくれ。その子だけだぞ。間瀬当真と渡辺慶太郎には『投降する気がないなら、戸の近くに立つな』と言え」

「大丈夫だ。彼らもこの会話を聞いている」

司は当真をちらりと見上げ、スマートフォンをカウンターに置いた。

「聞こえたろう？　話はついた。芽愛の……その子の手足を、自由にしてやってくれ。自分で歩いて出ていかせる」

芽愛はいまや、力なくぐったりと床に横たわっていた。その体が絶え間なく咳で揺れている。音こそ弱々しいが、肺にこたえる咳だ。

当真は慶太郎に顎を上げてみせた。

慶太郎が芽愛にかがみこむ。上体を起こして壁にもたれさせ、手足のガムテープを解《ほど》いていく。

「大丈夫？　歩ける？」小声で、慶太郎は問うた。

芽愛の顔は蒼白だった。唇はどす黒い紫に変色していた。意識を失う寸前に見えた。だがそれでも、首を上げて芽愛はうなずいた。

低い啜り泣きが響いた。心菜だ。芽愛の様子がショックだったのだろう。引き結んだ唇から、こらえきれぬ啼泣《ていきゅう》が洩れていた。

「芽愛を、立たせてやってくれ」

司は言った。

慶太郎が芽愛を抱えた。彼女の半身を壁にもたれさせて、どうにか立たせる。

「ごめん。ぼくは戸のところまで行けない。あとは自分で歩いてほしい。ごめんね」

「……、っ」

咳きこみながら、芽愛は首を縦にした。重い体を引きずり、すり足で、じりじりと引き戸まで歩いていく。

司はスマートフォンを取った。電話の向こうの幾也に告げる。

「いま、人質が戸を開ける。外に出ていく」

芽愛が引き戸を開けた。

隙間から射しこむ光のまばゆさに、司は一瞬驚いた。いまは夜ではなかったか、と壁の時計を見上げる。やはり午後七時半だ。

だがすぐに「警察か」と気づいた。

投光器かなにかだろう。駐車場を占拠した警官隊が、動向をうかがうべく照らしているのだ。磨りガラスの引き戸ではあるが、ガラス越しの光に目が慣れきっていて気づかなかった。

芽愛が歩きだす。よろめきながら前へ進んでいく。

痩せたその体が、完全に店の外に出た。

いいぞ、と司は拳を握った。もっと進め。走れ。そう言いたかった。だが急《せ》かすわけにはいかない。無言で、ただ見守った。

投光車の灯《あか》りが一帯を照らしている。ひらいた戸の隙間から、警官隊が見えた。

捜査車両が列をなして並んでいる。規制線というやつだろうか、あざやかな黄いろのテープが、夜闇《やあん》の中でやけに目立った。

司は当真にわからぬよう、厨房の中で数歩後ずさった。

芽愛の背を、目で追える位置に立つ。

機動隊だろうか、ごつい装備を着けた制服姿の男たちも見えた。彼らに向かって、芽愛が歩いていく。ちいさな後ろ姿が、逆光に浮かびあがっている。

あと数メートルだ――と思った瞬間。

視界の端で、当真の右手が動くのが見えた。手を背中にやる。なにかを抜く。黒いものを、素早く構える――。

「おい！」司は叫んだ。

その声と、当真が引き金を引くのは同時だった。

司は咄嗟に両耳を押さえ、カウンターに身を伏せた。

完全に芽愛の背を狙っての銃弾であった。しかし、狙いは外れた。

弾は芽愛より数メートル手前のアスファルトに当たった。ほぼ同時に、右側に停まっていたワゴン車ががくんと沈み、斜めに傾く。

跳弾だ、と司が悟ったのは数秒後だった。

当真の撃った弾が跳ねかえり、ワゴン車のタイヤに食いこんでパンクさせたのだ。そう理解すると同時に、頭皮からどっと汗が噴き出た。

司は上体を起こした。

わずかによろめく。鼓動が、どくどくと耳のそばで鳴りはじめる。悪寒が全身を浸していた。なぜか、視界が白く霞《かす》んだ。

機動隊員らしい男たちが駆け寄り、芽愛を保護するのがぼんやり見えた。

「へっ」

当真が頬を歪めた。

「もっと上を狙わなきゃいけねえのか……。ま、いいや。次は外さねえ」

5

「な、――……」

志波があえぐように言う。

「なんてガキだ。……撃ちやがった」

幾也も凍りついていた。

警察に向けてではない。あきらかに高品芽愛を狙っての発砲だった。無抵抗の女児の背に銃口を向け、間瀬当真はためらいなく引き金を引いてみせた。

だが恐怖に浸っている間はなかった。背後から、幾也の背を誰かが突いた。

振りかえる。主任官の大迫であった。スマートフォンを指し、通話しろと手振りで命じてくる。

慌てて幾也は、スマートフォンをスピーカーに切り替えた。

「司！　――おい、司。聞こえるか？」

応答はなかった。

「司。大丈夫か？　おれだ。中はどうなってる。無事か？　返事をしてくれ、司」

「あ、……ああ」

放心した幼馴染みの声が、ようやく応えた。

腰が抜けそうだ、と幾也は思った。この立てこもり事件が終わるまで、おれはいったい何度こんな思いをするのだろう。とても耐えられそうにない、と。

――だが、耐えねばならない。

逃げだせはしない。この現場を放りだして途中退席するなど、それこそ我慢ならない。そんな真似をしたらおれは、一生自分を許せないだろう。

ＳＩＴの矢田野はいくつかの指示をメモ書きに残し、彼が率いる班へとうに戻った。幾也は今後そのメモと、大迫の指示を頼りに動くことになる。とはいえこの通話は、ＳＩＴも引きつづき傍受していくそうだ。

幾也は、大迫が差しだすスケッチブックの文字を読んだ。

「中の様子は、どうだ」

「ああ。……大丈夫、だ。間瀬当真は、落ちついた。人質も全員、無事だ。ただ、ただすこし――」

間があいた。司が喉仏を動かすさまが、目に見えるようだった。

「すこし、驚いただけだ。大丈夫だ」

「これで、人質は残り四人だな？」

幾也は引きつづき、スケッチブックの文字を指示どおり読んだ。

「ああ」司が答える。うつろな声だった。

「同じだ」幾也は言った。

電話の向こうで、司が戸惑うのがわかった。

いま一度、幾也は繰りかえした。「四人だな、同じだ」と。

彼には、大迫の伝えたいことがわかった。

残弾だ。M37エアウェイトに装塡された弾丸は五発。ドラマなどで「一発目は空砲」と説明されることもあるが、デマである。制服警官の銃には、五発の実弾がフル装塡されている。司たち一般人にこの知識はあるまい。

――一発撃ったからには、残弾は四発だ。

伝わってくれ。幾也は願った。

ややあって、司の低い声がした。

「ああ。……そうだな、四人だ」

その口調のニュアンスで、「通じた」と幾也にはわかった。司には、ちゃんとこちらの意図が伝わっている。

「そっちの認識と、同じだ。あと四人。おれを含めて人質は四人だ」

「了解した。なにかあったら、いつでも呼びかけてくれ」

大迫が親指を立てるのが見えた。幾也は通話を通常モードに切り替え、スマートフォンを膝に伏せた。

肩から力が抜ける。全身が、どっと下へ沈みこむ気がした。

「よくやった」

大迫はなんとも形容しがたい笑みを浮かべていた。

「結果オーライってやつだ。……肝は冷えたが、これで向こうは人質を一名と、弾丸を一発失った。射撃の経験を積ませちまったのは、業腹だがな」

返す言葉が浮かばない幾也の肩を、その厚い掌が叩く。

「しかし、あれだな」

「は……」

「おまえの幼馴染みは、なかなか骨のある男だな」

見上げる大迫の目は、好意で細まっていた。

「子どもにあたたかいものを食わせたい、か。ぐっと来ることを言うじゃないか」

「――はい。いいやつなんです」

幾也はなかばうわのそらで言った。

「あいつは、いいやつです。それに優秀です。ガキの頃からなにをしても、おれより上でした。勉強も、スポーツも……。女の子にだって、あいつのほうがモテました」

言った途端、鼻の奥がつんと熱くなった。

――梨々子ちゃん。

そうだ、あの子もだ。梨々子ちゃんも司が好きだった。

おれと司とで、同じくらいあの子と仲良しだったのに。あの子の視線は、いつだって司を追っていた。

無意識に洟を啜りあげた幾也の肩を、大迫はもう一度叩いて離れた。

近くの捜査員を捕まえ、手短に指示を飛ばす。

「おい、解放された子から、マル対のナイフは回収できたか？　……ああそうか。よし、科捜研第二に直接まわせ。話は通してある。まあ〝ナルハヤで〟と言ったところで、むろん限度はあるがな……」

最後の一文は独り言のようだった。

血液のＤＮＡ型鑑定は、海外ドラマのごとく小一時間で結果を出せるものではない。現に科学捜査研究所第二法医からは、「超特急でやっても五十時間はかかる」との答えが返ってきた。

まさか五十時間も籠城がつづくとは考えたくない。とはいえ間瀬当真に急かされたなら「あとすこしだ」「確認中だ」と、その都度引き延ばすしかなかった。

「おい」

幾也の眼前に、ぬっとペットボトルが突きだされた。

「飲んどけ」

志波であった。スポーツドリンクのペットボトルを二本持ち、一本を幾也に差しだしている。

彼の背後には段ボール箱入りの各種飲料や、菓子パン、コンビニのおにぎりなどが山と積んである。指揮本部が手配した物資であった。

「……ありがとうございます」

幾也はペットボトルを受けとった。蓋を開けて、一口含む。

空腹も喉の渇きも、いまのいままで感じていなかった。だが飲んでみてわかった。口中はからからに干からびていた。一気に半分近く飲んでしまう。

人質の子の姓名は、二十分ほど前に判明していた。

平田《ひらた》蓮斗、九歳。

馳《はせ》心菜、十一歳。

高品芽愛、十二歳。

鶴井和歌乃、十五歳。

そして芽愛が解放されたため、残りは司を含め四人であった。

「大迫補佐」

若い捜査員が手を挙げた。

「科捜研の心理担に依頼した案件です。ＦＡＸが届きました」

「おう、意外と早いな」

大迫が目を細めた。彼自身がかけた依頼であった。当真の「真犯人は別にいる。やつはいままでにもやっている」との主張を知り、いち早く情報科学心理担当の研究官に要請したのだ。

〝一、『小笹川男児殺人死体遺棄事件』の死体検案書を読むべし。

二、連続殺人の可能性の有無を判断すべし。

三、可能性ありならば、犯人をプロファイリングすべし。〟

なる依頼であった。

「読みあげてくれ」

大迫が言う。

「了解です。えー、以下、研究官からの回答となります。

〝鑑識の結果は、遺棄現場と殺害現場が同一でないこと、つまりほかの場所で殺害してから、小笹川の河原に死体を遺棄したことを示している。また凶器はいまだ発見されておらず、犯行を隠蔽しようとする意思がある。

遺体の創の九割は生前に付けられたものであり、拷問と推定される。刺創にも切創にもためらいがなく、生きた人間に対し刃物を振るう行為に慣れている。犯行には自制と計画性が感じとれる。以上の点を踏まえ、連続殺人の可能性は『有』とする。

つづいて犯人のプロファイル。

前述の特徴からして、秩序型殺人犯と推定できる。犯行に一定のパターンがあり、儀式的行動や性的な空想を好む。被害者は犯人の好みのタイプに絞られる。

犯人像は、二十代後半から四十代前半の男性。地元に溶けこんでいる。子どもに声をかけても警戒されづらい。ゲームや子ども向け番組などに詳しく、子どもと同レベルかやや上の感性で話すことができる。

同年代からは幼稚で危なっかしい人物と見られている。容貌は中の下から中の上。第一印象が一番よく、深く知られるほど周囲に違和感を抱かれる。

転職を繰りかえしがち。現在は無職かもしれない。同年代の異性とは頻繁に接触するか、まったくしないかの両極端。知能は平均レベルだが、うまく発揮できていない。現状に怒りを抱えている。

今回の杜撰な死体遺棄については、途中で邪魔が入ったか、目撃されそうなハプニングが起こって急いだ等の可能性が考えられる。秩序型は決まったパターンから逸脱することを好まない。毎回同じ場所で殺害し、同じ場所に運んで遺棄している確率は、七〇パーセント強〟……」

捜査員は顔を上げた。

「以上です」

「ふむ」

大迫はしばし考えこんでから、背後を振りかえった。

「おい、近隣の署に出した応援要請はどうなった？　人員は動かせる状態か？　──よし、いいだろう、小笹川の河原を三十人態勢で掘りかえせ。ただし秘密裡にだぞ。マスコミには絶対にバレんようにな」

「了解です」

若い捜査員が走り出ていく。次いで、やや年配の捜査員が手を挙げた。

「人質の一人である平田蓮斗の母親が、こちらへ向かっています」

前線本部は冷房をきんきんに効かせてあった。それでも捜査員の額には、粘《ねば》い汗の玉が浮いていた。

「平田蓮斗の母親だけか？　ほかの親はどうした」

「それが……経営者が拒否しているようです」

「なに？」

「四人のうち、平田蓮斗の母親だけが『ひさご屋』勤務で、ほかは『千扇』の仲居なんです。この『千扇』の女将が、どうにも曲者《くせもの》でして……。『夕飯どきに、仲居を二人も休ませられない。警察がそのぶん補償してくれるならいいが、一銭も出ないなら行かせない』だそうで」

「なんだそりゃ。ひでえ婆《ばば》あだ」

大迫は顔をしかめた。

「わが子を人質に取られている母親を、休ませずにこき使おうってのか。因業婆あもいいところだな」

「見てくれだけは、六十代にしちゃ色香の残ったいい女なんですがね。経営者にそう言われちまえば、母親は身動きが取れません。こちらとしても、無理じいはできん状況です」

「む……」

大迫は呻いて腕組みした。首を傾け、壁際の捜査員を見やる。

「おい、マル間とマル辺の親はどうした。まだ連絡は付かんのか」

「両者とも、まだ報告は入っていません。それぞれアパートの前に署員を待機させていますが、帰宅したとの報はないままです」

「行きそうな場所はリストアップしてないのか」

「パチスロ屋や競馬場の付近、行きつけの飲み屋などには網を張っています。勤務先のストリップ劇場にもです。ですが……」

「わかった」

つづきは聞かず、大迫は壁にもたれた。

目を閉じて眉間を揉む。その横顔には、早くも疲労が滲んでいた。

間瀬当真と渡辺慶太郎の素性は、すでにある程度割れていた。

当真の保護者である父親は地元の生まれ育ちで、泥首に建つ老舗のストリップ小屋『ピンクキャンディ』で働いている。小屋の経営者が、母方の叔父なのだ。なお当真の実母は、彼が八歳のときに失踪している。

一方、渡辺慶太郎の父親はアルコール依存症で無職である。窃盗や少額詐欺などのケチな罪を重ね、前科五犯。現在はホステスの情夫《ヒモ》として食いつないでいるらしい。

慶太郎の実母は病死したそうで、泥首に越してきたときはすでに父子二人きりだった。子どもたちの証言では「慶ちゃんは長野生まれだって聞いた」。その言葉を受け、指揮本部が長野県に戸籍を照会中である。

「SITはどうしてる?」

大迫が尋ねた。

「店内の様子をうかがうため、ファイバースコープを差し込む手はずですが……。難航しています」

「なぜだ。機器にトラブルでもあったか」

「いえ。野次馬が多すぎるんです。敵はスマホです」

捜査員は忌々しげに答えた。

「やつら、マスコミよりタチが悪いですよ。マスコミは協定を結べばある程度抑えられますが、素人は言っても聞きゃしません。最近はＹｏｕＴｕｂｅｒやインフルエンサー気取りのやつらが、すぐネット上に動画を上げて拡散しやがる。おまけに追いはらっても追いはらっても、きりがないんです」

「なるほど。そいつは骨だ」

大迫は渋い顔でテーブルを指した。

「おい、すまんが、おれにも餡《あん》パンを二つばかりくれ。缶コーヒーもな。どうやら長期戦になりそうだ。脳に糖分が要る」

幾也をちらりと見てから、彼は苦笑した。

「……残念ながらおれたちは、あったかいメシなぞ食えそうにないな。おまえも食えるうちに食っとけよ。いつまた出番が来るか、わからんぞ」


その後は、一時間半ほど膠着《こうちゃく》状態がつづいた。

食堂からコンタクトはなく、なんの動きもなかった。ただその間も捜査員はひっきりなしに前線本部へ出入りし、電話およびパソコンもフル稼働していた。

一方で朗報もあった。

搬送された高品芽愛は、病院で順調に回復しつつあるという。

また首を刺された交番長も一命を取りとめたそうだ。同じく襲われた巡査の一一九番通報が迅速で、かつスムーズに輸血できたことが勝因だという。まだ油断はできないが、ひとまず山は越えたとの報《しら》せであった。

「大迫補佐。マル害とおぼしき男児を、近隣の証言から二名まで絞り込みました。通称〝セイリョウ〟で、かつ体格などの特徴が一致し、自宅および親きょうだいに連絡が付かない者。この条件に合致する男児です」

若い捜査員が、大迫の横に立って報告する。

「一人目は清田陵《せいだりよう》、十一歳。泥首一一〇一番地のアパートで、母と二人暮らしです。母親は二十八歳で、派遣型ピンクマッサージ嬢。『ミントバニラ』という事務所に所属中ですが、十日ほど前から連絡が付かなくなっています。アパートの郵便受けにはダイレクトメールやチラシのたぐいが溜まっており、母親の原付バイクも消えています。近隣住民によれば『ここ数日、姿を見ていない』そうです。

二人目は窪井聖了《くぼいせいりよう》、十歳。こちらは泥首一一五二番地のアパートにて、実母とその内縁の夫との三人暮らしです。内縁の夫は三十五歳の無職。母親は二十九歳で、泥首温泉街に建つ覗き部屋『クイーンM』の従業員です。しかし五日前から店に顔を見せておらず、スマホも繋がりません。三人ともここ数日、誰にも目撃されていないようです。アパートは電気メーターがまわっておらず、中にいる様子はありません」

「わかった」

大迫はうなずいた。

児童殺しといえば、日本では八割強が親の犯行である。実親か義親かはケースが分かれるが、すくなくとも〝同居の保護者〟が大半を占める。身体的虐待、無理心中、養育放棄による餓死や衰弱死などだ。

今回の被害者は性的暴行を受けており、拷問の形跡もあった。ただの折檻《せっかん》ではなさそうだ。しかし内縁の夫による犯行は否定できない。

「二名とも、親は地元民じゃあないな？　よし、その男児二名の戸籍および住民票を掘れ。前の住所が割れたら、該当県の歯科医師会に照会をかけるんだ」

大迫は二本目の缶コーヒーを開けて、

「とにかく各所の尻を叩け。『人質の子どもの命がかかってる』と、情に目いっぱい訴えろ。ボランティア協力の歯科医師会に無理を言うのは心苦しいが、悠長なこたぁ言っていられん。DNA型鑑定を早められないなら、せめて歯牙鑑定だ。とにもかくにも物証が要る。証拠がなけりゃ、おれたち公僕は動けんからな」

はやるその語尾を、ヘリコプターのローター音が遮った。

「ああくそ、やかましい。広報のやつら、ヘリを飛ばすなとマスコミに通達していないのか」

「伝えてあるはずですが……」

捜査員も顔をしかめながら、窓の外を見上げる。

『やぎら食堂』の周囲には警官隊、機動隊、マスコミ、そして野次馬で黒山の人だかりができていた。

ＮＨＫはテレビ中継をつづけているが、民放各社は番組の合間を縫ってのぶつ切れ報道だ。代わりのように、ネット上に実況中継の動画が複数アップされている。

前線本部にずらりと並べたパソコンモニタのうち、二台がネットの中継を映しだしていた。なかば以上は、野次馬およびマスコミの監視が目的である。

大迫の携帯電話が鳴った。

「ああ、おれだ」

応答してのち、すぐにその顔いろが変わった。

「確かか」

数秒置いて、ふうっと息をつく。

「わかった、よし。引きつづき進めろ。……報告を逐一頼む」

大迫は通話を切った。室内の捜査員たちを、ぐるりと見まわす。

「――例の河原から、つまり遺棄現場一帯から、応援部隊がなにやら掘り当てたらしい。鑑識係によれば十中八九、死体だとよ」

前線本部に緊張が走った。

大迫が頭をがしがしと掻く。

「『一部が白骨化した、子どもの左脚に見える』だそうだ。……まいったな。つまりあの河原には、ほかにも児童の死体が埋まっている」

# 第三章　薄氷

## 1

店内にはテレビの音と、当真のくすくす笑いが響いていた。

カウンターに座る当真の手もとには、テレビのリモコンが置かれている。チャンネルはＮＨＫに合わせてあった。

画面に映るのは、真正面から撮られた『やぎら食堂』だ。

警官隊や、投光車をはじめとする警察車両で、駐車場は埋めつくされていた。イエローテープを隔てて群がる野次馬の背を、テレビカメラが接写している。

投光車の灯りに照らされた店は、やけに貧相でみすぼらしく見えた。

おかしな気分だ。司は思った。うちの店がテレビに映っていやがる。しかもそれを、リアルタイムでおれ自身が観ている。

現実とは思えない。神経は張りつめているのに、意識がどこか浮遊している。世界のすべてを遠く感じる。

――いまごろ親父も、田舎でこの放送を観ているだろうか。

父の静かな生活を乱してしまったな、と奇妙な罪悪感がこみあげた。これが解決したら、すぐに電話をして謝らねばなるまい。そう、無事に終わったらだ。

――だがこの一件は、はたして〝無事に〟終わるんだろうか？

司は当真にゆっくり視線を移した。

すでにテレビに飽きた彼は、スマートフォンでの動画鑑賞に夢中だ。和歌乃の尻ポケットから、勝手に抜きとったスマートフォンであった。

泥首の子の大半は金銭的に余裕がなく、モバイル機器やスマホのたぐいを持てない。数すくない例外が和歌乃だが、親に買ってもらったわけではなかった。彼女が酒屋で積み込みのアルバイトをして、みずから購入した格安ＳＩＭだ。

心菜はふたたび放心している。蓮斗は当真に怯《おび》えきっていた。そして和歌乃はガムテープで口を塞がれながらも、瞳に怒りをたたえている。

人質を後目《しりめ》に、当真は動画に没頭していた。

ときおり、ちいさく笑い声を洩らす。「馬鹿じゃねえの、こいつ」「やべえな、エグっ」と、小声で動画に突っこみを入れる。

「……自分のは、ないのか」

司は低く問うた。

「あ？」

当真が上目遣いに訊きかえす。

「いや、自分のスマホは持ってないのかと思って」

「ふだんは、親父の女《オンナ》が貸してくれんだけどな」

頬を歪めるように笑う。

「親父はケチくせえから、自分のはおれにいじらせねえんだ。ふん、パチやる金あんなら、スマホくらい買ってくれりゃいいのによ」

それだけ答えて、また液晶に目を戻す。

洩れ聞こえる音からして、有名なＹｏｕＴｕｂｅｒの動画を観ているらしい。いわゆる迷惑系配信者というやつで、わざと危ない行動や犯罪すれすれの行為をして、周囲のリアクションを撮影するのだ。

一方の慶太郎は壁に背を付け、体育座りで漫画を読んでいる。本棚に並べてある『ＳＬＡＭ ＤＵＮＫ』だった。司が子どもの頃に流行った漫画だが、絵がきれいで読みやすいため、泥首の子たちにも人気だ。

入口のすぐ横の本棚に、司は子どもたちのための漫画と児童書を置いていた。漫画は『ＳＬＡＭ ＤＵＮＫ』のほか、『ブラック・ジャック』『火の鳥』『ダイの大冒険』『ドラえもん』『ＤＲＡＧＯＮ ＢＡＬＬ』などだ。どれも司自身が、小学生から高校生にかけて買い集めたものである。

児童書は『巌窟王《がんくつおう》』『宝島』『赤毛のアン』『はてしない物語』『飛ぶ教室』『トム・ソーヤーの冒険』その他がある。シリーズものは『ライラの冒険』と『ハリー・ポッター』『ナルニア国ものがたり』を全巻揃えていた。そして『ふたりのイーダ』をはじめとする、松谷みよ子の著作もだ。

「はー、こいつ、マジ頭おかしいわ……」

笑った笑った、と当真は妙に年寄りくさい仕草で膝を叩き、

「おっさん、ジュース寄越せ」

と司に言った。

「オレンジか烏龍茶しかないぞ」

「さっき聞いた。オレンジで我慢してやるから、冷蔵庫から一本出してそこに置け」

「一本でいいのか」

「あ？」

「慶太郎のぶんは？　それから、後ろの子たちにも飲ませてやってくれないか」

「へっ、馬鹿かよ」当真が鼻で笑う。

「なんでおれが、そんなことしなきゃならねえんだ」

「あの子らは、もう四時間以上なにも飲んでないからだ」

司は粘った。

「このままじゃ、いずれ脱水症状を起こす。人間ってのは水分を摂《と》らないと、気分が悪くなったり熱を出したりする。今日は気温が高かったから、なおさらだ。さっきの芽愛みたいな面倒ごとはもういやだろう」

「…………」

当真は口をへの字に結んだ。

司の言うことを聞くか聞くまいか、迷っているのがわかった。確かに面倒はまっぴらだ、だがこいつの言うとおりにするのも業腹だ、と天秤《てんびん》にかけている。

「――二本だ」

ややあって、当真は言った。

「おれに一本。慶に一本。それで充分だ。……余ったら、慶がそいつらに恵んでやるかもしれねえがな。それはおれの知ったこっちゃねえ」

当真なりの譲歩らしい。

だが一本では足りない、と司は壁際の子どもたちを見やった。缶ジュースは三五〇ミリリットル入りだ。仮に慶太郎が一缶まるごと譲って飲ませたとしても、三人ぶんにはとうてい足りない。

「なあ」

すがるように司は言った。

「なあ、なんとか――」

なんとかならないか、と言いかけたとき、店外から声が響いた。

「あのう、聞こえますか。……平田蓮斗の母親です。聞こえますか――」

拡声器を通しているらしい、割れた声だった。

思わず司は頭上のテレビを見上げた。立てこもり事件を、いや『やぎら食堂』を映しつづけている実況中継だ。

カメラがやや遠くから、機動隊と警官隊に囲まれて立つ女性の背中をとらえていた。

一瞬司は、テレビドラマの世界にまぎれこんだ気がした。

こんな場面を観たことがあるぞ、と思う。そしてすぐに「当然だろう。ドラマは現実の模倣なんだから」と気づく。

お笑いだ。何時間も前からドラマ以上の渦中にいるくせに、いまだ思考がうまく付いてこない。

「わたし、人質の一人の、平田蓮斗の母親です。……犯人のかた、あの、お願いですから、うちの息子を放してやってください。まだ、子どもです。ちいさい子なんです。夫と別れてから、女手ひとつでその子を育ててきました。その子がいなくなったら、わ、わたしは、生きる甲斐も……」

涙声だった。司は蓮斗を見やった。

うつむいて、蓮斗は顔をしかめている。その目頭から、ぽろりと雫《しずく》が落ちた。

胸を衝《つ》かれるような無言の涙だった。嗚咽を洩らすまいと、彼は唇を堅く結んでいた。

一方、母親も涙で言葉が出てこなくなったらしい。沈黙がつづいた。

拡声器のハウリングが響き、野太い男の声に替わる。

「間瀬、渡辺、聞こえるか。ここに蓮斗くんのお母さんがいらしている。きみたちの要求を呑もう。だから、人質は解放してやってくれないか。蓮斗くんは、きみたちよりずっとちいさな子どもだ。母親から引き離すなんて、かわいそうじゃないか」

呼びかけているのは警察官らしい。どうやら情に訴える作戦に出たようだ。

無駄だ、と司は思った。〝ちいさな子ども〟を盾にされて効くのは、大人だけだ。

そして予想どおり、当真は冷笑していた。

にやにや笑いを頬に貼りつけたまま、カウンターに肘を突いている。馬鹿じゃねえの、と言わんばかりだった。まったくどいつもこいつも、大人ってのは馬鹿しかいねえな——と。

慶太郎は漫画を伏せ、テレビを見上げている。

二人の注意がそれている間に、司はスマートフォンにそっとかがみこんだ。

「……幾也。聞こえるか？」

「ああ、聞こえる」

応答は早かった。スピーカーの音量をぎりぎりまで下げ、司はささやいた。

「外のあれは？　この通話以外でも、警察は交渉してくるんだな」

「むろんだ。解決のためなら、こちらはあらゆる手を使う。だがいま呼びかけているのは、正確にはＳＩＴだ」

「ＳＩＴ？　それって、あれだろ？　催涙弾を投げこんで、有無を言わさず突入して制圧する部隊だろう」

「それはＳＡＴだよ。ＳＩＴは交渉と説得で、テロや籠城事件を解決するエキスパートだ。突入するのはほんとうにいざというときだけだ。彼らは人質の命を第一に考え、比較的穏当な手段をとる。安心してくれ」

「……その言葉、信じるぞ」

二人が話す間にも、拡声器の声は別の男に替わっていた。うってかわって、今度は当真の名を連呼しはじめる。「当真くん、出てきてくれ。話し合おう」と。

「いま話しているのは誰だ？　父親じゃなさそうだが、親戚か」

司は幾也に問うた。

「いや、間瀬当真を担当した保護司だ。残念ながら、父親とはまだ連絡が付いていない。渡辺慶太郎の父親も同様だ」

「そうか」

司は視線を上げて当真をうかがい、はっとした。

当真の顔つきが変わっていた。保護司の登場に苛立っているらしい。どうやら好ましい相手ではないようだ。いや、それどころかはっきり反感を浮かべている。

「幾也、やめさせろ」

司は早口でささやいた。

「逆効果だ。表の保護司に、当真が腹を立てている。やつの機嫌を損ねるな。いますぐ、その保護司を引っこめ――」

だが遅かった。

当真が足を振りあげる。その爪さきは、慶太郎の脇腹に食いこんだ。

心菜がちいさく悲鳴を上げた。

「あああぁ、なんなんだよ。さっきからてめえ、ウゼぇんだよ！」

当真は怒鳴り、何度も慶太郎を蹴りつけた。

あきらかな八つ当たりだ。慶太郎は床に転がるやいなや、頭を抱えて胎児のように体をまるめた。防御姿勢を取ることに慣れきった者の仕草だった。

「漫画ばっか読みやがってよ。字が読めんのが、そんなに自慢か。読めたからってなんなんだ。馬鹿のくせに、意味ねえだろ。おまえのそういうとこマジでキメぇよ。ああくそ、くそ、くそっ」

和歌乃が体をくねらせた。ガムテープの下で「やめて」と叫んでいるのがわかった。声にならない呻きを洩らし、壁に背を幾度もぶつける。

司は体を反転させ、冷蔵庫を開けた。急いでジュースを抜きとる。

思いきり、カウンターへ叩きつけるように置いた。

自分でも驚くほど澄んだ音がした。店内の空気が揺れた。

当真さえ一瞬、虚を衝かれて動きを止めたほどだった。

「待て」

司は片手でスマートフォンを構え、言った。

「待ってくれ。——たったいま、警察と交渉した」

空いた片手を、当真をなだめるように振ってみせる。

「あの保護司は、すぐに帰らせる。これ以上はしゃべらせない。警察のほうも、了解してくれた」

「へっ」

当真が振りかえり、犬歯を剝きだした。

「帰らせるだって？　……そりゃいいや。あの目立ちたがり野郎、せっかくの出番をなくして、しょぼくれて帰りやがるだろうよ」

せせら笑って、司のスマートフォンを指す。

「おいおっさん、サツにこう言え。『あいつに謝らせろ』とな」

「え？」

ゼロコンマ数秒、意味が取れなかった。司は目をしばたたいた。

「あの保護司のじじいだ」当真が言う。

「『くだらねえことをぺちゃくちゃほざくより、当真さまに一言謝らせろ』と、サツに伝えろ。言っとくが、『ごめんなさい』じゃねえぞ。『すみませんでした』だ。『すみませんでした。わたしが馬鹿でした』と、頭を下げさせるよう言え。へっ、全国放送で生き恥かきやがれ、ボケじじい」

保護司との間にトラブルでもあったのだろうか。すくなくとも当真は、彼に遺恨を抱えている様子だった。

「わかった、いま伝える」

司は請け合った。この隙にと、スピーカーから通常通話に切り替える。

あの保護司には申しわけないが、この場がおさまるならば謝ってもらうほかない。暴力が人質に飛び火することだけは、なんとしても避けたかった。

――それにしても当真のやつ、感情の切り替えが早いな。

あらためて司は実感した。

前ぶれなく瞬時に爆発したかと思えば、同じほど唐突に矛をおさめる。単純だの単細胞だのといった言葉ではあらわしきれない、一種異様な不気味さがあった。動物的と言ってもいい。

そして数分後、当真の望みはかなった。

「……当真くん、すみませんでした」

保護司の男が、拡声器越しに謝ったのだ。

「わたしはきみの気持ちも考えず、不用意なことばかり言ったようだ。信頼してもらえなかったのは、ひとえにこちらの責任だ。ほんとうに、すみませんでした。わたしが……、馬鹿でした」

テレビに映る白髪交じりの後頭部からして、五十歳前後だろうか。語尾に、はっきりと屈辱感が滲んでいた。

「あの保護司と、なにがあったんだ」司は問うた。

当真が肩をすくめる。

「説教ばっかで、ウゼえじじいなんだ。いっつも上から目線でよ。遠まわしに『おまえは生まれも育ちも糞だ。だから一生糞のままだ』みてえなことを、ねちねち言いやがるのさ。会うたび、ムカついてしょうがなかったぜ」

ふんと笑ってみせる。機嫌はだいぶよくなったようだ。

彼の顔いろをうかがいつつ、司は意を決して言った。

「もうひとつ、いいニュースがあるぞ。たったいま警察から入った情報だ」

「いいニュース？　なんだよ」

「その前に……」

司は唇を舐《な》めた。しかし舌は、乾いたスポンジのように干上がっていた。緊張で、目もとが引き攣る。

「そのニュースを聞かせる代わり、——子どもたちに、水をやってくれないか」

声がひび割れた。

賭けだった。さあどう出る、と司は目を細めて当真の返答を待った。にべもなく撥《は》ねつけるか、また怒りだすか、それとも。

しかし当真はあっさり、

「いいぜ」と言った。

「吐いたつば、糞じじいに飲ませた記念だ。祝杯ってやつか？　へへ、おれも意外と言葉知ってんだろ。カウンターのそこに、十本くれえ並べろや」

そう言ってから、慶太郎を軽く蹴る。

「おい、てめえもいつまで寝てんだ。とっとと起きろ。ガキどもの世話は、おまえの役目だろうがよ」

慶太郎が和歌乃のそばに膝を突き、その唇に烏龍茶の缶を当てている。

口をふさいだガムテープはすでに剝がされていた。

慶太郎はまず心菜に飲ませ、次いで蓮斗、和歌乃の順で烏龍茶を含ませてくれた。ありがたい、と司は拝みたい気分だった。

弱っている子から飲ませてくれるあたり、さすが慶太郎は心得ている。どうしようもなく臆病で小心だが、根はやさしいのだ。

さて当真の機嫌がいいうちに――と、司は冷蔵庫からありったけの缶を出した。カウンターの上へずらりと並べる。

いちいち冷蔵庫から取りだすのと、目の前にあるのとでは、心理的ハードルが桁違いだ。ぬるくはなるが、これでぐっと水分を摂りやすくなった。

慶太郎が和歌乃に飲ませ終え、彼自身もジュースを呷るのを見届ける。

もののついでに司はカウンターの下から充電器を出し、スマートフォンを挿しこんだ。そろそろ電池が危なくなってきた頃であった。

司は慎重に口をひらいた。

「では、いいニュースを伝えるぞ。――河原の土中から、ほかにも遺体が出た」

ストゥールに座る当真が、わずかに目を上げる。

司はつづけた。

「警察によれば『すくなくとも二人以上埋まっている』らしい。うち一体は新しく、もう一体は古かったそうだ。くわしいことはまだ不明だが、どちらも子どもだった」

「ふん」

当真が鼻から息を抜いた。

「そうかよ。まあこれで警察のボケどもも、ちったぁおれの言うことを信じただろ。……ふっ、そうか。あいつら、おれの言うとおりに河原を掘ったのかよ。へへ」

目に見えて、当真はご機嫌だった。

「ああ。いまも掘りつづけているらしい」

司は相槌《あいづち》を打った。だが幾也の言葉すべてを伝える気はなかった。なぜなら幾也はこうつづけたのだ。

「一応言っておくが、河原は誰でも入れる場所だ。新たに発見された遺体の詳細がわからんうちは、間瀬当真の関与も否定しきれないぞ」――と。

司はあらためて当真に尋ねた。

「なあ、きみと慶太郎は今朝、河原で死体に出くわしたんだよな？」

「ああ」

「セイリョウという子だった、で間違いないな？」

「しつっけえな。なんだよ」

当真が眉根を寄せ、慶太郎を親指で指す。

「嘘だと思うなら、ポチにも訊いてみろ。――おい、おまえも死んでたやつのツラ見ただろ？　いつもガキどもに、『セイリョウ、セイリョウ』って呼ばれてたやつだったよな？」

「あ、うん」話を振られて、慶太郎が慌ててうなずく。

「おれはその名に心あたりがないから、うちの常連ではないようだ」

司は言った。

「ともかく、そのセイリョウという子の情報がほしい。知っている情報をできるだけ集めて、警察に渡すんだ。真犯人が見つかれば、きみたち二人が立てこもる理由はなくなる。全員が大手を振って出ていける。だから質問に答えてくれ。誰か、その子のフルネームを知らないか」

和歌乃や蓮斗、心菜にも目を向ける。

しかし全員が「わからない」との答えだった。

「おれが知ってるセイリョウなら、ゲームが好きな子だったよ。でも、それくらいしか知らない」と蓮斗。

「たぶん橋の下でいつも遊んでた子だと思う。でもあそこでたむろってるの、仲居の子たちじゃないもん。親しい子、一人もいない」心菜が言う。

「あたしは全然わかんない」

かぶりを振ったのは和歌乃だ。「親同士が知り合いか、『千扇』と繋がりがある子以外とは、遊ばないことにしたの」

「そうか。慶太郎は？」司は水を向けた。

慶太郎がおずおずと答える。

「いっつもポテチ食ってたことしか、知らない。お金がどうとかじゃなく、もともとポテチしか食べないんだって。『ほんの赤ちゃんの頃から、これしか食ってこなかった。別のものは食べたいとも思わない』って言ってた」

「なるほど。芽愛よりひどいな」

司は納得した。そこまでの偏食ぶりなら『やぎら食堂』に来るはずはない。また必要も感じるまい。

「おれは、おまえらよりは知ってるぜ」

当真が口を挟んだ。鼻高々といったふうに首の横を指さし、

「あのガキはここんとこに、ぼこっとしたキメぇほくろがあった。それから気取った青い屋根のアパートに住んでやがった。いかにも馬鹿女が好きそうなアパートだ」

「ほう、有力な情報だな」

司は本心から言った。当真がますます得意げな顔になる。驚くほど年相応の表情であった。むしろ幼く映るほどだ。

「よし、それを警察に伝えておこう。あとはないか？」

「あとは――そうだな」

当真が思案顔をしてから、にやりと笑った。

「フェラが巧《うま》かったぜ」

この野郎。司は内心で顔をしかめた。一転して、胃のあたりから苦いものがこみあげる。感情を

押し殺し、彼はスマートフォンに手を伸ばした。

幾也に伝え終え、スマートフォンを置く。

店外からは、拡声器越しの声がふたたび響いていた。どうやら蓮斗の母の手にマイクが戻されたらしい。

「わたし、なにを言っていいのか……」「うまく話せません」そう繰りかえしながら、彼女は訥々《とつとつ》と語った。夫の不貞で離婚してのち、身寄りもなくどうやって息子を育ててきたか、どれほど苦労してきたかを。

実母の声を聞きながら、蓮斗は両の目を真っ赤にしていた。瞳に、涙の厚い膜が張っている。

心菜がぽつんと言った。

「……うちらのママは、いつ来るのかな」

「来ないでしょ。あの女将が来させるわけないじゃん」

そう遮ったのは和歌乃だ。

親分肌の彼女には珍しい、突きはなすような語気だった。

「べつにいいよ。お母さんに、心配かけたくないもん。来なくていい。……あたしがこんなことになってるなんて、報せてほしくない」

そう言って唇を噛む。

いたたまれないのか、慶太郎がゆっくりとうつむいた。

その横で一人、当真だけが平然としている。慶太郎と交換したバタフライナイフで、彼はゆっくりと刃まわしの技を繰りかえした。

2

「そうか、人質が水分補給できたか」

幾也の報告を聞き、大迫はうなずいた。

「ささやかながら一歩前進だな。おまえの幼馴染み、やるじゃないか」

「子どもたちに飲み食いさせるのが、司のライフワークですから」

幾也は頰を引きしめて言った。友人を誉められるのが、妙に面映《おもは》ゆかった。

「……以前、あいつから聞いたんです。『〝子どもを飢えさせないのは大人の義務〟。これが店《うち》のモットーなんだ』と」

「ほう」

大迫が目じりに皺を寄せる。幾也も微笑んで、

「もとは受け売りなんだそうです。あいつは大学生の頃、一膳めし屋でバイトしていましてね、その店長の口癖だったらしいです。『この世にはキリストだのアッラーだのいろんな神様がいて、神様が違うごとに常識も正義も変わる。だが子どもを飢えさせないってのは、世界共通の、唯一絶対の正義なんだ』と……」

「いい言葉だな。映画の台詞にできそうだ」

「しかも、現実に一膳めし屋を営む店長が言うんですからね。説得力が段違いです。司のやつは、

それまで家業を継ぐ気はさらさらありませんでした。一膳めし屋でバイトしたのも、『皿洗いや野菜の皮剝きなら慣れている』以上の理由はなかったようです。でも店長のその言葉に、あいつはまいっちまった。一転して店を継ぐ決心を固め、大学卒業後に調理師免許を取り――そうして、現在にいたるんです」

「なるほど。人生を変えた格言だったわけだ。そういやさっき、おまえが言ってたっけな。幼馴染みは大学で福祉関係を専攻していた、とかなんとか」

「ええ。やつの専攻は社会福祉学でした。ほかにも児童心理学や、ソーシャルワーク論などを中心に学んだと聞いています」

「そうか」

大迫は首肯した。

「彼は、子どもが好きなんだな」

「――……」

幾也は相槌を打ちかけ、やめた。余計なことまで言ってしまいそうだった。

大迫補佐、それだけじゃないんです、と。

あいつもおれも、ただ子どもが好きなわけじゃありません。なんというか、これは一種の、そう。

――罪ほろぼしです。

苦くその言葉を呑んだとき、志波が入ってきた。

「大迫補佐、報告します。たったいま確認が取れました。マル害の首の横に、盛りあがったほくろあり。そして青い屋根のアパートに住んでいたのは、二人の〝セイリョウ〟のうち窪井聖了のほうです」

「ふむ。間瀬当真も、まるっきりの嘘つきじゃないんだな」

大迫は自分の腿を叩いた。

「窪井聖了について、調べは付いたか？」

「はい。二〇一一年、富山県乾辺《かんべ》市の生まれです。満三歳まで、同市に建つ母親の実家近くに住んでいました。ただし五歳以降は住民票を移動しておらず、その後はいわゆる〝居所不明児童〟となっております」

「では指揮本部から、富山県警に協力要請を出させろ。向こうの歯科医師会および小児科医会に〝窪井聖了〟名義のカルテが残っていないか照会させるんだ。——鑑識と科捜研は、なにか言っていたか？」

「鑑識の弁では、マル害は歯牙の重なりと顎のかたちに特徴があるそうです。カルテさえ見つかれば、確認は可能かと。また新たに掘りだされた遺体も、確認および検視を急いでいます。科捜研心理担には、引きつづきプロファイリングを依頼しました」

「よしご苦労」

大迫がねぎらった。

志波が段ボールからスポーツドリンクを一本抜き、幾也の隣に座る。

「よう。マル間はどうなった？　どんな具合だ」

「すこし落ちつきました。司が人質に水分をやるよう交渉し、了解させたところです。残弾は四発のままです」

そうか、と志波がドリンクのキャップをひねる。

若い捜査員が駆けこんできた。

「大迫補佐！　清田陵が見つかりました」

捜査員は息を切らしていた。手の甲で額を拭う。

「県境近くのラブホテルにいたそうです。母親が最近ネットで知り合った男とともに、一室にいるところを保護しました。母親いわく『新しい彼氏と住むつもりで、泥首を出てきた。あんなしみったれた街、二度とごめんだ』だそうです」

「そりゃ残念だ。そのしみったれた街に、いったん戻ってもらわにゃならん。事件にまるで関係なくともだ」

大迫が皮肉をこめて言った。

「しかしわが子もいる部屋で、よく男と乳繰りあう気になるもんだ。……まあいい、これでマル害は窪井聖了でほぼ決まりか。あとは富山の歯科医師会に期待を託すとしよう。引きつづき、窪井聖了の両親を捜せ」

彼は捜査員たちをぐるりと見まわし、

「並行して、河原から掘りだした二遺体の捜査も進めるぞ。見分報告はまだ届いちゃいないが、待っていられん」

と声を張りあげた。

「地取り班は、ここ二年以内にいなくなった子連れ一家を調べろ。一家こぞっての夜逃げ組を知りたい。むろん四、五組じゃきかんだろうがな。まずはリストアップからだ。近隣住民はもちろん、アパートの大家や寮長にも当たれよ。敷鑑班は窪井聖了の母親と、内縁の夫について調べろ。とくに後者だ。女の連れ子を虐待していた様子はなかったか、金まわりはどうだったか、あらいざらいほじくってこい」

次いで大迫は志波を見やった。

「おまえは確か、地取りで三好と組んでいたよな？　すまんが三好はここから動かせん。増員も無理そうだ。今後は一人で動いてくれ」

「了解です」志波がうなずいた。

大迫は顎を撫でて、

「あとは指揮本部に言って、半径三十キロ圏内に住む前科《マエ》持ちのリストを作らせよう。十歳前後の児童、とりわけ男児相手に性犯罪を起こしたやつだ。くそ、日本にもミーガン法がありゃあ、こういうとき楽なんだがな……」

と嘆息した。

河原から掘りだされた二遺体について、死体見分報告書が届いたのは約三十分後のことであった。

「暗すぎて、河原の発掘作業はこれ以上続行できません。いったん打ち切り、明日へ持ち越します。下手に大きなライトを持ちこむとマスコミにバレますから」

報告書のファイルを差しだし、捜査員が早口で言う。

「そうか。しかたないな」

大迫は短く言い、シャツの胸ポケットから眼鏡を取りだした。

テレビ局が飛ばしていたらしいヘリの音が止んだな、と幾也は気づいた。

広報課の苦情が通ったせいかは不明だが、プロペラ音が消えただけで、空気がぐっと軽くなった。代わりに野次馬のざわめきや、ＳＩＴが発する指示の声が、二階の窓までのぼってくる。

「あー……、ああそうか。……ふん」

報告書に目を通しながら、大迫がぶつぶつと独り言を洩らす。やがて彼は鼻から息を抜き、眼鏡越しに幾也を見上げた。

「新しいほうの遺体も、舌の先端が切りとられた痕跡あり、だとよ」

幾也の背が強張った。無意識に、喉仏が上下する。

「では……」

「ああ、同一犯の疑いがさらに濃くなった」

大迫は眼鏡を指でずり上げ、死体見分報告書に目を戻した。

「えー、〝古い白骨遺体は舌が残存しておらず、衣服も損傷が激しい〟か。そりゃそうだな。〝人体が土中で白骨化するまでには、七年から十年ほどかかる。この遺体は十年以上経過したと推定される。また新しい遺体は、本日発見された被害者と同じく、衣服を後から着せた形跡あり。いっさいの下着を着けていない点も同一。殺害の手口は、おそらく二体とも刺殺。胸骨などに鋭利な刃物での切創痕が見られる〟。――おい、科捜研からの連絡はまだか？」

背後の捜査員へ声をかける。

「鑑識の情報は、先に科捜研に流しとるんだよな？　新しいプロファイルが知りたい。とくに前回との違いについてだ」

「すみません、メールのほうに届いていました」

捜査員が答えた。

「FAXより早いので、メールに切り替えたんでしょう。大きな変更はないようですが、より詳細になっていますね。あ、プリントアウトできたようです」

「見せろ」

眉間に皺を刻んで、大迫は読みあげた。

「……〝現時点で揃った情報のみでの判断なれど、八〇パーセント強の確率で、三件とも同一犯と思われる。失われた下着および舌の先端は、犯人にとってのトロフィー、すなわち記念品だろう。犯行の記念として持ち去り、あとで思いかえして自慰するなど、性的妄想に組みこむための品である。戦利品とも言われる。

定まった手口や、記念品へのこだわり等から、やはり秩序型連続殺人犯と推定できる。また被害者に男児が多い点も、サディスト型ペドフィリアの類型に当てはまる。

前回『二十代後半から四十代前半の男性』とプロファイリングしたが、十年以上前に殺されたとおぼしき白骨が見つかったことから、年齢を引きあげる必要がある。おそらく三十代前半から四十代後半。

当初に予想したより、社会的に無能と思われる。負け犬タイプ。一貫しないしつけを受けた。母親か祖母、もしくは年かさの姉との同居期間が長い。とくに母親は支配的で、厳しいときと甘いときの差が激しい人物。現在は幼稚なトラブルメーカーで、おそらく軽犯罪の前科か逮捕歴がある。喧嘩や危険運転などを繰りかえしがち〟……ふむ、負け犬野郎か。それなら泥首には掃いて捨てるほどいるな」

大迫は渋い顔でプリント用紙を放り投げた。何本目かの缶コーヒーに手を伸ばす。

あいた片手で、彼は幾也を指した。

「よし三好、出番だぞ。幼馴染みから、『容疑はほぼ晴れた』とマル間に伝えさせるんだ。もし理由を聞きたがったら、いまのプロファイルを嚙みくだいて話せ。できるだけマル間を安心させ、早く投降させたい」

「了解です」

「一応言っとくが、むろん方便だぞ。プロファイルなんてのは絶対じゃない。マル間の犯行の可能性が消えたわけじゃあない」

大迫は額を擦った。

「『油断するな』と、幼馴染みにそれとなく伝えろ」

3

当真に背を向けた姿勢で、司はテレビを見上げていた。

映っているのは、むろん立てこもりの実況中継である。

蓮斗の母はふたたび言葉に詰まって立往生し、マイクを取りあげられた。いまはＳＩＴの隊長らしき男が説得の言葉を投げている。だが雑音がひどい上、声も割れて、なにを言っているのか半分も聞きとれない。

「われわれは、お互いに……話し合う余地……、いまならまだ……、必ず……と、固く約束……」

当真は耳を傾ける気配すら見せなかった。片手で和歌乃のスマホをいじり、もう片方の手でナイフの刃をまわしつづけている。

慶太郎は、そんな彼を横目でうかがうだけだ。

蓮斗は下を向いて黙りこくっている。その隣で、心菜がしきりに洟を啜る。

「どうして」「なんで蓮ちゃんばっかり」「うちらのママ、ほんとに来ないの？」鼻声でぐずぐず繰りかえす心菜を、

「大丈夫だって」

と、気を取りなおしたらしい和歌乃が励ます。

「来ないからって、お母さんたちがあたしらを見捨てたわけじゃないの。最低でも夜一時過ぎまで体が空かないこと、心菜だって知ってるでしょ？　よそは知らないけど、『千扇』の仲居はそうだもんね。だからもう泣かないで」

気休めは言わないんだな——。司は感心した。

「きっと来るよ」だの「もうすこし待とう」だのといったごまかしを、和歌乃は言わない。言えば自分自身も騙《だま》せるかもしれないのに、口にしない。

わずか十五歳にしては驚くほど理性的だ。それが実地の経験から生まれた落ちつきだと、知っているだけにもの悲しかった。

「心菜、大丈夫だって。だいじょうぶ——」

と和歌乃が十数回目の「大丈夫」を言いかけたとき、

「へっ」

当真が笑った。

「黙って聞いてりゃ、お母さんお母さんってよ。キモっ。おまえら女のくせしてマザコンか？　その歳になって、まだママのおっぱいが飲みてえってのかよ」

「は？　うるさいよ、あんた」

和歌乃が睨みつける。

当真は両腕で自分の体を抱き、わざとらしく身をくねらせた。

「ママー、ママー、ママのおっぱい大しゅきー、ってか。はははは！」

すこしも笑っていない目で、高笑いする。

「うちの母ちゃんは、おれが八歳のときいなくなったぜ。ママなんぞいなくたって、人間は生きていけんだ。なのにいつまでも甘えやがって。ああ、キメぇキメぇ」

ぶるっと体を震わす真似をしてみせる。

悔しそうに和歌乃は顔をそむけた。しかし当真はからかい足りないのか、さらに和歌乃にちょっかいを出した。

「おい、おまえはなんで、ママに来てほしくねえんだ？　さっき『来なくていい』とか言ってやがったよな。なんでだよ」

「うるさいな。関係ないでしょ」

「いいから言え」

「おい、かまうなよ」思わず司は口を挟んだ。

「その子たちにかまうな。なんだっていいだろう。ほっといて——」

ほっといてやれ、と言うつもりだった。だがその言葉は喉の奥で消えた。

当真がナイフを構えたからだ。出刃を慶太郎と交換したあと、刃まわしの技で遊んでいたバタフライナイフである。

「暇なんだよ」

唇の片側を吊りあげ、当真は言った。

「なあ。暇つぶしにおまえらの話が聞きてえ。しゃべれよ」

刃を向けられ、心菜が喉をひゅうっと鳴らした。蓮斗がさらに身を縮こまらせる。慶太郎が目をそらす。

だが和歌乃だけは、当真の視線を挑戦的に受けとめた。その瞳から、怒りが匂い立つようだった。

己が置かれた理不尽な環境に、この状況に、当真に、彼女は火のように怒っていた。どう転ぶか不確定な、それだけに危険な怒りだった。

当真が「しゃべれよ」といま一度言った。

「なんでおまえは、ママに来てほしくない？　気になるぜ。なんでか言え。テレビはくそつまんねえし、ネットも飽きた。おまえん家の話を聞かせろよ」

「あんたに話すことなんて、なにも……」

「言え。言わなきゃ、そっちのめそめそガキの耳が片っぽなくなるぜ」

和歌乃がうっと詰まった。当真がさらに押す。

「なあ。なんでママに来てほしくねえんだ？」

「べつに……」

「言えよ」

「だから、べつに――。し、心配、かけたくないだけ」

くしゃりと和歌乃の表情が崩れた。吊りあがっていた眉が下がり、唇が歪む。

「うちの、お母さんは……体が弱いの。だから、あたしのバイト代で暮らせていけたら、いいんだけど……。あ、あたし、小学校もちゃんと出てないから、時給のいいとこじゃ、雇ってもらえないし――」

「なんでだ」

猫なで声で、当真は訊いた。

「なんでおまえの母ちゃんは、体が弱い？　生まれつきか？　病気か？　体が弱いのに、なんでおまえと二人だけで、泥首なんかに流れてきた？」

「それは、……それは」

ぐっと和歌乃が顎を引いた。

「お父さんと、別れたから」

「離婚したのか」

「離婚っていうか――。こ、こっちはそのつもりだったけど、お父さんが土壇場でいやがって、別れてくれなくて」

「で、親父から逃げたんだな」

和歌乃が悔しげに目を伏せる。当真はナイフの刃を下ろした。

「どうせ暴力親父だったんだろ。酒飲んじゃあ暴れる、よくあるやつだ。おまえも母ちゃんも毎日殴られてた。そんなとこだろ、違うか？」

「ち——、違わない」

「で、おまえらはそれまで住んでたとこから、逃げたんだな。だからおまえは学校も行けなかった。すぐ泥首に来たのか？」

「ううん。……最初はお母さんの実家に逃げたけど、そこはすぐお父さんにバレたから……。お母さんの親戚とか、友達とか、いろんな人を頼って、あっちこっち行った」

「でも、なんでかバレたんだろ？」

当真が小気味よさそうに訊く。

「どこへ逃げても、親父は追っかけてきた。まるで行き先がわかってるみたいにだ。そうだろ？」

「……うん」

和歌乃の頰が引き攣る。首がさらに垂れていく。

「当ててやるぜ。おまえらの近くには、密告り屋《チク》がいたんだ」

当真は高らかに言った。

「おまえの母ちゃんの友達か、いとこあたりだ。それまで親切ヅラして相談に乗ってた——いや、乗りたがってたやつだろ。そいつが全部、おまえの親父にチクってやがったんだ。そんでチクりがバレたら『だって、子どものためには両親が揃ってなくちゃ』とか、しれっと言いやがったんだよな？　おまえらみてぇなやつらは、みんなそうだ。パターンが決まってんだよ、ははは！」

「……——っ」

いまや和歌乃は、泣きだす寸前だった。

唇を震わせる和歌乃の体から、怒りの炎が萎《しぼ》んでいくのを司は見てとった。

押し寄せる恥辱が、怒りに冷水を浴びせる。かき消していく。

「そんでおまえの母ちゃんは、〝体が弱い〟んじゃねえよな。まいっちまったのは中身だ。ウツビョーってやつさ。マジで体が弱かったら、仲居みたいなしんどい仕事はできねえもんな。親父はしつけぇし、友達は裏切るしで、母ちゃんはへこたれちまったんだろ。そんで、どうなった？」

「……い、いったん、お父さんのとこに、戻った」

和歌乃は呻くように言った。

泣くまいとこらえているのが、傍目《はため》にもわかった。

「ほかに、もう、どうしようもなかったから。お母さんが働けなくなって、あたしはまだ、子どもで……。役所に電話したけど、なにもしてくれなかった。保険証がないからお医者にも行けないし、十割の医療費なんて、とても払えないし」

「それでおまえらはまた、親父に毎晩殴られるようになった」

当真が歌うように言う。

「おまえはまだガキだった。母ちゃんはめそめそするばっかで役に立たねえ。だから殴り放題に殴られた。しかも、それが何年もつづいた。おい、おまえの母ちゃんはその間、いったい何回自殺しようとした？」

「……やめてよ」

和歌乃が顔をそむける。

「そうだ、やめろ」

司は諫《いさ》めた。しかし当真は司を無視し、つづけた。

「おまえを置いて母ちゃんは、自分だけ楽になろうとしやがった。なるほどな。だからおまえは、そうやっていまもきーきー怒ってんだ。母ちゃんは心が弱いからしょうがない。苦労したんだからしょうがない。そう思っちゃいるが、頭のどっかじゃ許せねえままなんだ。おまえがそうやってヒスってんのはな、おれにじゃねえ。おまえの母ちゃんにだ」

「やめて！」和歌乃は叫んだ。

鋭い語気だ。しかし声の底に、哀願が滲んでいた。

「ははっ」

当真はのけぞって短く笑った。

「これでわかっただろ。てめえのは、ただの八つ当たりだ。糞でも見るような目ぇしておれを睨みやがってよ。ウゼえんだよ、ざまあみろ」

「…………」

唇を嚙み、和歌乃が壁に頭を付けた。涙がこぼれないよう、顔をわずかに仰向かせる。顎の線が震えていた。

司は和歌乃と当真とを呆然と見つめた。内心、驚愕《きょうがく》していた。

当真は、けして賢くない。知能指数などの目に見える数値は低いはずだ。直情的で近視眼的で、短気でもある。

しかしおそろしく勘が鋭かった。彼には野生の獣じみた嗅覚と、成育環境で培った経験値がある。

その経験値で、和歌乃の急所をずばりと言い当てた。

――これは、思った以上に厄介なやつかもしれない。

当真はふんと鼻を鳴らした。

「まあおとなしくしてりゃ、生かして帰してやるさ。喧嘩はそのあとにママ本人とやれ。……へっ。ママがいるだけ、いいじゃねえか」

ふと司は気づいた。スマートフォンから、なにやら音が洩れている。

当真も同時に聞きつけたらしく、司に目を向けた。

目顔で当真に「いいか？」と訊いてから、司はカウンターへ手を伸ばした。

「幾也。すまん、気づかなかった」

「大丈夫だ。それより、伝えたいことがある」

「伝えたいこと？　なんだ」

「間瀬当真にだ」

司は時計を見上げた。針が午後十時に差しかかろうとしている。

「当真に……。スピーカーにしたほうがいいか？」

「ああ――ちょっと待て、確認する。だがその前に」幾也は言葉を切り、「司、おまえはすべてを鵜呑《うの》みにするなよ」と早口で言った。

「くれぐれも、やつに気を付けろ」

たったいまの問答を、見透かしたかのような言葉だった。

「よし、スピーカーにしてくれ」

司は液晶をタップし、通話をスピーカー機能に戻した。

店内に、幾也の声が響いた。

「……間瀬、きみの言うとおりだった。どうやらきみは無実らしい。小笹川の河原から発見された二体のうち、一体は十年以上前のものと判明した。十年前、きみはまだ五歳やそこらだ。殺せるわけがない。科捜研のプロファイルも〝三件とも同一犯で、三十代から四十代〟と断言しており、きみは犯人像から大きく外れる」

「ほーらな。だから言ったじゃねえか、おれじゃねえってよ」

当真がスマートフォンに向かって怒鳴った。

「最初からおまえらが、まともに仕事してりゃよかったんだ。そしたら、こんな面倒くせえことにはならなかった。おれは悪くねえ。こんなとこに立てこもったのは、全部おまえらのせいだ。ここを出たら、なんもかんも責任取ってもらうぜ。ただじゃ済まさねえからな、糞ポリども」

「わかった。その件については、後日話し合わせてくれ」

幾也はあくまで低姿勢だった。

「――ともかく、これできみたちが店に立てこもる理由はなくなった。そろそろ疲れて、休みたい頃だろう。きみたちさえよければ、警察のほうでホテルを用意する。応じてくれれば、今夜はやわらかいベッドで眠れるぞ」

それは司の耳にも、ひどく魅力的な誘いだった。

休息。静かなホテルの個室。熱いシャワーにふかふかのベッド。想像しただけで、全身から力が抜けていくようだ。

しかし当真の返事はつれなかった。

「やなこった」

にべもない返答であった。

「てめえらの言うことは信用できねえ。最初に言ったはずだぜ。『犯人が見つかったら、テレビでそいつの名を発表して、おれに謝れ。それまでは店を一歩も出ねえ』ってな。とっとと犯人を捜してきやがれ。こんな電話でひそひそぐちゃぐちゃ言われて、どこの馬鹿が信じるってんだよ」

4

それから数十分が経った頃だ。心菜が壁に背を付けたまま、もじもじと腿を擦りあわせはじめた。数分擦りあわせてはやめ、また身をよじる。

「どうした」

司は当真をうかがいつつ、壁ぎわに寄って小声で訊いた。当真はふたたび和歌乃のスマートフォンで動画を眺めている。

心菜が呻いた。

「ト……トイレ、行きたい」

ああそうか。司は唸った。彼自身は緊張と水分不足のせいか、まだ尿意を覚えない。トイレのことなど、完全に頭から飛んでいた。

だが子どもは大人より膀胱《ぼうこう》がちいさい。おまけにジュースや烏龍茶を飲んでもいた。尿意をもよおして当然だ。

――当真と慶太郎が交互にトイレに立つのを、何度か見たのにな。

やっぱり頭が働いていないぞ、と司は己を叱咤《しった》した。

当真はカウンターの端に座り、にやにやと液晶に見入っている。なにを観ているかまでは、音量を絞っているためわからない。「うお、やっべぇ」「死ね死ね死ね」低いつぶやきだけが、店内に響く。

壁ぎわで心菜と並ぶ蓮斗は、固く身を縮めたままだ。

和歌乃は当真から顔をそむけている。その横顔は青ざめ、硬かった。全身で彼を拒絶していた。

そして慶太郎はといえば、いまだ無言でうつむいている。漫画は棚に戻したようだ。これ以上、当真の機嫌をそこねたくないのだろう。

やがて当真が欠伸《あくび》をした。「あーあ」と大きく伸びをする。カウンターに並べた缶のうち、オレンジジュースに手を伸ばす。

いまだ、と司は口をひらいた。

「……なあ」

「なんだ」

短く当真が応じる。視線は液晶に向けられたままだ。

「子どもたちが、トイレに行きたいらしい。……行かせてくれないか」

「いいぜ」

あっさりと当真は言った。

思わず司は瞠目した。てっきりすげなく却下されるか、もしくは長々とゴネられると思っていた。すくなくとも数分は言い争うと覚悟していたのに。

当真が司を見て笑う。

「なに驚いてんだよ。便所くらい行かせるに決まってんだろ。床で洩らされたら、たまったもんじゃねえ。くせえのはまっぴらだ」

彼は慶太郎を振りかえり、手で合図した。

「おいポチ、足を解いてやれ。全員だ」

慶太郎はやはり従順だった。言われるがまま、心菜、蓮斗、和歌乃の順に足首のガムテープを解いていく。

人質全員の足が自由になったところで、当真もストゥールから立ちあがった。

「さてと、おれもションベン行くかな」

トイレに向かって歩きつつ、なぜか片手を伸ばす。蓮斗の腕をぐいと摑み、無造作に引きずっていく。

悲鳴を上げる蓮斗に、当真はにやりとした。

「なんだよ。このおれが、親切におトイレまで連れてってやろうってのによ。そんなにいやがることねえじゃねえか、傷つくわぁ」

蓮斗の顔は蒼白だった。一瞬で唇が色を失い、わなないていた。当真にトイレに連れこまれたならどんなことが起こるか、なにをされるか、あきらかに彼は知っていた。

「おい、やめろ！」

司はカウンターに手を突き、叫んだ。

当真が嘲《あざけ》るように唇をすぼめる。

「ほんとにてめえは『やめろやめろ』ばっかだな。じゃあこいつは諦めるとするか。代わりに、そっちのメスガキを連れていこっかなあ？」

指された心菜が、さっと青ざめる。蓮斗とまったく同じ表情だった。彼女もまた、当真の言葉の意味を正確に理解していた。

「そ、――……」

それは、と言いかけた司を、当真が鼻で笑った。

「へっ、安心しろよ。おれは女は嫌いだ」

口の端を曲げる。その頬に、はっきりと嫌悪の色が浮いていた。当真は大げさな身振りで腕を広げ、声を張りあげた。

「おれ知ってんだぜ。女って、股んとこに切れ目が入ってんだ。毛が生えた切れ目から、ぐちゃぐちゃした臓物《はらわた》が見えてやがんだ。信じられるか、はらわただぜ？　汚《き》ったねえよな。おえっ」

顔を歪め、吐く真似をしてみせる。

そういえば当真の父親は、ストリップ小屋で働いていた――。司は思いかえした。ならば当真も、父の〝職場〟をよく知っているに違いない。

年端もいかぬ子どもだった彼に、大人の猥雑《わいざつ》な性欲がどれほどグロテスクに映ったかは想像に難くない。おまけに当真には母親がいない。

自分を置いて消えた実母への思慕と失望、反感。まわりの子どもにはいる〝母親〟が、自分にはいないという疎外感と自己憐憫《れんびん》。そこに〝女嫌いの少年〟が育ったとしても、なんの不思議もなかった。

「とにかく、待て」司は言った。

「待て。頼むから、待ってくれ」

いまだ蓮斗の腕を摑んだ当真に、ひたすらにそう繰りかえす。

策など思い浮かばなかった。ただ彼を止めたい一心だった。子どもたちを守らねばならない。だがどうしたらいいのか、まるで見当が付かない。

「待ってほしい。すこし考えよう。考えれば、なにかほかに、もっと――」

「ただでかよ」

当真が言った。

意外な言葉だった。司は目をしばたたいた。

「……え？」

「だーから、無料《ただ》でかって訊いてんだよ。人に頼みごとするときゃあ、代わりになにか寄越すのが筋なんじゃねえの？　てめえに出せるもんがねえなら、おれを止める権利もねえよなあ？」

――出せるもの。

当真に差しだせるもの。代わりになるもの。

鈍っていた司の頭が、めまぐるしく回転しはじめた。

水分はもう駄目だ。あらいざらい冷蔵庫から出してしまった、ならば、あとは――。

「あ、アイス、食べたくないか」

司はすがるように言った。

「いやならプリンもあるぞ。アイスは市販のやつだが、プリンはおれが蒸したカスタードプリンだ。老舗の喫茶店のマスターから、直々に教わったレシピなんだ。バニラビーンズも入れてあって……」

「うるっせえな。おっさん、声でけえよ」

当真が顔をしかめた。ややあって、ふんと笑う。

「――ま、いいぜ。食ってやるから、とっとと寄越せ」

5

冷凍庫から出した棒アイスは安物だった。いわゆるファミリーパックの、一箱に六本入ったオーソドックスなバニラ味である。

ただしプリンのほうは、申告どおり司自身の手づくりだ。表面をバーナーで焦がし、ミントの葉をちょこんと挿してある。

「てめえ、わざと隠してやがったな」

ぶつぶつ言いながら当真はプリンを二個たいらげ、

「貧乏くせえアイスだ。ダッツくらい買っとけよ」

とけちを付けつつも、棒アイスをつづけざまにしゃぶった。その隙にと、司は慶太郎にも棒アイスを一本渡した。

ついでに司自身も烏龍茶の缶に手を伸ばす。プルタブを起こし、呷った。

ぬるく苦い茶が、どっと口の中に流れこんできた。

――美味い。

烏龍茶をこんなに美味いと思うのは、生まれてはじめてだった。限界寸前だった、としみじみ思い知る。全身の細胞が歓喜していた。

気分にもゆとりが出たところで、司は慶太郎に目くばせした。

通じたらしく、慶太郎がカウンターから烏龍茶を取って開ける。さきほどと同じく、しゃがみこんで一人ずつ順番に飲ませていく。

当真は咎《とが》めるどころか、彼らに見向きもしなかった。カウンターの定位置に戻り、またも動画を観はじめる。せわしなく棒アイスを舐めている。

――いまのうち、慶太郎が銃を奪ってくれないだろうか。

二口目の烏龍茶を含み、司は祈った。

当真は体ごと横を向いていた。慶太郎に背中を向けている。Tシャツとデニムの間に挿した銃が、司の位置からでも見えた。無防備な後ろ姿だ。

――頼む、慶太郎。

あの銃さえ奪えば、形勢は逆転する。

慶太郎がこちらに付くなら、渡した出刃や牛刀だって取り戻せる。

慶太郎は華奢《きやしや》だ。しかし司なら、当真と互角の体格である。喧嘩慣れしていないぶんハンデはあるが、銃なしで二対一に持ちこめば勝機は十二分にあった。

――頼む。

だが祈りもむなしく、慶太郎は三人に烏龍茶を含ませただけだった。当真の背中を見もしない。銃を奪うことなど、頭の片隅にもないらしかった。

「慶太郎」

落胆しつつ、司は小声で彼を呼んだ。

「いまのうち、子どもたちをトイレに行かせてくれ。……さっき、当真がいいと言っただろう。『床で洩らされたらたまったもんじゃねえ』と」

慶太郎が、当真をちらりと見た。

当真はやはり片手に棒アイス、片手にスマートフォンで、こちらに注意を払う様子はない。慶太郎の首がこくりと縦に動いた。

「ありがとう」司はほっとした。

さいわい、彼自身はまだ尿意を感じない。水分をぎりぎりまで摂らなかったせいだろう。それに冷や汗もたっぷりかいた。

手の中の烏龍茶を、司は見下ろした。

すこしずつ飲まないとな、と自制する。脱水症状を起こさない程度に、必要最低限の量を摂っていくのがよさそうだ。当真は司を厨房から出すつもりはないらしい。当然、用足しにも行けそうにない。

その当真は、三本目の棒アイスにむしゃぶりついている。柄に似合わず、甘いものが好きなようだ。そういえば、酒を寄越せとは一度も言わないな、と司は気づいた。

――凶悪な面に、ちょこちょこ少年らしい可愛《かわい》らしさが覗く。

そう考えてから、「いけない」と司は打ち消した。

可愛いだのかわいそうだのと思えば、ストックホルム症候群に陥ってしまう。当真の気持ちに寄り添いすぎてはいけない。さっきも彼の女性嫌悪の源について思いをめぐらせてしまった。よくない傾向だ。

当真は食い入るように液晶を見つめている。

垂れたアイスで汚れた手を、彼はTシャツで無造作に拭った。


どれほどの時間が経っただろうか。店の外がふたたび騒がしくなりつつあった。

拡声器のハウリングがきぃぃぃんと響く。

当真がスマートフォンを置き、不快そうに顔をしかめた。

「なんだよ。またしょうもねえやつ呼んできやがったか」

司はテレビを見上げた。

さきほどの蓮斗の母と同じ構図だった。機動隊とSITに囲まれた、小柄な背中が映っている。

初老の女性に見えた。年恰好からいって、心菜や和歌乃の母親ではないようだ。

当真が肩をすくめ、「へっ、ババアかよ」と言ったとき、

「間瀬くん!」

女性の声が響いた。

「間瀬くん、わたしです。お、覚えていますでしょうか。泥首小学校で、あなたの担任教師をして

いたイトウです。あなたの――……」

「はあ？」

一瞬目をまるくしてから、当真が噴きだした。

「なんだあのババア、まだ生きてやがったか」

「恩師――いや、好きだった先生なのか？」司は問うた。

当真がにやつきながら、首を横に振る。

「全っ然。でもサツはあいつしか引っぱってこれなかったんだろ。だっておれ、小一んときしかガッコ行ってねえもん」

ふっと声を落とす。

「母ちゃんがいた頃は、学校行けたんだぜ。……朝、起こしてもらえたからな」

当真は横の慶太郎を見やった。

「おい慶、おまえは何年まで行ってた？」

「ええと……、二年の秋くらい、まで」

「ふん。おれとたいして変わんねえじゃんか。つか学校って、ムカつくやつしかいねえよな。二、三日風呂に入らなかっただけで、『くせえ』とか騒ぎやがるしよ。担任のババアも一緒んなって、温泉街のおれらのことハブりやがったぜ」

引き戸の向こうでは、イトウと名のる元担任の声がつづいている。

「間瀬くん。あなたの心の痛みをわかってあげられなくてごめんなさい。いたらない教師でした。ほんとうに反省しています。でも、まだ遅くはないはずです、どうか話し合いましょう。わたしはいま、真正面からあなたの目を見て、向きあって、心から謝りたいと――」

「泥首なんて、温泉街のアガリで食ってるド田舎じゃねえか。なのになんで、温泉街のおれらがハブられんだよ？　わけわかんねえ」

当真は壁を蹴りあげた。

「親がリーマンだとか、農協勤めだとか、役所勤めのやつらばっかが偉いのか？　なんでおれらがあいつらより下なんだよ？　そのお偉い農協や役所勤めのやつらがよ、忘年会だ社員旅行だって、うちのストリップ小屋に団体で来やがんだぜ。ケッ」

「……間瀬くん、お願い。いまなら間に合います。どうか投降してください。あなたは未成年です。これからいくらでも、やりなおせるチャンスがあります。今回のことは、みんなにとって、ただタイミングがよくなかっただけ……」

「ざっけんな。金払って女の股ぐら覗きこんでるあいつらの、いったいどこが偉いんだ？　股ぐら見せて金とるほうが下で、金払うほうが上か？　違《ち》げぇだろ。親父がストリッパーにかぶりついたのも知らねえで、『うちのパパは偉いんでちゅう』みたいなツラしてるガキ、全員ぶっ殺してやりてぇよ」

当真が喚き、壁を蹴りつづける。

心菜と蓮斗は目をつぶって縮こまっていた。

和歌乃は唇を引き結び、幼い二人をかばうように身を寄せている。

ただ慶太郎だけは、ひどく複雑な表情を浮かべていた。当真に静まってほしい、だが彼の言うこともわからないではない――と言いたげな顔つきだった。

「死ね死ね、あいつらみんな死ね。なんだよ、親父がストリップ小屋で働いてたらおかしいか。母ちゃんがいねえのが、そんなに変か。ざっけんな。都合のいいときだけ女の股ぐら見にくるやつのガキが、なんでおれより偉いんだよ。ナメんじゃねえよ。くそ、くそ、糞野郎がっ」

司はなにも言えずにいた。やめろとも、落ちつけとも言えなかった。

慶太郎と同じく、司には当真の気持ちがわかった。彼に寄り添いすぎてはいけない、同調するのは危険だとわかっているのに、彼の叫びが理解できた。

——なぜって、おれも〝温泉街の子〟だ。

そして司もまた、母のいない子どもであった。

司が六歳のときに母は死んだ。喉頭癌《こうとうがん》だったそうだ。

病で臥《ふ》せる母の姿は覚えていない。記憶からすっぽり抜け落ちている。おぼろに思いだせるのはごく些細《ささい》な日常ばかりだ。思い出の中の母は、いつも家や店のどこかにいてやわらかく微笑んでいる。

——当時のおれは、宙ぶらりんの存在だった。

生家はごく普通の食堂だ。とはいえ〝温泉街の子〟ではあった。サラリーマン家庭の級友とは、どこか距離があった。かといって、街をうろつく不登校児たちとも馴染《なじ》めなかった。

まともな遊び相手は、父親同士が友人で、幼馴染みの三好幾也くらいだった。

——〝梨々子ちゃん〟と仲良くなったのも、そのせいだ。

〝梨々子ちゃん〟は、本が好きだった。読書家だった。

食堂を経営しながら古本に埋もれて暮らす父を、司は理解できなかった。唯一の家族となった父をかけらでもわかりたくて、司は彼女に声をかけたのだ。なあ、本読むのって、なにがそんなに楽しいの、と——。

当真が壁を蹴るのをやめた。

きびすを返す。カウンターに置いていた和歌乃のスマートフォンを手に取る。

店の外では、元担任の呼びかけがつづいていた。

「……お願いです、間瀬くん。先生が謝って済むことなら、いくらだって謝ります。きみがほんとうは悪い子じゃないと、先生は知っているの。だから……」

当真はスマートフォンをカウンターに戻した。ほぼ同時に、その右手が動いた。

銃声が轟《とどろ》いた。

反射的に、司はその場にしゃがみこんだ。

たっぷり数十秒が経ったのち、呆然と顔を上げる。

右手に銃を構え、銃口を壁に向けたままの当真が見えた。

いや違う。壁ではない——。司はようやく理解した。当真が銃を抜き、厨房の換気扇を撃ったのだ。もっと正確に言えば、換気扇の向こうにいた誰かをである。

「当たったか？　ん？　当たったのかよ？」

当真の口が、そう動いているのが見えた。

司は手で両耳を覆った。耳鳴りがひどい。銃声で鼓膜がやられたらしい。

さきほど当真が芽愛を撃ったときと違い、一瞬の心構えもできなかった。耳をふさぐのが遅れた。

——ノーモーションで、撃ちやがった。

司は当真を啞然《あぜん》と眺めた。

当真は自分が撃った換気扇ではなく、スマートフォンを見てはしゃいでいた。耳鳴りの向こうで、当真の声が途切れ途切れに聞こえる。

「動画が、実況……、サツのやつ、まるっきり……。ははは、見ろよ……、みっともねえ……。逃げ……」

慶太郎が横からスマートフォンを覗き、液晶を指す。なにごとか当真に言っている。

当真が舌打ちするのがわかった。

「チッ、……腕か……つまんね……」

どうやら換気扇の向こうにいた誰かは、腕を撃たれたらしい。

機動隊だろうか、それともSITか。考えてから、司は「ああそうか」と気づいた。たったいま眼前で起こったことが、その意味が、じわじわと脳に染みていく。

――そうか。

陽動作戦だったのだ。

SITは拡声器での呼びかけで当真たちの注意を引き、その間に隊員が換気扇の隙間から、カメラなり盗聴マイクなりを仕込む手はずだった。

――しかしいまどきのネット事情が、それを許さなかった。

きっと野次馬たちの一部が、ひそかにSITの動きを撮って配信していたのだろう。

危険すぎる行為だ。なんらかの法律に触れる可能性もある。だが彼らはSNSで「いいね」をもらい、動画サイトで高評価をもらうためなら、どんな危ない橋だろうと渡ってみせる。

当真がさっきから観ていたのは、野次馬配信者の実況動画だった。迷惑系ＹｏｕＴｕｂｅｒに夢中なふりをして、彼はＳＩＴの動きを逐一確認していたのだ。

すこしずつ、司の聴覚は戻りつつあった。

「うっしゃ。だんだん当たるようになってきたぜ」

当真はご機嫌だ。脂ぎった顔が、喜色でてらてらと光っている。

「コツがわかってきたぞ。次こそいいとこ行くんじゃねえか」

「け……警官、を」

干上がった喉から、司は無理に言葉を押しだした。いまになって、頭皮からどっと汗が噴きだす。

「警官を、撃ったら……無実を証明する意味がなくなるぞ。ここを出られても、別件で逮捕されることになる。……それで、ほんとうにいいのか？」

「はあ？　わかってねえな、おっさん」

当真が嘲笑った。

「おれはな、おれのやってねえことで食らいこむのがいやなだけだ。逮捕が怖いわけじゃねえよ。第一おれは、無敵の未成年だぜ。なにをやろうが死刑にはならねえ。たいていのことは、少年院《ネンショー》に一年やそこら入ってくりゃ済むんだ」

得意げに肩を揺する。

「なんのためにおれが、拳銃《チャカ》までパクってきたと思ってんだ？　へっ、こいつ持っててなにもしねえんじゃ、ネンショーでカッコつかねえや」

なんてやつだ、と司は奥歯を噛みしめた。

可愛いところもある、などと思ったのが間違いだった。やはり気を許してはいけない相手だった。予想以上に狡猾《こうかつ》だ。

司は額の汗を拭い、口中でつぶやいた。

――残弾は、あと三発。

6

「あの糞ガキ……。信じられん、ＳＩＴまで撃ちやがったぞ」

捜査員の呻きが前線本部に響いた。

「傷は!?　隊員は無事か」

大迫が無線係に叫ぶ。無線係は青い顔で振りむいた。

「じょ、上腕に当たったそうです。こちらの動きが、筒抜けでした。ファイバースコープは挿入できずじまいです。作戦失敗です」

「くそったれ。とことんふざけたガキだ」

「人質のスマホを取りあげた理由は、それか……。悪知恵だけは働きやがる」

捜査員たちが歯噛みした。

ＳＩＴが店の裏手にまわり、換気扇の隙間からファイバースコープを挿しこもうとするさまを、実況した動画配信者がいるらしい。前線本部で監視していたのとは、また別の配信者であった。

「そいつを逮捕しろ。公務執行妨害《コウボウ》での現行犯逮捕《ゲンタイ》だ。いいか、未成年だろうと構うな。がっちり手錠をはめてやれ」

大迫が無線に向かって怒鳴った。

幾也の脳裏に、大迫が数時間前に発した言葉がよみがえる。

――マル間はまだ十五歳で、単純粗暴な不良少年だ。警察の目をかいくぐるほどのタマとは思えん。

果たしてそうだろうか。幾也は思った。ほんとうに、そうだったのだろうか。

だが問うまでもなかった。大迫の額に浮いた脂汗が、彼も抱いただろう疑念を、はっきりと物語っていた。

「市民まで敵かよ。……これじゃ、いくら手があっても足りねえや」

室内のどこかで、捜査員が低く洩らした。この場の全員の心を代弁するつぶやきであった。

幾也はスマートフォンを握りしめた。

――あと三発。


時刻は零時をまわった。

ついに日付が変わったか、と幾也は唇を噛んだ。これで籠城は、七時間を超えたことになる。

誘拐事件や立てこもりなどの重大事件では、捜査員および隊員は基本二時間ないし三時間で交替する。それ以上は集中力が持たないからだ。

だが今回の事件は、圧倒的に人員が足りなかった。

近隣署に応援要請してかき集めた人員は、大半が現場捜索にまわった。この七時間のうち、捜査班の多くは一度も人員交替できていなかった。

捜査主任官である大迫、ＳＩＴを指揮する矢田野、そして幾也にいたっては、今後も交替の見込みはない。短時間の休憩すら取れていない。

「そろそろ限界だ」

大迫が幾也を見やった。

「おい三好、休憩に入るぞ。夜中になって向こうさんも動きが鈍ってきた。寝れなくとも、横になって目を閉じていろよ。すこしは休まる」

「了解しました」幾也は頭を下げた。

正直、身に染みるほどありがたい言葉だった。電話するだけの任務とはいえ、この数時間で体重が二キロは落ちた気がする。

幾也はスマートフォンをワイヤレス充電器に置いた。『野宮時計店』の店主が、急遽《きゅうきょ》調達してくれた品である。無線機やパソコン、モニタを詰めこんだ八畳間の隅で、彼は胎児のようにまるまって目を閉じた。

しかし休息は、二十分足らずで終わった。

新たな捜査員が、前線本部に一報を持って駆けこんだからだ。

「マル辺の父親が見つかりました」

「どこにいた」

大迫が毛布をはねのけ、身を起こした。

「萩町《はぎちょう》の歓楽街です。鉛筆ビルの一室にある、闇スロ店でした。マル辺の父は、昨晩からずっとそこに缶詰だったようです」

　幾也も起きあがった。

　闇スロ店とは、風営法を無視した無許可営業の賭博店である。設置されているスロット筐体《きようたい》も、違法改造されたものが大半だ。

「指揮本部でざっと事情を聞いたのち、こちらへ向かわせる予定です。とはいえマル辺は、マル間の腰巾着ですからね。やつの親に説得させたところで望み薄かと……。またマル辺の父親は、だいぶ酔っぱらっていますし
「マル間のほうの親父は、まだ見つからんのか」

「まだです。引きつづき捜索中です」

「マル間の親父ね」室内で誰かがぼそりと言う。「……ふん、とっくに息子に殺されてんじゃねえのか」

　幾也は思わず眉根を寄せた。笑えない冗談であった。

　大迫が脂の浮いた顔を擦って、

「おい、そのへんにしとけ。ともかくマル辺の父親が見つかったなら、SITに引き渡すんだ。拡声器で呼びかけさせるかどうか、矢田野と相談せんとな。……しかし、たった二十分でも休むと気分が違うぜ。おい、指揮本部に繋いでくれ」

「了解です」

　無線係が応えた。

いま磐垣署で指揮本部および特捜本部を仕切るのは、副主任官の梶本《かじもと》である。責任者は副本部長をつとめる署長だが、実質上の指揮は梶本が取る。ノンキャリアの叩きあげながら、順調に出世を遂げた磐垣署の刑事課長であった。

「こちら指揮本部、どうぞ」

「こちら前線の大迫だ。梶本さんは？」

「わたしです」声の主が変わった。

梶本もまた、交替なしで動いているはずだった。だが声音にまだ張りがある。当然ながら、前線本部に詰めた捜査員のほうが消耗が早いようだ。

「長らく連絡できず、申しわけなかった」

「かまいません。そちらが主戦場だと理解しています。それより、こちらの進捗状況を伝えてよろしいですか？」

「頼む」

階級はともに警部ながら、大迫のほうが梶本より年上である。当然、梶本に敬語は使わない。

「ではお伝えします。現在の指揮本部および特捜は、三遺体の身元確認をメインに動いています。ならびに児童相手の性犯罪の前科がある者、子どもに声をかける変質者をリストアップし、科捜研の意見も聞きつつ絞りこみ中です」

「前科《マエ》持ちのリストは、志波に渡してくれたな？」

「数時間前に。ですが夜中にさしかかったため、地取りなどの聞き込み班は歓楽街を中心にまわらせています。ほかに動きようがありませんので」

「ああ、この時刻じゃそうだろうな」大迫は嘆息した。「地元住民への聞き込みができないのは痛いぜ」

「まったくです」

同意してから、梶本はつづけた。

「河原から掘り出された二遺体のうち古いほうは、やはり殺害時期を割りだすのが困難でした。しかし残存する衣服の破片を調べたところ、アニメのキャラクターがプリントされていたと判明しました。このアニメは二十二年前に、約半年間放映されたものです」

「では、それ以前の年代ではあり得ない？」

「そうです。おさがりの可能性もありますが、子ども服は消耗が激しいですからね。二十二年から十七年前あたりの、約五年間に絞っていいでしょう。また骨孔のひとつを、伸びた木の根が貫通していました。科捜研の研究員が、『根の生長具合から逆算可能ではないか』と考え、現在試算中です」

「そうか。では並行して、歯科医師会に再度のハッパを掛けてほしい」

大迫は言った。

「『夜中で申しわけないが、緊急事態だ』となる。動ける者だけでいいから協力してくれと、強硬に掛けあってくれ。さきほどもマル対が発砲したばかりだ。悠長に夜明けを待っちゃいられん」

「了解です。テレビでですが、こちらも発砲を確認しました。指揮本部から正式に申し入れ、県警本部に要請を出してもらいます」

答えてから、梶本は付けくわえた。

「じつはわたしも、歯科医師会の事務長と電話で話したばかりなんです。定められたカルテの保管期間は、基本五年です。しかし〝監督官庁からの確認や過誤訴訟を警戒し、データ化したカルテをクラウドなどに保存する医院は増えている〟だそうです」

「うん……？」

大迫が首をひねった。

「つまりそれは、見込みはあるという意味だな？　デジタル関連に詳しくないもんで、間抜けな質問だったらすまん。カルテのデータを残している医院は意外に多い、との理解でいいか？」

「そのとおりです」梶本は請け合った。

「では新たな発見および動きがあれば、また連絡をお願いします。データは、そちらのパソコンのアドレス宛てに送らせます」

無線を切り、大迫がふうっと肩の力を抜く。

「――さて、ここらで夜食でも食うか」

背後の部下たちを振りかえる。

「まだまだ休める暇はないようだ。肝心なときエネルギー切れじゃ、悔やんでも悔やみきれん。手のあいたやつから順に食っていこうや」

約一時間後、『小笹川男児殺人死体遺棄事件』における被害者の身元が割れた。決め手はやはり歯型であった。

被害者は窪井聖了。満十歳。

顎が平均よりちいさいのか、彼は多くの歯が重なって生えていた。さらに乳歯が抜ける前に生えた永久歯とも重なり、あちこちが〝二枚歯〟になっていた。治療せず放置されたことが逆にさいわいし、下顎や乳歯根のかたちから特定にいたったという。

「こんな夜中に申しわけなかった、と歯科医師会に伝えてくれ」

大迫が言うと、

「富山県警が、超特急で動いてくれました。向こうの科捜研と鑑識から人員を出してもらえたのが、特定の決め手です」

と捜査員は眉を下げた。

「えー、報告いたします。当時の窪井聖了は母方実家の近くに住んでおり、当時は祖母が歯科に通わせていた模様です。その歯科医院からカルテのデータをもらい、富山科捜研の研究員が照合。そののち、わが科捜研法医にもデータを再確認させました。結果、間違いないとのことです」

「よし」

大迫が声を上げる。

幾也も安堵した。これで三体のうち一体の身元が割れた。残るは二体だ。

「マル害の――窪井の親は、まだ捜索中だな？」

「はい。しかし母親の内縁の夫は、どうも十日ほど前に泥首を出たようです」

「十日ほど前？　夫だけか」

「ええ。ギャンブルの負けがこんで、一人で飛んだようですね。窪井の母親の勤務先『クイーンM』の従業員によれば、彼女は先週から『オトコが借金残して逃げやがった。あたしも飛ばなきゃヤバいかも』と愚痴っていたそうです。また彼女は彼女で、同僚に新しい彼氏の存在を自慢していたとか」

「ニュー彼氏か。ではそいつと一緒にいる可能性は高いな」

「と思います。従業員の証言では『新しい彼氏は県内在住の二十代。カラオケボックスの店員』だそうで、県内の全カラオケ店に問い合わせ中です」

「母親の実家と、連絡は？」

「取れています。乾辺署より巡査を一名、見張りに派遣させました。窪井の母親から連絡があり次第、通報させます」

「よしご苦労。引きつづきその線で動け」

大迫が掌を打ちあわせる。

幾也は手の中のスマートフォンを見おろした。

――司はどうしているだろう。

必要以上に刺激できないとはわかっている。だが、向こうの様子を知りたかった。

子どもたちは泣いていないだろうか。怖がっていないだろうか。司を除けば、全員が十五歳以下の子どもである。心配でならなかった。

――あのときSITが、ファイバースコープを挿入できていれば。

成功していれば、いま頃は向こうの動向を目でとらえられていた。籠城事件において、視覚情報があるとないとでは大違いだ。

「大迫補佐！　指揮本部よりデータが届きました」

ノートパソコンの前に座る捜査員が声を上げた。

「なんのデータだ」

「ここ数年で、泥首から夜逃げした子持ち一家のリストです。借家やアパートの大家、旅館の従業員寮の管理人を中心に聞き込みした結果だそうです。ここから被害者と条件が一致する児童を、ある程度絞りこんで……。ああ、お待ちください」

捜査員が液晶に目をすがめた。

「もう一通メールが届きました。河原から掘りだされたうち、新しいほうの遺体の身元が判明したそうです」

「なに」

大迫が身をのりだした。

「そのメールをプリントしてくれ。リストのほうもだ」

「了解です」

プリンタが吐きだした紙を、大迫はひったくるように手に取った。

「なになに？　……〝半井《なからい》楓太《ふうた》、十一歳、男児。住所は磐垣市大字泥首一一二七番地。デリバリーヘルス『ラブエラ』に所属するデリヘル嬢の母親、瑠奈《るな》と二人暮らし。約一年前に、母子とも同住所のアパートから失踪〟か。母親の現況および現住所は不明。……ああそうか、交番勤務員《ガイキン》がな……」

首を伸ばして耳を傾けていた幾也を、大迫が振りかえる。

「管轄区域のガイキンに、この半井楓太を知る巡査が複数いたらしい。どうも、盗癖で有名な子だったようだな。遺体から作成した似顔絵を見て『もしや』と声が上がった。ほくろや痣の特徴も一致したそうだ。巡査たちいわく、『去年あたりから姿を見なかったが、越していったのかと気にとめなかった』」

次いで大迫は、夜逃げした一家のリストに目を通した。順にめくっていく。二枚、三枚、四枚――。

リストはＡ４用紙五枚に達していた。

「こんなにいるのか」大迫は呻いた。

目を閉じて、こめかみを揉む。

「なぜだ。なぜマル害たちの親は、わが子が消えたというのに行方不明者届すら出さず、黙って泥首を離れたんだ？……おれは甘ちゃんなのかね。この手のやつらは、どうしたって理解できん。何度見聞きしても、子ども絡みの事件には慣れんよ」

「それは大迫補佐がまともだからです」

捜査員の一人が言う。

幾也はうなずき、「そして、まともな家庭の子たちに囲まれて育ったからでしょう」と補うように言った。

「……おれは、この泥首で生まれ育ちました。だから知っています。子どもを消耗品以下にしか見られないやつらは、確かにいるんです。彼らにとっちゃ子どもなんて、セックスしたら勝手にできるにきび程度のものでしかない。命の尊厳だの、人権だのといった感覚は、そこにはありません」

幾也は目を上げた。

「ドラマや映画じゃ〝親が子にそそぐ愛は無償〟だなんて言いますが、嘘ですよ。子どもが親に向ける情愛こそが、無償です。その証拠にあの子らは、どんなに殴られても蹴られても、親が好きです。親の愛情をつねに乞うている」

大迫と視線が合うのがわかった。

幾也はつづけた。

「その愛がどうしても得られないとわかったとき、彼らの心の一部は死ぬんです。……そして死んだ部分は、二度とは生きかえらない」

# 第四章　疑心

## 1

時刻は深夜二時を過ぎた。

ふだんの『やぎら食堂』は、午前零時きっかりに閉店する。いつもの司ならば風呂を済ませ、歯をみがき、布団に入っている時刻であった。にもかかわらず、眠気はかけらも覚えなかった。

神経を研ぎ澄ましているせいだろうか。心身ともに疲弊しているのに眠くない。子どもたちも同じなのか、爛々《らんらん》と目を光らせていた。

――リラックスしているのは、当真だけだ。

その当真がスマートフォンを置く。「はー、腹減った」と腕を広げて伸びをする。

「なにが、食いたいんだ」探るように司は尋ねた。

当真が間髪を容《い》れず言う。

「マック」

「マクドナルドか。ハンバーガーだな？」

「ああ。ビッグマックだ。じゃなきゃラーメンか牛丼だな」

「牛丼なら作れるぞ」

司はすかさず飛びついた。当真に食事を与えて精神的繋《ラポール》がりを作る作戦を、彼は諦めていなかった。

想定以上に危険な少年だとは、いやというほど思い知った。だとしても怪物ではない。食欲、睡眠欲、排泄欲の三大欲求に逆らえる動物は、この世に存在しない。

「牛コマと玉葱ならある。そう時間もかからないし、どうだ？」

「うーん」

すこし思案してから、当真は首を横に振った。

「いや、やっぱりマックだな。さっきからコーラが飲みたくてたまんねえ。コーラに牛丼は合わねえだろ。やっぱハンバーガーじゃなきゃな」

「ハンバーグじゃ駄目か？」

司は食い下がった。

「ハンバーグ定食なら、いまある食材でできるぞ。ハンバーグ、ポテトサラダ、ライスに漬物、豚汁でどうだ」

視界の端で、和歌乃がごくりとつばを呑むのが見えた。

人質の子どもたちも腹が減っているのだ。心菜はうつむいたままだが、蓮斗と慶太郎も耳を澄ましているのがわかった。

だが当真は「ライスって白飯だろ？　白飯は嫌いだ」とそっぽを向いた。

「味がねえからな。味がしねえものは大嫌いだ」

「そうか」

反論せず、司はおとなしく首肯した。

子ども食堂をしていると、しばしば耳にする言葉である。豆腐や白飯、水などを「味がない」と嫌う子はすくなくない。スナック菓子やコンビニ弁当ばかり食べていると、どうしても味覚は濃い味に慣れる。

「白飯ありでも食えるのは、カレーと牛丼くらいだ。けど、気分じゃねえや。いま食いてえのはハンバーガーにコーラ、ポテト、ナゲットだ」

「ハンバーガーは、いまうちにある食材じゃ作れない。バンズ……いや、パンがないんだ」

「じゃあサツに買ってこさせろ。マックまでパシれと言え」

「このあたりのマクドナルドは二十四時間営業じゃない。知ってるだろ」

司の言葉に、当真は時計を見上げて舌打ちした。

「くっそ。じゃしょうがねえな、おっさんの作ったハンバーガーで我慢してやる。その代わり、肉を二段にしろよ。ポテトとナゲットも付けろ。そんでコーラは絶対だ。おっさん、まさかコーラも作る気じゃねえだろうな」

当真の挑発には乗らず、司は答えた。

「わかった。パンとコーラを届けてくれと警察に言う」

「それからこいつの充電器もだ」

和歌乃のスマートフォンを、当真が掲げる。

「そろそろ電池がやべえ。必ず届けさせろ」

当真の気が変わらぬうちにと、司は自分のスマートフォンを手に取った。素早くスピーカー設定から通常通話に戻し、

「幾也、おれだ」

と呼びかける。スピーカーでないことに、当真はとくに文句は言わなかった。

「大丈夫か、司」

幾也の声は乾いてひび割れていた。

その声音に、司は濃い疲労を嗅ぎとった。だが人のことは言えない。自分の声だって、他人が聞けばひどいものだろう。

「大丈夫だ。こっちに怪我人はいない。それより、さっき撃たれた人は無事か」

「ああ。腕に当たったが、軽症だ。病院で手当てを受けている」

幾也がそう応えて、「こちらは進展があったぞ。小笹川の遺体の身元がわかった。言っていいか」と訊く。

「ああ」

「窪井聖了、十歳。母親は覗き部屋『クイーンM』の従業員だった」

幾也の言葉を大声で復唱しつつ、司は子どもたちの顔を順にうかがった。

当真は無表情だ。慶太郎はこちらを見ず、当真の顔いろだけを気にしている。

一方、被害者を見知っていたという蓮斗と心菜は顔を引き攣らせていた。和歌乃は、色のない唇をぎゅっと引き結んでいる。

「おれの、知らん子だ。やはり店《うち》の常連ではないな。極端な偏食だったらしいから、無理もないが……。だが『クイーンM』なら知っている。二十年以上前から、泥首にある覗き部屋だよな」

「そうだ。おれたちがガキの頃からあった。それと、河原から掘りだした遺体のうち一体の身元も判明した。半井楓太、十一歳。母親はデリバリーヘルス『ラブエラ』所属のデリヘル嬢だ」

「楓太か」

司は息を呑んだ。

「知ってるんだな」幾也が言う。

「ああ。何度か、うちに来たことがある。母親が『ラブエラ』のデリヘル嬢なら、あの楓太で間違いないだろう」

早口で話しながらも、司は「楓太が死んだ。あの子が――」と考えていた。

だが現実感はまるでなかった。事態がここまで進み、自分が巻きこまれていてなお、異国の出来事を聞くようだった。

「司、その子の情報をくれ」

受話器から幾也の声が響く。その声も、やはり遠く感じた。

「なんでもいい。知っている限りのことを教えてくれ」

「ああ。……そうだな、なんでも欲しがる子だった」

うつろに司は答えた。

「年齢のわりに、小柄だった。全体に栄養が足りてない感じで……。口癖は『ずるい』だったな。食べ物だけじゃなく、なんにでも『ずるい、ずるい。おれにもちょうだい』と言うんだ。相手の子が断ると、黙って持っていっちまうんで、店でもしょっちゅうトラブルになって……」

「おい！」

激しい音がした。びくっと司は身をすくませた。

首を向けると、当真の苛立った顔があった。彼がカウンターを平手で叩いたのだと、その表情でようやく気づく。

「フウタなんてガキ、知らねえよ。それよりコーラだ。『コーラを寄越せ』とさっさと言え、おっさん」

「あ、ああ。そうだ、そうだったな」

へどもどと司は答え、送話口に顔を戻した。

「すまん。楓太のことや捜査の進捗は、当真に伝えておく。ひとまずこっちの要求を伝えていいか」

「わかった。ちょっと待て、メモを用意する」

がさごそと音がして、すぐに幾也の声が戻る。

「いいぞ。言ってくれ」

「では、伝える」

司は声を整えてから言った。

「間瀬当真が、マクドナルドのハンバーガーが食べたいと言っている。だがこのあたりに、二十四時間営業のマックはないだろう。おれが作ろうと思う。足りない食材を持ってきてくれないか」

「わかった、なにが欲しい？」

「まずハンバーガー用のバンズだ。冷凍じゃないやつがいい。それからナゲットにできる、粗めに叩いた鶏胸肉を一キロ。いまは包丁が使えんから、あらかじめ刻んだやつが欲しい。それと五〇〇ミリリットル入りのコーラだ。バンズとコーラは、人数ぶんきっかりじゃなく多めにくれ。最後にスマホの充電器。型番は……」

メモ帳に書きとめている気配がした。

つづいて幾也と誰かが話す声。相談しているらしい。司はじっと待った。これ以上、当真を苛立たせたくなかった。

さいわい、当真がふたたび怒鳴る前に幾也は応答した。

「すぐに手配させる。十分、いや十五分待ってくれ。――それと」

幾也が声を低めた。

「おまえの声が反響していないから、いまはスピーカーじゃないよな？　間瀬に、交渉できないだろうか。『食材を都合させる代わり、人質をもう一人解放してくれないか』と」

「もう一人……」

言葉を呑み、司は横目で当真を見やった。

さきほどの激昂ぶりが嘘のように、当真はけろりとしてテレビを見ている。

彼の怒りがおさまったのはありがたかった。だがその感情の切り替えの早さは、やはりどこか不気味だった。とらえどころがない。喜怒哀楽の激しさのわりに余韻がなく、奇妙なほど人間味が乏しい。

司はぐっと拳を握った。

「――やってみる」

そう答え、カウンターにスマートフォンを伏せた。

「警察からの、伝言だ」

当真を見据えて司は言った。ごくりと喉仏が上下する。唇がやけに乾いた。

「……交換条件がある、と向こうは言っている」

「またかよ」当真が眉根を寄せた。

「マジで図々しいな、糞ポリども」

「コーラと食材と充電器は、十五分ほどで届けるそうだ。――ただし、人質もう一人と交換。……それでどうだ、と」

「ふはっ」

当真は噴きだした。

「安《や》っすい命だな、おい。コーラと充電器で、人間一人ぶんかよ。ふははっ。サツども、おれよかよっぽどアタマ悪りいぜ」

「駄目か」

「駄目に決まってんだろ。イカれてんのか、てめえ」

三白眼でじろりと司を睨む。

司は胸中でゆっくり五つ数えてから、言葉を押しだした。

「人質は、三人いれば充分なはずだ」

「二人だろ。おっさん、てめえは数に入ってねえよ」

即座に当真が言いかえす。

「おっさんなんかに価値はねえ。死んでインパクトあんのは、やっぱガキだ。テレビはガキが死んだときだけ、わんわん騒ぐじゃねえか」

「だが――、だがきみは、誰も殺すつもりはないんだろう？」

司は追いすがった。

「きみはさっき言った。『おれは無敵の未成年だ。なにをやろうが死刑にはならねえ』と。ちゃんと考えてるんだよな。でも残念ながら、きみは十五歳だ。十四歳以上で、人を故意に――わざと傷つければ、罪に問われる年齢だ。こんな大きな事件を起こしたんだから、十年以上の懲役刑だってあり得る。人生の一番いい時期を、閉じ込められて無駄にしたくないだろう」

大学の講義で聞いたうろ覚えの知識を、司は必死に掘り起こした。

「それに未成年だって、死刑になることはある。いままで何人もの未成年が死刑判決を受けてきたし、二〇一七年にも元少年の死刑囚が絞首刑になっている。わかるか？　縄で首を吊られて死んだんだ。死刑にされた当時、彼はまだ四十代だった」

意図的に、司は真実とハッタリを混ぜた。

過去に死刑判決を受けた未成年が、複数いるのはほんとうである。しかし一九五〇年以降、死刑判決を受けた未成年は十八歳以上に限られる。あの光市母子殺害事件でさえ、犯人の少年は十八歳一箇月だった。たとえ当真がこの場で誰か殺そうとも、十五歳の彼が死刑になる可能性はほぼゼロだろう。

しかし当真は、司の言葉に考えこんだ。

ちらりと慶太郎を見やる。次いで、肩越しに和歌乃たちをうかがう。

「……殺さなきゃいいんだろ」

そう言った当真の声は、かなりトーンダウンしていた。司は勢いこんだ。

「いや、それだけじゃ足りない。節目節目で、警察の心証をよくしておかないと」

「フシ……？　なんだそりゃ。シンショウってなんだよ」

睨まれて、慌てて司は言い換えた。

「あー、あれだ。要するに『こいつは悪いやつだ』と警察に思われすぎたらまずい、ってことだ」

「ふん。そんなの、もう遅ぇ」

当真が自嘲するように笑う。「とっくにおれは、サツに目ぇ付けられてっからな」

「だとしても、まだ遅くない。最悪の事態は避けられる」

司は言い張った。

「根っから悪いやつじゃない、とアピールしていくのは大事だ。何度も言うようだが、一生ここにいられるわけじゃない。出たあとのことも考えていこう」

必死に語りかけながら、司は頭の一方で考えた。

――もう一人解放するならば、心菜か蓮斗か、どっちだ。

最年少は蓮斗である。しかし精神的に弱いのは心菜のほうだ。とはいえ、芽愛のときもそう思って蓮斗を後まわしにした。今回はどうすべきか――。

そんな司の心を見透かしたように、

「……オスガキは駄目だ」

不承ぶしょうといったふうに、当真が言った。

右手を上げ、まっすぐに心菜を指さす。

「こっちのメスガキにしろ。めそめそとウゼぇし、ムカつくからな」

「そ、そうか」

司はほっとし、その事実にすぐ気づいて、愕然とした。

なんてことだ。当真の選択に、おれは咄嗟に安堵した。心菜か蓮斗か。その選択に答えを出してくれた当真に、一瞬とはいえ感謝さえした。

自己嫌悪が押し寄せる。しかしそんな思考をかき消すように、

「待てよ、おっさん」

と当真が司を制した。

「おれがはいはいと言うこと聞いて、ポリどもに調子こかせるわけねえだろ。いくらウゼぇガキでも、人間一人をコーラなんかで交換できっかよ。こっちからも、もうひとつ条件を付けると言え」

「条件？　なんだ」司は慎重に問いかえした。

当真がナイフの刃で換気扇を指して、

「さっきチャカ弾《はじ》いたときだ。おれぁ動画で、そこの扇風機みたいなやつにサツが貼りついてんのを見た。そいつの制服のここに、ド派手なワッペンが付いてやがった」

もう一方の親指で、自分の肩を示してみせる。

おそらくＳＩＴのワッペンだろう、と司は察した。

「さっき慶とも話したんだけどよ。そのワッペン付けてるやつらがくせえ。サッと違う制服着てや

がるし、厄介なやつらに決まってる。……てなわけで、こっちの要求はコーラと肉とマック用のパン、それとワッペンのやつらを帰らせることだ。その条件なら、メスガキ一匹と交換してやる」

「な、……」

司は唖然とその顔を見かえした。

「ほれ、早くサツにそう言え。おっさん」

当真が薄笑いを浮かべて急かす。

司はけして警察機構に詳しくない。だがSITが特殊訓練を受けた精鋭部隊であることくらいは、さすがに知っている。

――その部隊に「この場から退却しろ」と、おれから言わなきゃならんのか。

「いやならいいんだぜ」

当真がせせら笑った。

「なら、メスガキはここから出さねえ。ハンバーガーもいらねえ。コーラはちっと惜しいけどよ。ま、牛丼とジュースで我慢してやってもいいや」

「ま、待て」司は言った。

「あ?」

「待て。警察に伝える。伝えるから、すこし待ってくれ」

カウンターに伏せたスマートフォンを拾い、司は耳に当てた。

手短に、当真の新たな要求を伝える。

電話の向こうで、幾也は誰かと相談しているようだった。当然だろう。幾也の一存で決められるわけもない。司はスマートフォンをかまえたまま待った。

ややあって、幾也が応答した。

「――わかった。ＳＩＴを、いったん退《ひ》かせる」

その声音に、色濃い屈辱があった。幾也個人ではない。警察の屈辱であった。

「言っとくけどよ、制服だけ替えてもごまかせねえぞ」当真が犬歯を剝いた。「てめえらのツラぁ、全員覚えたからな」

ハッタリだ。そうはわかっていても、いまの彼に逆らえる者はなかった。

司はスマートフォンを置いた。

疲労が、べったりと両肩にのしかかる。人質を一人解放、という手柄を勝ち得たはずが、敗北感ばかりがあった。ほんとうにこれで正しかったのか？　と暗い疑念さえこみあげた。

そんな司の耳に、

「……店長」低い声が届いた。

和歌乃だった。壁に背を付けた姿勢のまま、彼女は言った。

「楓太って、……あの子、死んだの？」

司は答えられなかった。

和歌乃の声がつづく。

「あたし――あたしさ、あの子、好きじゃなかったよ。……だって、泥棒だったもん。手癖が悪くてさ、サイアクだった。いっつも『ずるい、ずるい』って癇癪《かんしやく》起こして、性格だってよくなかった。はっきり言っちゃえば、嫌いだった」

独り言のような口調だった。

「――けど、死んでほしいなんて、思ったことなかったよ。いなくなったときは、ちょっとほっとしたけど……。それはただ、まわりで面倒が減ったのが嬉しかっただけで、あたし、べつに……」

和歌乃は絶句した。やがて、ぽつりと声を落とす。

「……ごめん。なに言っても、もう意味ないね」

蓮斗が洟を啜る音が聞こえた。

## 2

指揮本部と話しあったのち、大迫は吐息とともに言った。

「SITを、いったん退かせる」

室内に、えもいわれぬ空気が満ちた。誰かが壁を蹴る音がした。

大迫が片手を振る。

「誤解するな、あくまで『いったん』だ。完全退却じゃあないぞ。最前線から退かせて、食堂とマスコミから見えない位置で待機させるだけだ。マスコミにも『映すな』と、広報から厳命させる」

幾也には大迫の心中がわかった。以前にかかわった事件でも実感したが、大迫は叩き上げだけあって柔軟な捜査員だ。面子《メンツ》よりも実利をなにより重んじる。

立てこもり犯から人質交換に応じそうな気配を引きだせれば、その時点で勝ちなのだ。警察の体面がどうの、プライドがどうのと固執しない。なにものも人命には代えられないと、よく心得ている。

「でもまた、配信者もどきが寄ってくるかもしれません」

若い捜査員が追いすがった。

「そうなったら、見つけ次第に現行犯逮捕《ゲンタイ》だ。最前線から退きゃあ、ＳＩＴはマル対のみに集中せずに済むしな。寄ってくる馬鹿を追いはらうくらい、やつらなら造作もない。それにマル間だって、すべての配信者をチェックできるわけじゃない」

言い終えると同時に、紺色の影が前線本部に入ってきた。制服に身を固めた、ＳＩＴ班長の矢田野であった。

「指揮本部からも聞いたかもしれんが、――すまん」

矢田野がなにか言う前に、大迫は謝った。

「いえ」

感情を殺した声で、矢田野が応える。

「子どもを一人救出できるなら、一時の撤退くらい安いものです」

だがその目じりはわずかに引き攣っていた。大迫への反感ではない。事態へのこらえきれぬ憤懣《ふんまん》と、焦燥であった。

「すまん」

いま一度謝る大迫に、矢田野は首を振った。

「対策マニュアルと、赤外線センサーを置いていきます。ファイバースコープより精度は落ちますが、このセンサーで食堂内の動きはそれなりにうかがえるでしょう」

大迫は首肯し、尋ねた。

「タイムリミットはいつだと思う」

「ぎりぎり最長で、あと十時間」

即答だった。

「状況にもよりますが、成人ならば三日は持ちます。しかし今回は人質が子どもですから。十時間以内に全員解放できなければ、突入を勧めます」

「わかった。考えておく」

「もうひとつ。釈迦《しやか》に説法でしょうが、交渉はつづけてください」

大迫の目を見て、矢田野は言った。

「突入しての強行制圧はあくまで最終手段です。立てこもり事件の多いアメリカにおいてすら、約六割が犯人との交渉によって解決しています。また強行制圧するにしても、内部の情報を引きださなければ突入のタイミングははかれません。相手が銃を所持している以上、籠城が長引くのは必然です。どうか焦《じ》れずに交渉をお願いします。マル対とコンタクトを取りつづけてください。そして」

言葉を切り、矢田野は大迫にぐっと顔を寄せた。

「——突入の際は、必ずおれたちを呼び戻してください。必ずです」

「わかっている」

矢田野を見つめかえし、大迫はうなずいた。

矢田野が前線本部を出た約十分後、捜査員が右手を挙げた。

「窪井聖了の母親を確保できました」

ノートパソコンで、指揮本部とデータのやりとりをしていた捜査員だった。

大迫が振りかえる。「どこにいた」

「推察どおり、新しい彼氏と一緒でした。県庁所在地のカラオケボックス従業員、二十八歳男性のアパートにて確保です。お待ちください。捜査員のスマホを通し、会議アプリで該《ガイ》母親と通信いたします」

「そりゃあいい。文明の利器ばんざいだな」

大迫は腰を上げ、差しだされたノートパソコンの正面にあぐらをかきなおした。

幾也も素早く移動し、大迫の真後ろに陣取る。通信を繋いだ捜査員が、大迫に正面を譲って脇へどいた。

モニタに女の顔がぱっと映った。

背景は夜の街だ。スマートフォンで撮影しているせいか、手ぶれがひどい。

窪井聖了の母親は、二十九歳にしては老けていた。瘦せすぎなせいか、首の筋がやけに目立つ。目の下のたるみといい、歯の汚さといい、不摂生ぶりがはっきり外見にあらわれていた。

「ねえ、セイになんかあったってほんと？　それマジで言ってんの？」

不安げに母親が声を揺らす。

大迫はその問いを聞き流し、

「窪井さん、息子さんの顔を最後に見たのはいつです？」と尋ねた。

「いつって……ええと、五日前」

五日、とつぶやき、幾也は内頰を噛んだ。

予想できた答えではあった。この女はその日以後出勤していない。しかしいざ本人の口から「わずか十歳の息子を五日間放置した」と聞かされると、胸の底がよどんだ。

大迫も同じ思いらしく、眉間の皺が深まった。

「内縁の夫は、借金で飛んだと聞きましたよ。あんた、わが子を五日も一人きりにして、心配じゃなかったんですか」

「だって、だって、いままではなんもなかったもん」

母親はおろおろ声になっていた。

「うちの子、いい子なんだよ。ポテチさえ食わせときゃ、黙ってゲームしてる子なの。ちゃんとポテチ箱買いして、部屋に置いといたしさ。金だって三千円置いてきた。いままでは、一週間くらいほっといたって平気だったんだよ」

ねえ、うちのセイになにがあったんだよう――と身をよじる。

「息子さんがもし外泊するとしたら、お心当たりは？」

問う大迫の顔に、苛立ちが滲みつつあった。

「最近、大人の友達ができたと聞いていませんか。いや大人でなくてもいい。新しい友達ができたような話は出ませんでしたか」

「知らない、知らないよ。あんたなんの話してんの。セイはどこなの、病院？　ねえ、あの子そんなにヤバい怪我したの？」

「先にこちらの質問に答えてください。最近、持ち物に変化はありませんでしたか？　誰かになにかを買ってもらった様子は？」

「知るか、いちいちそんなの見ねえよ。セイはどこだって聞いてんだよお――」

彼女は地団太を踏み、その場で泣きだした。手で顔を覆いもしない。幼児そのものの泣きかただった。大粒の涙をこぼし、洟を垂らしていた。

「泣くな！」

ついに大迫が叱咤した。

「泣くほど愛していたなら、なぜ放置した」

「だってえ、だって、大丈夫だと思ったんだもん」

母親はしゃくりあげながら言った。

「うちの子さあ、ほんといい子なんだ。一人でなんでもできんだよ。い、一箇月くらい留守にしたときもあったんだ。でもたまに見に行って、お金置いてくりゃ大丈夫だったもん。急にポリさんの世話になるなんて、思わないじゃないさぁ」

「一箇月か。そのときも菓子と金だけで、置き去りにしたのか」

口調は静まったが、大迫の顔にははっきり嫌悪が浮いていた。これ以上この女に訊いても無駄だな、と瞳が物語っていた。

「うるせえよ、うるせえ。あんたら、あたしのこと馬鹿だと思ってんだろ」

彼女は泣きわめいた。

「ああそうだよ、馬鹿だよ。小学校もろくに行ってねえもん。だって親の転勤転勤で、四回も転校させられたんだ。なんだよその目、全部あたしが悪いのか。馬鹿なのも、全部あたしのせいかよ」

涙で濡れた目が、敵意でぎらぎら光っていた。

「あたしだってなあ、人並みに高校行きたかったよ。かわいい制服着たり、同じクラスの彼氏作ったりしたかったよ。けど落ちこぼれたんだから、しょうがねえじゃんか。畜生、どうせてめえらはいい学校出てやがんだろ。ダイガクとか行ったんだろ。見下しやがって。くそったれ」

暴れだす女を、両脇から捜査員の腕が押さえた。

雑音ののち、通信がぶつりと切れる。

「……やれやれ」

大迫が嘆息した。

「賭けてもいいぞ。新たに見つかった二遺体の親も、あの女と同類のはずだ」

眉間を揉み、ゆっくり首を振る。

「まともに育てられないなら、せめて養子に出すなりできんものかね。つくづくやりきれんよ。おれたちはこの事件を解決するまでに、いったいあと何度、こんな思いをさせられるんだ?」

3

司は厨房で挽肉《ひきにく》をこねていた。

要求した食材とコーラ、充電器は、幾也が言ったとおり十五分以内に届いた。

要求品と心菜とを、店の出入口で交換したのは慶太郎だ。その間、当真は右手に銃、左手にナイフをかまえて、司と人質を見張っていた。

要求どおり、ＳＩＴらしき隊は前線から姿を消したようだ。

慶太郎は出刃の柄を口にくわえ、食材のビニール袋を肘にかけた。そしてコーラの箱を、両手で店内へ引きずりこんだ。

それが約二十分前のことである。

食材を受けとった司は、さっそく調理台に向かっていた。

当真は待望のコーラが手に入ってご機嫌だった。箱が届くが早いか一本抜き、ぐびぐび呷ると、派手なげっぷをしてみせた。

「ああ、やっぱこれだ。屁みてえなジュースとはわけが違うぜ。くっそうめえ」

脂の浮いた頬で笑い、司に怒鳴る。

「おいおっさん、早く作れ。ただし包丁は渡さねえぞ。なんとかしろ」

「わかった」司はうなずいた。

このメニューなら、キッチンばさみとスライサーで事足りるはずだ。

ＳＩＴを退かせろと警察に伝えたときは、無力感に打ちのめされた。しかしいざ心菜を引きわたしてしまえば、意外なほどの安堵を覚えた。

まずは芽愛、次に心菜。紆余曲折はあれど、これで二人の人質を解放できた。

——あとは和歌乃と蓮斗だけだ。

司は冷蔵庫から二種類の挽肉を出した。

ひとつは脂の多い、ちょっといい牛挽肉、もうひとつは赤身ばかりの牛挽肉である。この挽肉を、司は六：四の割合でボウルに入れ、こねはじめた。

前者がないと日本人好みのいい肉汁が出ない。後者がなければ、ハンバーガーのパテらしい歯ごたえがなくなる。

ハンバーグではないから、玉葱や卵、繋ぎのパン粉は入れない。塩を振れば自然と粘りけが出るので、その粘度だけでこねて成形していく。胡椒《こしょう》は、ほんの風味程度に振る。

パテの用意ができたところで、レタスと、溶けるタイプのスライスチーズを冷蔵庫から出した。次いで、ナゲット用の鶏胸肉にかかる。

注文どおり鶏胸肉は包丁で粗く叩いてあった。冷凍ではない、それなりの肉だ。やはりボウルにあけ、卵、マヨネーズ、スパイス、塩胡椒などと混ぜあわせる。

じゃがいもはスティック状ではなく、スライサーで薄いチップにした。キッチンペーパーで水気を取り、フリーザーバッグに入れる。薄力粉、片栗粉、塩胡椒、旨味調味料をまぶし、袋ごと振る。旨味調味料を嫌う大人もいるが、子どもの多くはこの味が好きだ。大量でなければいいと、司は割りきって使っている。

さてフライパンを火に——と思ったところで、

「……け、慶太郎か？」

外から、拡声器越しの割れた声がした。

「慶太郎、あのう、おれだ。父ちゃんだ。……おまえ、ほんとに中にいるんか？　おまえがそんな、だいそれたこと……。ほんとうか？」

気弱そうな中年男の声だ。反射的に司は慶太郎を見やった。

しかし司が尋ねる前に、口に出したのは当真だった。

「なんだぁ？　おまえの親父かよ？」

しばしの間をおいて、慶太郎がこくりと首を縦に振る。

父親の声がつづいた。

「慶太郎、なにが気に食わんか知らんが、出てこい。おまえにこんな真似、似合わんぞ。なあ、おれたちゃ確かに馬鹿だがよ、身のほど知らずじゃねえ。てめえの身の丈を知ってるのが、おれらのいいとこでねぇか……」

司はかつて慶太郎の口から、父親について多少なりと聞いていた。アルコール依存症で、窃盗などの前科があるという。どれもたいした罪ではないが、合わせて五年近く服役したらしい。

呼びかけられた当人の慶太郎は、顔を赤くしてうなだれている。

「出てこいってぇ、慶太郎。……あの、あれだろ？　あのトーマとかいう悪ガキに、またそそのかされたんだろ？　だからあいつと付き合うなって、何度もおれぁ、おまえに言ったのによう……」

「うるっせえよ、じじい」

当真が吐き捨てた。

「てめえがブスブタ女とぐちゃぐちゃヤってる間、慶を食わしてやったのはこのおれだぜ。なーにが悪ガキだ。『息子が世話になってます』と、礼くらい言えねえのかよ、腐れハゲ」

毒づく当真越しに、司は慶太郎を眺めた。

父親の呼びかけに心を動かされた様子はない。それどころか、はっきりと彼は父親を恥じていた。

その強張った頬に、噛みしめた唇に、彼らしからぬ怒りと苛立ちが見てとれた。

「店長」

硬い声で、慶太郎は言った。

「――ごめんなさい。警察の人に、言ってもらっていいですか。父さんを、帰らせてくれって。父さんがいると、かえってここを出たくなくなる、って……」

「わかった」

司はスマートフォンに手を伸ばした。

カウンターの向こうでは、当真が小気味よさそうに笑っていた。


急ごしらえのビッグマックもどき、ナゲット、ポテトチップの出来ばえは、予想以上だった。なにより焼きたて、揚げたてで出せるのが料理人として嬉しかった。

「食べきれないほどあるぞ。その二人にも食わせてやってくれ」

和歌乃と蓮斗を指して司が言うと、

「ああ、まあいいか」当真はすんなり了承した。正確に言えばハンバーガーに釘付けで、人質どころではないらしかった。

ビッグマックもどきに当真は大口を開けてかぶりつき、

「うお、うめえっ」

と叫んだ。なにひとつ衒《てら》いのない、無心の声であった。

「なんだよ、メシ作るのうめえじゃねえか。おっさん」

「そうか、ありがとうよ」

つい苦笑が浮かんだ。焼きそばより好評なようだ。不覚にも、じわりと嬉しさがこみあげる。

当真の食事作法は、やはりお世辞にもきれいではなかった。しかしこの上なく美味そうに食べる。彼が口を開けるたび、大きなハンバーガーが四分の一ほどかじりとられる。嚙み砕き、飲みこみ、次いでコーラを呷る。目を細めて満足そうにげっぷをする。ナゲットを摑み、こってりとソースを付けて口に放りこむ。

その横で、慶太郎もハンバーガーをひとつたいらげた。それから床にひざまずき、和歌乃、蓮斗の順に食べさせはじめた。

蓮斗は目に感謝をたたえていた。

しかし和歌乃は違った。さきほど母親を当真に笑われて以来、彼女は心を閉ざしていた。当真だけでなく、慶太郎にまで敵意を剝きだしている。

顔に出すな――。そう司は言いたかった。

この非常事態で、わずか十五歳の少女に「感情を抑えろ」と強いるのは酷である。しかしいまはそう望むしかなかった。頼むから抑えてくれ。おまえのためだ。反感を抱くのは無理もないが、表情に出しすぎるな、と。

時刻は午前三時をまわりつつある。

司もハンバーガーに手を伸ばし、嚙みついた。

自画自賛ながら、美味かった。焼きたてのパテからは熱い肉汁がじゅわっと溢れたし、ソースの味付けもうまくいった。

ポテトチップはぱりっと揚がっていた。ナゲットに添えたバーベキューソースも、うろ覚えのわりにはうまく味を再現できた。むろん百パーセントではないが、出来たての魅力と、空腹のスパイスがすべてを凌駕《りょうが》した。

貪《むさぼ》るような食事の時間が終わると、ふっと静寂が訪れた。

聞こえるのは、点けっぱなしのテレビから流れる音だけだ。麻痺して、ＢＧＭにすら感じなかった。奇妙に満足感の漂う静寂だった。

数分と経たぬうち、蓮斗がうとうとしはじめた。

つられるように、和歌乃も目を閉じる。眠ってはいないようだが、蓮斗の肩にそっと頭を傾けた。

「……慶。てめえは寝るなよ」

当真が小声で言った。

「うん」慶太郎が応える。

「大丈夫。徹夜は慣れてるから、一晩くらい起きてられる。……どうしても無理そうだったら、交替で寝ようよ」

「へっ、おれは余裕だっての」

当真は強がった。しかしそのまぶたは、いかにも重そうだった。当然だ、と司は思った。ビッグマックもどきを一気に四つも食べれば、血糖値が上がって眠くなるに決まっている。

「当真くん。……ぼく、眠気覚ましにこれ読んでもいい？」

慶太郎が漫画の棚を指す。当真がなにか言う前に、慶太郎は早口でつづけた。

「誤解しないで、ぼくだって漢字は読めないんだ」

漫画を一冊取り、適当なページをひらいて見せる。

「でも漫画は、ほら、こうして全部ふりがながな振ってあるから。だから、ぼくみたいな馬鹿でも読めるんだよ」

「ふん、なるほどな」当真が笑った。

「だよなあ、おまえはおれより馬鹿だもんな」

やけに嬉しそうに言う。へりくだった慶太郎の言葉に満足したらしい。いやそれとも、満腹感が寛容にさせているだけか。

「馬鹿だよ。でも……、ぼく、馬鹿なのが恥ずかしい」

ぽつりと慶太郎は言った。

「ほんとは学校、行きたいんだ。でも父さんが行かせてくれないし、どっからやりなおしたらいいかもわかんない。学校行って、字を習って、ちゃんと本が読めるようになっていたら――って、いつも思うよ」

抑揚のない、だが真摯な口調だった。

その声音に、ふいに司は旧友を思いだした。本が好きだった女の子。司の亡母の本を借りたきり、どこかへ行ってしまった幼馴染み。

勉強熱心な子だった。優等生で、テストの点数はつねにトップだった。「早く大人になりたい。いっぱい勉強して、偉くなって、一人で生きていけるようになりたい」と、口癖のように語っていた。

「ふん」

当真が嘲笑した。

「てめえはマジで馬鹿だな。……本なんか読めたって、おれたちが底辺《テーヘン》なのは変わりゃしねえよ」

4

「大迫補佐」

捜査員が駆けこんできた。

「人質の一人である鶴井和歌乃の母親が、前線本部の近くまで来ています」

「は？　女将が来させないんじゃなかったか」

と返してから、大迫は壁の時計を見上げた。

「ああそうか。さすがに仲居も休まにゃならん時間か。シフトが終わったんだな」

「いやそれが、『千扇』の女将がじきじきにタクシーで連れてきたそうで」

意外でしょう、と言いたげに捜査員は肩をすくめた。

「いまは下で待たせています。明け方だってのに、女将はばっちり夜会巻に大島紬《おおしまつむぎ》ですよ。マスコミ連中に色目まで使ってます」

「なるほど、商売っ気を出してきたか」

大迫が苦笑する。

「この立てこもりは全国中継だものな。『人質の母親を働かせつづけた鬼畜女将』なぞと週刊誌に書かれちゃ、客商売には大打撃だ。番頭か誰か、入れ知恵したかね」

幾也は『千扇』番頭のしなびた顔を思いだした。

そういえば彼も『やぎら食堂』の常連である。女将に強く言える男ではないが、彼なりに子どもたちを案じた可能性もゼロではない。

「よし。では前線本部に通せ」

大迫が顎をしゃくる。

「矢田野の進言どおり、交渉はつづける。だが拡声器での呼びかけはいまいち効果が薄いようだ。赤外線センサーとやらも、おれたちじゃうまく使えんしな……。鶴井和歌乃の母親には、直接そいつで話させるとしよう」

と、彼は司と繋がったままのスマートフォンを指した。


前線本部に『千扇』の女将、その内縁の夫、鶴井和歌乃の母親の三人が入ってくると、室内は一気に手狭になった。

女将こと千川絲子《せんかわいとこ》は、椿油《つばきあぶら》の匂いをぷんぷんさせていた。

六十代だそうだが、五十代前半にしか見えない。豊満な体躯を夏大島に包み、紗袋帯《しゃふくろおび》できりりと締めている。濃いアイラインに縁どられた目が、濡れたように潤んで色っぽい。

「あらあら、お邪魔でしょうにすみませんね。このたびはとんだことで。うちの仲居の子といえば、わたしの子も同然ですもの。ほんとうに胸が痛くってねえ……」

ぺらぺらとまくしたてる絲子の背後には、彼女の内縁の夫だという根木達也《ねぎたつや》が貼りついている。女房の装いとは対照的に、襟ぐりの伸びただらしないスウェット姿である。十五も上の女に可愛がられるだけあって顔立ちは悪くないが、鼻から下は汚らしい無精髭に埋まっていた。

「ほら和世《かずよ》。みなさんにご挨拶して」

和歌乃の母親を、絲子がぐいと前へ押しだす。

仲居の着物を脱いだ鶴井和世は、だぶついたTシャツに痩せた体を泳がせていた。人を真正面から見られないらしく、その眼差《まなざ》しが不安げに揺れる。

「心菜と芽愛の母親は病院へ向かわせましたよ。うちの番頭が送っていきましたからね。ご心配なく」

絲子がわざとらしく声を張りあげる。

「警察のみなさま、泥首温泉街の治安のために遅くまでありがとうございます。事件が解決したあかつきには、『千扇《うち》』からもお礼をお届けしますわ。純米大吟醸の特級酒を、五十本……じゃ足りないかしら」

「いやいや、充分です」

大迫は苦笑した。むろん口先だけの礼である。公務員、しかも警察官が酒の付け届けなど受けとるはずもない。

一方でヒモ亭主は、野次馬根性もあらわに室内をうろついていた。パソコンをいじる捜査員の背後にまわって液晶画面を覗きこみ、プリンタから吐きだされた紙を勝手に読んでは、彼らに睨まれている。

「鶴井さん、こちらへ」

大迫が和世を手まねいた。自分のすぐ隣へ腰を下ろさせる。

和世は畳に膝を立てた姿勢でにじり寄り、

「む、娘は無事なんでしょうか」と呻いた。

「ええ。店長と電話で繋がっています。無事です」

「よかった」

和世は安堵の息をつき、上目づかいに問うた。

「あのう、中に慶ちゃんもいるって……、ほんとうですか」

「渡辺慶太郎をご存じで？」

大迫の口調がわずかに変わる。

「ええ。あの子のことはよく知ってます。気のやさしい、いい子です」

「では渡辺慶太郎以外にも、泥首の子どもにお詳しい？」

和世が首を横に振り、手で頬を押さえる。

「詳しいというほどでは……。でもうちの娘は、女の子ながらガキ大将みたいなところがありまして。わたしは仕事に追われて、親らしいことをろくにしてやれませんから、せめて交友関係くらい把握しておこうかと……。ですから娘の遊び相手なら、おおよそ知っています」

「では、半井楓太という子はどうです」

大迫は和世に、遺体から作成した似顔絵を見せた。

「ああ、この子ね。知ってます。と言っても娘と喧嘩になってからは、あまり遊ばなくなりましたが……」

「喧嘩？」

「楓太ちゃんが、なんというか――人の持ち物に手を出すことが、何度かあったようで」

和世は眉を曇らせた。

「だけど、根は悪い子じゃないはずですよ。きっと寂しかったんでしょう。お母さんが夜のお仕事でね、昼間はいつも寝てるから……。いえ、わたしも人のことは言えませんけれど」

慌てて打ち消す和世にはかまわず、大迫は膝を詰めた。

「彼の母親のことも、ご存じなんですね？」

「ええ、『ラブエラ』にいたルルさん。『千扇』にもよく出入りしてました。いわゆる、その……あれなお仕事で」

ルルとは楓太の母、半井瑠奈の源氏名だろう。許可をうかがうように、和世がちらりと絲子を見る。絲子は大きくうなずき、

「『ラブエラ』のルルですか？　もちろんわたしも存じてますよ」

得々と言った。

「なにしろ『ラブエラ』はうちと契約してますからねえ。男性二、三人で来られて、ああいう子を部屋にお呼びになるお客さまって、意外と多いんです。中にはご夫婦でのお泊まりで呼ばれるケースなんてのも、ちらほら。うふふ」

なまぐさい話へそれる絲子を無視し、大迫は和世に言った。

「鶴井さん。われわれは半井楓太および母親の情報を求めています。その母子《おやこ》について知っていることを、すべて聞かせてください」

「え？　で、でも、それほど多く知ってるわけじゃありません。ルルさんとは待機時間が合えば、ぽつぽつ会話した程度ですから」

面食らったように、和世は首を振った。

「ええと……そうですね、『もと家出少女だ』と言っていました。それから『あたしはあんたらみたいに暴力亭主から逃げたんじゃない。十代のうちに親から逃げたんだ。だからそのぶん、世間がわかってる』とも言ってましたね」

「生まれはどこか、聞いたことはありますか」

「確か、秋田……いえ、青森だったかしら。『ずうずう弁を抜くのが大変だった』と笑ってましたから、いわゆる東北訛《なま》りの地方だと思います」

「息子の、つまり半井楓太の父親については？　なにか言っていませんでしたか」

「『以前いた店の店員とデキちゃって』としか聞いてません。十七で妊娠して、十八で楓太ちゃんを産んだそうです」

和世はそこで言葉を切り、

「あのう、じゃあ楓太ちゃん、こっちで見つかったんですね？」

と上目遣いに大迫を見た。

「見つかった、とは？　なにをご存じなんです」

「だってルルさんが泥首からいなくなる寸前、『楓太がいなくなった』『家出はしょっちゅうだけど、二日も帰ってこないのははじめて』と大騒ぎでしたもの。警察に連絡するって泣いてましたよ。窓口に届を出さなくちゃ、って」

「それはいつ頃のことです？」

「去年の夏ごろでしょうか。ルルさんがキャミソール一枚でしたから」

「では半井楓太の母親は、警察署に出向いたんですね？」

「あー……それはどうでしょう。騒いでいたというだけで、行ったかまでは……」

「どうせ口だけでしょ」絲子が遮った。

「だって泥首の女は、みんな面倒ごとも警察もまっぴら——あら、ごめんなさい。べつにくさす意味じゃないんですよ」

袂《たもと》で口を隠し、しなを作ってみせる。

和世がつづけた。

「てっきりわたし、ルルさんは楓太ちゃんを見つけて、一緒に出ていったのかと思ってました。彼女が子どもを置いていくわけがない、って。……でも、そうですか。あの子ったら、こんな長いこと家出してたんですね。どこで食べさせてもらってたんでしょう。いまどきの子って、たくましいですねえ」

和世は半井楓太が保護されたと思いこんでいるようだった。

思考が麻痺しているな、と幾也は思った。もし楓太が無事で保護されたならば、籠城事件のさなかに前線本部から質問されるわけがない。

しかしわが娘が大事件に巻きこまれた和世は、思考をなかば止めている。無理もなかった。大きな事件に直面した一般人は、ドラマのようにすぐ泣き喚いたりはしない。大半はしばらく呆然としている。

——それは、いまのおれも同じだ。

幾也は唇を手で拭った。われながら頭の回転が鈍っているのがわかる。心のどこかが麻痺し、無意識に逃避をはかっている。

幼馴染みの司が銃を突きつけられ、見知った子どもたちが人質になっているなどと、いまだに信じられない自分がどこかにいる。

「半井楓太の母親は、わが子を愛していたんですね？」

大迫が問う。

「はい」和世はためらいなく答えた。

「そりゃあ一般的な親から見たら、いたらないところもありましたよ。でもルルさんなりに愛していたのは確かです。口の悪い人は『ペットを可愛がるようなもんだ』なんて言いましたけど……。でもルルさんみたいな人に、それを言うのは酷でしょう。そもそも世間一般のしつけがどんなものか、彼女はよく知らないんです」

「彼女の行き先は？　心あたりはありませんか」

「ありません。泥首を出るにあたって、ルルさんは誰にもなにも言い残しませんでした。スマホも解約したのか、繋がらなくなってましたね。夜逃げ同然でした」

「新しい男ができたような話は？」

「それはもう、しょっちゅう。だから出ていくときの彼氏が誰だったかは、ちょっと思いだせません」

大迫は首を曲げ、かたわらの捜査員に目くばせした。

半井瑠奈の行方を追え、との指示だと幾也は察した。スマホの解約手続きは原則、契約者本人にしかできない。泥首を出て解約したならば、彼女は当時生きていたはずだ。息子とともに河原に埋められたとは思えない。

——しかしなにかを知ってしまい、逃げた可能性は十二分にあり得る。

「あのう、和歌乃と話したいんですが」

おずおずと、しかし焦れた様子で和世は言った。

「気が強くても、あの子はまだ子どもです。大人ぶってはいますが、まだどこか幼くて——。せめて、声が聞きたいです」

「わかります。いますこしお待ちください」

和世をなだめ、大迫は幾也を見やった。幾也は大迫の視線を受けとめてから、スマートフォンに呼びかけた。

「司。おい、聞こえるか？」

数秒置いて、応答があった。

「ああ、おれだ」

「いまここに鶴井和歌乃の母親が来ている。和歌乃と話したいそうだ。どうだ、いけそうか？」

ふたたびの沈黙があった。やけに長く感じた。

やがて、司の声が響く。

「——大丈夫だ。スピーカーに切り替える。和歌乃はすこし遠いところにいるんで、聞こえづらかったらすまん」

すこしの間、雑音がつづいた。それが途切れるのを待って、幾也は和世を振りむき、合図した。

「わ、和歌乃？　和歌乃、大丈夫？」

堰《せき》を切ったように、和世がスマートフォンに飛びつく。

「お母さん」

和歌乃らしき声がした。

成長している。なぜか幾也はじんとした。彼の記憶の中の和歌乃は、まだほんの子どもだった。いまは声音だけでも、大人になりかけた彼女が目に浮かぶ。

「無事なの？　怪我は？　お腹すいてない？」

「う、うん。大丈夫。怪我してないよ。あたしは、大丈夫」

舌をもつれさせながら、和歌乃が気丈に答える。

「それよりお母さん、仕事は？　明日も早いんでしょ。なんで電話できたの？　そこどこ？　『千扇』？　ねえ、いまどこにいるの？」

「いいから。いいから心配しないで。あのね、女将さんが連れてきてくれたの。食堂のすぐ前にいるよ。お母さん、和歌乃のそばにいるからね。だから頑張って。和歌乃が無事に出てくるまで、お母さんはここを離れないよ」

「お母さ……」

和歌乃が声を詰まらせる。

和世の頬には、いくすじも涙が伝っていた。

「――け、慶ちゃん。そこにいる？　鶴井のおばさんよ。わかるよね？」

涙をこぼしながら、彼女は呼びかけた。

「そんなとこにいないで、出てきてちょうだい。おばさん、知ってるよ。ほんとの慶ちゃんは、やさしくていい子だって。ただちょっと、いろいろ間違えちゃったんだよね。でも、いいの。慶ちゃんはまだ子どもだから、一回や二回選ぶ道を間違えたって、全然やりなおせる。和歌乃のことだって、嫌いなんかじゃないよね？　嫌いだから、いまそんなふうになってるんじゃないよね？　わかってる。おばさん、ちゃんとわかってるよ。……だ、だから、お願い、和歌乃と蓮斗くんと一緒に、そこから出てきてほしいの」

「――ごめんなさい」

少年のちいさな声がした。

和歌乃より声が近い。渡辺慶太郎だ、と幾也は察した。

慶太郎を、残念ながら幾也は知らない。彼がいつから『やぎら食堂』の常連だったかもわからない。とはいえその語気だけで、彼の人となりはわかる気がした。

「慶ちゃん」和世が叫ぶ。

「ごめん」

震える声で、慶太郎が応じた。

「ごめんなさい。和歌乃ちゃんにも蓮斗にも、ほんとうに悪いと思ってる。ぼく、二人とも、嫌いじゃないです。傷つけたくなんかない。でももう、どうしようもないんだ。後戻りできない」

「そんなことない。慶ちゃん、どうしようもないなんてことないよ」

「ごめん、おばさんごめん。やさしくしてくれたのに、ぼく、恩知らずで――」

「おい」

当真の声が割りこんだ。

「そのへんにしとけ。ぐちゃぐちゃだらだらと、キメぇんだよ。キモウザすぎてゲロ吐きそうだぜ。おっさん、切られたくなきゃスピーカーやめろ」

電波の向こうで、急いでスマートフォンの設定を切り替える気配がした。

雑音が消える。スピーカー通話から通常通話になったらしく、沈黙がやけにクリアだ。

ややあって、司の声がした。

「……すまん」

「いや」思わず幾也は声を返した。

「おまえのせいじゃない。謝るな。——渡辺慶太郎と間瀬当真の人となりも、前線本部に十二分に伝わった。会話できただけで収穫だった。ありがとう」


捜査員にうながされ、和世は屋外に建つ前線のテントに退いた。

絲子とそのヒモ亭主も、同じく前線本部から退去をうながされた。見学し足りないヒモ亭主は子どものように口を尖らせたものの、やがて渋しぶ応じた。

前線本部に新たな連絡が入ったのは、彼らが去った十五分後であった。

「大迫補佐。マル間の父親らしき男が目撃されました」

「なに」大迫が腰を浮かせる。

「どこにいた」

「それが……マスコミの車両を出入りしていたそうです」

答える捜査員の目に、焦燥が浮いていた。

「テレビ局のミニバンから出てきて、また別の、ネットテレビ局とおぼしきスタッフと話していたとか……」

大迫の顔が歪む。幾也も、重いため息を呑みこんだ。

――やけに長い間見つからんと思ったら、こざかしい真似を。

「もしそれがほんとうにマル間の父親なら、謝礼金目当てにみずからマスコミに接触した可能性は大です。あの食堂に立てこもったのが誰と誰なのか、泥首の住民ならみんな知ってますからね」

捜査員は唸るように言った。

「まったく親も子も、予想の斜め下を行ってくれますよ」

5

当真の許可を得て、司は使用済みの調理器具やフライパンを流しで洗った。

「油くせえのはいやだからな」と、当真はとくに異を唱えなかった。

しばし、水の流れる音が食堂内を満たした。

母親との通話を切られた和歌乃は、目を真っ赤にしていた。頬が痙攣している。泣くまいと自制しているのが、傍目にも痛いほどわかった。

蓮斗は下を向いたきり、身じろぎひとつしない。

司は食材の残りを冷蔵庫にしまい、油を始末した。フライパンや揚げ鍋を洗い終え、蛇口をひねって水を止めると、テレビの音が妙に大きく感じられた。

点けっぱなしのＮＨＫである。カメラはほぼ動かない。相変わらず『やぎら食堂』の玄関が、向かいの道路の視点から映しだされている。

「へへ、視聴率どんぐれえなんだろうな、これ」

当真が得意そうに言った。

「二〇パーとか行ってたりしてな。九時台のドラマ超えたらどうするよ、おい？」

たった二〇パーセントを想定するあたり、時代だな、と司はぼんやり思った。

司の幼少期とは違い、いまの子どもの関心は動画、ゲーム、実況配信、ＳＮＳと多岐にわたる。司が小学生の頃、紅白歌合戦の視聴率は五〇パーセント超だったと言っても、きっと当真は信じないに違いない。

「……ずうっと観てくれてる人も、いるのかなあ」

吐息まじりに慶太郎が言った。

「いまの時刻はいまいちでも、七時くらいになったらみんな起きて、テレビ点けはじめるよね。チャンネル選ぶついでに観る人が、いっぱいいたらいいな」

司は思わず慶太郎を見つめた。

意外だった。引っ込み思案な子だと思っていたが、目立ちたい欲求は人並みにあるらしい。和歌乃の母親と話したときは充血していた眼球も、いまは白く澄んでいた。

「おい」当真が言った。「おいって」

十数秒ほど、司は自分が呼ばれているのだと気づかなかった。

「おっさん、返事しろよ」と急かされて、

「え、あ、なんだ？」

慌てて首を向けた。カウンターを挟んで、いつの間にか司と当真は向き合っていた。当真はストゥールに座り、司は厨房の棚にもたれて立っている。

なぜか当真はしげしげと司を観察していた。

警戒しつつ、司は「……なんだ？」とふたたび問うた。

当真が目をそらさず言う。

「おっさんは、なんでガキにメシ食わしてやってんだ？」

「は？」

「慶に聞いたぜ。皿洗いや掃除だけで、ガキにタダメシ食わせる店だって。なんでそんなことしてんだ？　てめえになんの得もねえだろ。そんなしょぼいナリして、まさか金持ちなのか？」

「ああ、いや、金はない」

面食らいながら、司はかぶりを振った。

「金はないが……子どもが腹をすかしてたら、なにかしら食わせたくなるだろう。それが人情ってもんだ。おれは、人間だからな」

「ニンゲン」

なにがおかしいのか、当真はぶっと噴きだした。しばらく笑ってから、顔を上げる。

「おっさん、ガキいるのか」

「いや、いない。というか結婚もまだだ」

「だからか。暇なんだな」

当真は納得したようにうなずいて、

「自分のガキができたら、よそのガキなんかどうでもよくなるぜ」と言った。

「そんなこたぁない。うちの先代の店主は、おれという息子がいながら、子どもらにメシを出していたぞ。子ども食堂はおれがはじめたわけじゃなく、親父の代からなんだ。まあその頃は、〝子ども食堂〟なんて言葉はなかったがな」

「へっ、そいつは——」

嘲笑しかけて、当真はやめた。うまい形容句が出てこなかったらしい。

おそらく「酔狂」「物好き」に近いニュアンスの言葉を投げつけたかったのだろう。しかし結局は「馬鹿じゃねえの」とつぶやくにとどまった。

「だな。おれも親父も馬鹿だ」

司は首肯した。

「一銭の得にもならないことばかりしている」

しばし、誰もなにも言わなかった。

テレビの中のアナウンサーさえ、「動きはありません。……引きつづき、膠着状態がつづいております……」とマイクにつぶやくだけである。

ふっと当真が息を吐いた。

「おれは、この店に来たことねえよ」

「そうだな」司は同意した。

「おれが大学を卒業し、この店に戻ったのは八年前だ。おれの知る限り、きみは一度も来店してくれていない。親父からも話を聞いた例しはない」

なぜか当真はふたたび黙った。

形容しがたい沈黙のあと、ためらいがちに彼は言った。

「もしも……これは、もしもの話だけどよ」

面映ゆそうに口もとをゆるめる。

「もしおれが来てても、おっさんは、他のガキと同じようにメシ食わせたかよ？」

「もちろんだ」司は断言した。

「誰であろうと平等だ。〝ガキはなんでも百円。労働で支払うなら、皿洗いでカツ丼。掃き掃除で親子丼。皿を下げ、テーブルを拭いて玉子丼〟。絶対不変のルールだ」

「ふん」

どうだかな――と鼻で笑ってから、

「おれはな、母ちゃんがいなくなってから、腹減ってたまんなかったぜ」

当真は言った。

「施設に行かされたこともあんだ。でもあそこメシは食えっけど、コサン？　とかってやつらが威張ってやがって、ムカつく場所だったな。職員のやつらも偉そうで、態度悪りいしよ」

コサンは古参のことだろう、と司は見当を付けた。入所して長い子をそう呼ぶに違いない。古くからいる子は古参、新しい子は新入り、と。

「施設には、どれくらいいたんだ？」

「長くはいねえよ。短いのを何度かだ。なんか知らねえけど、だんだん役場のやつらがうちに来なくなったんだ。だから施設にも行かなくなった」

「役場って児相《ジソウ》か？　福祉課？」

「最初は児相だったな」

古参はわからなくとも、児童相談所の略称である「ジソウ」はすんなり通じる。そういう土地柄なのだ。児相。保護司。民生委員。家裁調査官。そんな言葉が子どもたちの間で飛び交うのが、この泥首という街だ。

「うちの母ちゃんは、結婚するまではホケンシ？　ってやつだったらしい」

保健師という単語を、当真は異国語のように発音した。

「年寄りを相手にする、なんとかセンターで働いててよ、親父の親父を担当してたんだ。母ちゃんは学校出たてで、ホケンシなりたてのほやほやで、ま、甘ちゃんだったんだろうな。だから自宅に来たとき、無理やり親父がヤっちまったんだとさ。そんで母ちゃんの腹がでかくなって、生まれたのがおれってわけ」

当真はにやりと笑ってみせた。

「また親父がよ、そんときの話を何度もしやがんだよな。キメぇよ。親のセックスなんて、詳しく聞きたくねえっての。おれがいやがるのが面白ぇからって、しつこく話すんだぜ。マジで糞だよな」

新しいコーラのキャップを開け、彼はぐいと呷った。

「つーか親父、アタマおかしいからよ。おれの前でセックスすんのも好きなんだよな。母ちゃんのほうはいやがってたなあ。『子どもの前でやめて！』って怒鳴る母ちゃんを、あいつがぶん殴って、張り倒して、鼻血だらだら出てるのを無理やりヤるんだよ。あいつ、そうでねえと勃《た》たねえんだ。いまの女のことは、あんま殴んねえけどさ。金づるだし、顔に傷つけっとヤバいから」

司は相槌に迷った。

「大変だったな」だの「ひどいな」などという言葉は無意味だろうと思えた。

なかば独り言のように、当真はつづけた。

「母ちゃん、おれを連れて何度も逃げたんだ。実家とか、親戚の家とか、友達の家とか。でもそのたびに、親父に見つかって連れ戻された。DVシェルターっての？　ああいうとこに頼ったこともあんだぜ。でもおれらと似たような親子でいっぱいで、役場のやつに『空くまで待ってろ』って言われた。あいつらアホだよな。待てるくらいなら逃げねえっての。みんなおれをアホだ馬鹿だって言いやがるけど、役場のほうがよっぽどアホ揃いだぜ」

「それで……どうなったんだ」司は言った。

「あ？」

「きみたち母子《おやこ》は、どうなった？」

「わかんだろ。待ってる間に親父に連れ戻されて、もとどおりさ。なんでか母ちゃんは、おれを産んだあとは流産ばっかでよ。腹ん中でうまく育たねえらしいんだな。ま、きょうだいができなかったのはラッキーだったぜ。おれみたいなガキ増やしても、なんもいいことねえもんな」

当真はコーラのペットボトルを手の中でまわした。

「ガキができないようにする手術ってのがあって、母ちゃんはそれを受けたかったんだ。でも親父はいいって言わなかった。金も出さなかった。あいつ、毎回中出しでよ。ガキなんか嫌いなくせに、なんでヒニンしねえんだろうなあ。やっぱ親父、アタマおかしいよな」

肩をすくめてから、司に向かって苦笑する。

「んなツラで見んなよ。そんなんでも、母ちゃんがいた頃はずっとマシだったんだぜ。なんだかんだでメシは食えたし、学校だって行けた。学校はつまんねえし、カスばっかだったけど、給食が食えたのはよかった。辛くねえカレーとか、揚げパンとか唐揚げとか……。それから遠足なんかも行ったな。運動会もやった。おれ、けっこう足速かったんだぜ、へへ」

照れくさそうに笑ってみせる。

混じりけない少年の顔だった。実年齢の十五歳より、もっと幼く映った。

「親父も母ちゃんみてえな女をまた捕まえりゃいいのに、趣味悪りぃんだよなあ。『カタギの女は懲りた』なんてほざきやがって、ストリッパーか風俗嬢しか連れこまねえもん。まあ、まともな女が、親父なんか相手にするわけねえか。母ちゃんみたいに、無理やりヤって腹ボテにさせねえとな、へっ」

苦にがしげに吐き捨てる。

「ストリッパーでもいいんだけどよ。もっとマシなのにしてほしいぜ。親父の女はおれのパンツに手ぇ突っこんできたり、『舐めろ』って迫ってくるようなやつばっかだ。あれだきゃあ、マジでカンベンだぜ」

「おい」

思わず司は口を挟んだ。

それはさすがに児相案件だ。完全なる児童虐待である。

性的虐待は成人男性から女児へが圧倒的に多いが、成人女性から男児への加害も珍しくない。どちらも等しく、緊急の保護を要する事件と言える。

――薄うす察していたが、やはり当真の家庭環境はひどいものだ。

子どもの眼前で母親を強姦する父。日常的な暴力。肉体的だけでなく、精神的にも経済的にもおこなわれたＤＶ。

当真の母親がなぜいなくなったか、司は知らない。当真は店の常連ではないし、彼の生い立ちについて耳にしたこともない。死んだか、それとも失踪したか。ともあれ母を失って以後、当真がネグレクトされたことは確かだ。飢え、学校にも行けず、父親の愛人から性的虐待を受けながら彼は育った。

――まっすぐに育たなくて、当然だ。

と胸中でつぶやく。だがそんな司を見透かしたかのように、

「……ふん、なにそれ。笑える」

とカウンターの向こうから声がした。

「なんだよ。あたしたちのことマザコンって笑ったけど、あんただって充分マザコンじゃんか。さっき『ママなんていなくても生きていける』って言ってたよね。ふん、大嘘だったんじゃん」

和歌乃だった。少女は憎々しげに頬を歪めていた。

「あんたもあたしたちと同じだ。マザコンの甘ったれだよ。あんたはあたしに八つ当たりするなって言ったけど、あんたこそ、まわりじゅうに八つ当たりしてるだけの糞ガキだ。あたしを説教する資格なんかない」

「うっせえぞ、女！」

当真が吠えた。

「ぐちゃぐちゃ理屈こいてんじゃねえ。ああくそ、だから女はいやなんだ。すぐきーきー喚きやがってよ。なんだよその声。おれをイライラさせんじゃねえ、糞ブス」

顔を真っ赤にして叫んでいる。さっきまでの穏やかな口調が、嘘のような豹変《ひょうへん》ぶりだった。当真は感情を瞬時に〝怒り〟に切り替えていた。

――和歌乃の言葉の内容より、彼女の声に反応しているのか？

司は気づいた。

もしかしたら当真は感覚過敏症かもしれない。

音、光、触覚などに敏感すぎて、生活に支障をきたす体質をそう称する。発達障害のある児童に多いとも言われ、彼らの生きづらさと密接に繋がっている。

――当真は、音に敏感なのではないか。

とくに女児の声特有の高いトーンにだ。

思えば彼は、芽愛や心菜の泣き声をずっとうるさがっていた。

感覚過敏はまわりの大人に気づかれづらい。子どもは語彙が未熟なので、なにが不快なのか、どう耐えられないかを説明できないのだ。結果、「我慢の足りない子」と誤解されたまま育つケースが多い。

一度レッテルを貼られてしまえば、言葉を学ぶ機会はさらに減る。表現するすべのない子どもは怒鳴り、泣き、癇癪を起こして訴えるほかない。そしてその姿を見て、大人は再確認するのだ。ああ、やっぱりこの子はどうしようもない子だ。乱暴で扱いづらい問題児だ、と。

——いや待て。同情するな。

司は己の考えを打ち消した。当真に共感してはいけない。駄目だ。

理性ではそう思う。にもかかわらず、彼の心は急速に天秤を傾けつつあった。

# 第五章　禍根

## 1

　時計の短針がアラビア数字の〝5〟にさしかかった。夜が明けつつある。空の端が白み、部屋に淡い光が射しこんでくる。

　前線本部に集められた捜査員のうち、ほとんどが交替なしの徹夜であった。みな泥のように濃いコーヒーを啜り、霞む目に目薬をさしてしのいでいる。

　幾也はさいわい、まだ眠気を覚えない。

　だがなにかの拍子に緊張の糸が切れたなら――。そう思うだけで怖かった。疲労と睡魔が一気に押し寄せてきそうだ。いつまで気を張っていられるか、自分で自分が信用できなかった。

　大迫は目を閉じ、あぐらをかいた姿勢で壁にもたれている。

　捜査員の一人が、ためらいがちに呼びかけた。

「大迫補佐。指揮本部からです」

　大迫の目が瞬時にひらいた。身をのりだして応じる。

「こちら前線の大迫。どうした」

「こちら指揮本部。梶本です」

副主任官の梶本であった。

「ちょっとややこしいことになりました。警察庁《サッチョウ》から横槍が入りそうです」

「サッチョウが？　なぜだ」

「マル間の要求に従い、ＳＩＴを退かせた件が不服なようです。長官官房の総務課長が『体裁が悪い』と言いだし、その意見に警備課長が、『では近県のＳＡＴを要請させてはどうか』と乗ったようで……」

「馬鹿な」大迫は渋い顔になった。

長官官房の総務課は、庶務一般の総元締めだ。広報もそのうちのひとつである。つまり体裁うんぬんとは、テレビをはじめとしたマスコミ受けを指す。

「こっちはべつにＳＩＴを完全撤退させたわけじゃない。あくまで最前線から一時退かせただけだぞ。それにいまＳＡＴなぞ投入されたら、現場は混乱しちまう。長久手町《ながくてちょう》事件の二の舞をさせたいのか」

長久手町事件とは、『長久手町立てこもり発砲事件』のことだ。二〇〇七年に、愛知県で起こった籠城事件である。

この事件の第一報を受けた上層部は、早々にＳＡＴとＳＩＴ両部隊の派遣を決定した。しかし連携しての演習経験がない彼らは戸惑い、「どちらが中心で動き、どちらが支援にまわるか」たったそれだけを決めるために、五時間半を要した。

一分一秒が命とりになる籠城事件において、一日の約四分の一を無駄にしたのである。この後手後手が犯人の苛立ちを招いたか、事件はＳＡＴ創設以来初の殉職者を出すという苦い結果に終わった。

「わたしもＳＡＴ投入はまずい手だと思います。いまは県警本部長が、サッチョウとやり合ってくれていますが……」

日ごろ冷静な梶本の声にも、さすがに憤懣が滲んでいた。

「そこは本部長にふんばってもらうしかないな。ところで、こちらからもいいか」

「どうぞ」

「マル間の父親の件だ。やつがどのテレビ局に食いこんでいるか、わかったか」

「広報から各社に連絡させましたが、まだです。最近のテレビは下請けに制作を丸投げするケースが多いそうで、下請けは報道リテラシーやコンプライアンスをまともに学んでませんから、平気で横紙破りをやるんです。ただでさえ籠城犯が未成年で、注目を集めている事件ですからね。実父のインタビュー映像となれば一大スクープでしょう。ものにするまで、マスコミが父親をかくまいつづける懸念は大です」

「くそったれ。まったく、どいつもこいつも」

大迫が毒づいた。

幾也も舌打ちしたい気分だった。一難去ってまた一難、の連続だ。交替要員がおらず、休めないことが、体と精神をさらに荒《すさ》ませる。

扉がひらき、捜査員が数名入ってきた。幾也はその中に志波の顔を見つけた。志波も徹夜組だったようで、まっすぐ歩いてくる。

隣に座った志波に、幾也は紙コップを差しだした。

「すまん」

短く言い、志波はどろどろに濃いコーヒーを啜った。

湯沸かしポットは『野宮時計店』からの借りものだ。ワイヤレス充電器の調達といい、なにからなにまで世話になりっぱなしである。

「白骨の身元はどうだ、割れそうか？」

大迫が志波に問う。

「やはり遺体の劣化がひどく、難航していますね。科捜研が頭蓋骨を３Ｄスキャナで読みとり、ソフトで復顔を試みているところです。あとは腕骨などに、自然治癒の痕が数箇所見つかったそうです。曲がって癒着していることから、日常的に虐待を受けていた疑いが濃いです」

「そうか。まあ意外ではないな」

と大迫は唸って、

「性別すらわからんのか。着ていた服から判断は？」と尋ねた。

「下は男女兼用のデニムのズボンでした。しかし、トレーナーにプリントされたキャラクターが特定できました。女児向けアニメ『魔法使いメアリー＆ベティ』です」

幾也の肩がぴくりと反応した。気づかず、大迫が問いを重ねる。

「ではマル害は、女児か」

「そうとも言いきれません。トレーナーは水色で、男児でも着られるユニセックスなデザインでした。おさがりの可能性も低くありません」

「ああそうか。子ども服はそれがあるな」

大迫は頭を掻いた。

「昔はうちの息子も『すぐ汚すから』と、上の娘のフリフリの服を着せられとった。可愛いっちゃ可愛いんだが、この場合は困りもんだな」

手もとのスマートフォンから声が上がった。

「――幾也」

司だ。ささやくような語調であった。

「どうした」

「当真が、うとうとしはじめた」

「マル間だけか？」幾也の声も、無意識に低まる。

「マル辺、いや渡辺慶太郎は？」

「起きている。こっちを見てる。だが、話すなと止める気配はない。どうやら見逃してくれるようだ」

そう言う司の声も、とろりと濁っていた。いかにも眠そうだ。幾也の脳裏に、厨房の床に座りこんでいる司の姿が浮かんだ。

「幾也、油断したらおれまで寝ちまいそうだ。……話し相手になってくれってのは、無理そうか？」

「いや」

幾也は答えながら、ちらりと大迫を見た。大迫がわずかに顎を引く。

「無理じゃない。話せ」

「すまんな」

司の声はかすかに反響していた。スピーカーに切り替えたな、と幾也は察した。

「白骨のほうはどうなった。誰かわかったか？」

「いや、まだだ」

「そうか……」

「年代はおおよそ絞りこめたがな。二十年ほど前に殺されたようだ」

「いくつくらいの子だ？」

「ほかのマル害と同年代だろう。つまり十歳前後だな」

「二十年前に十歳前後……ってことは、生きていればおれたちくらいか」

「ああ。しかし知ってる子とは限らんぞ。おまえも承知のとおり、泥首は人の出入りが激しい。おまけにあの頃は、いまより子どもの数が多かった。おれたちが把握していたのは、学校で顔を合わせる子か、よほどの問題児くらいだった」

言いながら、幾也は半井楓太を思い浮かべていた。

盗癖があったという被害者だ。皮肉にもその盗癖がゆえに警察に顔を覚えられ、早々に身元を割ることができた。

「約二十年前に失踪した子では、身元の割り出しはむずかしい。就学実績も住民票も当てにならんしな。頼みの綱は歯型だが、そのカルテも残存するかどうか……」

「じゃあ、『かなざわ内科医院』に当たってみたらどうだ?」

司が思いだしたように言う。

「あそこはペーパーレスもへったくれもない、昔ながらの町医者だ。先代からのカルテを、裏の倉庫に全部紙で保存している。保険証なしでも子どもを診《み》るし、支払いをツケにしてくれるから、温泉街の母親たちに人気だぞ」

「それはそうだが……。さすがの『かなざわ』の院長でも、二十年前に診た子どもを全員覚えちゃいないさ。よしんば記憶していたとしても、確認できる特徴は骨と歯だけだ。となれば、やはり歯型しか――」

「須賀町《すがちょう》の『早川歯科《はやかわ》』はどうだ」

司が提案した。

「覚えてないか? おれたちが小学生の頃、学校の定期歯科健診に来たのは『早川』の若先生だっただろう。あの頃はまだ歯科医になりたてで、めちゃくちゃ張りきってたじゃないか。もし被害者がぽつぽつとでも学校に来ていたなら、歯科健診を受けたかもしれない」

「そうか、……そうだな」

幾也はうなずいた。いまのいままで、学校の歯科健診など思いだしもしなかった。

脇で会話を聞いていた志波が、手もとのメモ帳に〝早川歯科。小学校、歯科健診〟と書きつけるのが視界の端で見えた。

メモ書きが志波から大迫に渡る。大迫がなにか書きくわえ、さらにほかの捜査員の手に渡る。捜査員が一人、音もなく退出していく。

「二十年前、か」

司がぼんやりと言った。

「二十年前にいなくなった子どもか……。一家で夜逃げしたり、母親に連れられてった子の心あたりなら、山ほどあるんだがな。捜索願は出されてないんだよな？」

「もちろんだ。もし出されていれば、すぐに調べが付く」

幾也は請け合った。

「だよなあ」

司がつぶやくように言って、

「今回が一人。埋まっていたのが二人。そして全員の親が、わが子が消えても警察に訴え出なかった……。下調べしてそういう子ばかりを狙ったにしても、犯人に都合がよすぎるな」と声を落とした。

「ん？　なにが言いたい？」

幾也は問うた。

「いや、確かにこの泥首は、脛に傷持つ親だらけだ。彼らは面倒を嫌い、警察を避ける。『ガキなんか産みたくなかった』『いなくなりゃせいせいする』と公言する親は数えきれない。ろくにメシも食わせず、殴る蹴るのサンドバッグ代わりにする親だって、ざらにいる。——しかし」

司は言葉を切り、つづけた。

「一方で、わが子をまともに愛している親だって存在する。和歌乃や蓮斗の母親がいい例だ。仲居だけじゃないぞ。ピンクをやってる親たちの中にも、ちゃんといる。ユキがその一人だ」

「ユキ？　誰のことだ」

「ああ、おまえは知らなかったっけな。最近うちによく来るコンパニオンだ。週に三、四回はうちで昼メシを食って行くんだが、そのたびわが子のぶんを必ず買って帰るのさ。子どもたちだけで食堂に来させることは、絶対にない。『だってガキに食わせるのは、親の役目じゃん』だそうだ」

「いいこと言うな」

「当たりまえっちゃ当たりまえだがな……。だが泥首で聞けば、いい台詞だ」

司が低く笑って、

「ほら、小一のとき同じクラスだった浦部《うらべ》、覚えてないか」と言った。

「浦部？」

「ぶ厚い眼鏡をかけて、夏でも長袖着てたやつだよ。あれだ、マラソン大会の日、コースを間違えて一人だけ迷子になったやつ……」

「ああ」幾也は噴きだした。

「いたな、そんなやつ」

笑いながら、やはり司は記憶力がいい、と彼は思った。昔からこいつはなにをしても、おれより上だった。勉強も、スポーツもだ。女の子にもモテた。

――そうだ。司を好きだったうちの一人が、梨々子ちゃんだ。

幾也の思いも知らず、司がつづける。

「浦部の母親に、何度かお菓子をもらったことがあるだろ」

「ああ。……そんな気がする」

「おれはよく覚えてる。お菓子を受けとるとき『うちの子と遊んでくれて、ありがとうね。どうもありがとうね』って必ず言われたよ。浦部の母親はラブホテルの受付と、清掃員をやってた。浦部を連れて、暴力夫から逃げてきたんだ。浦部のぶ厚い眼鏡もそいつのせいだった。『お父さんに殴られて、こっちの目だけすごく視力が下がった』って、あいつはいつも言っていた」

司の口調は、なかば独り言のようだった。

「浦部の母親も、ユキも、もしわが子が消えれば半狂乱になったはずだ。確かにこの泥首には、子どもがどこにいようが気にしない親が山ほどいる。しかし全員じゃあない。この街で生まれ育ったおれたちは、全員じゃないと肌で知ってる。そうだろう？」

「……だな」

幾也は同意した。

――半井楓太の母親も、おそらくその一人だった。

世間一般から見れば、彼女はいい母親だったとは言えまい。だがすくなくとも、わが子の失踪に泣き、動転し、行方不明者届を出すと騒いだ。子どもを紙くずのように打ち捨てて平気な女ではなかった。

「では警察に訴え出ないよう、犯人がなんらかの手段で仕向けた、と？」

「わからん」司は言った。

「わからんが、納得もいかん。それだけだ」

「そうか」

幾也は疲労でぼやける頭でうなずいた。

大迫に言おうとしてやめた言葉を、ふっと思いかえす。

――大迫補佐。あいつもおれも、ただ子どもが好きなわけじゃありません。なんというか、これは一種の、そう。

――罪ほろぼしです。

ふたたび〝梨々子ちゃん〟を思い、幾也はそっと唇を嚙んだ。

## 2

司は厨房に座りこみ、スイングドアの隙間から、当真の寝顔を眺めていた。

当真はなかば口を開け、首をがくりと落として寝入っている。片手にはバタフライナイフを、もう片手には銃を握っていた。

銃を落とせ、と司は念じた。

手から銃が落ちても気づかないほど熟睡していてくれ、と。

落としさえすれば、「銃を拾う」というワンアクションが生じる。つまり隙ができる。銃を奪えば、司にも勝機はあるはずだ。

――だが。

司はちらりと当真の隣へ視線を移した。

慶太郎は、当真のすぐ横に尻を落としていた。伏し目ながら、しっかりと起きている。その手には出刃包丁があった。眠る様子は見られなかった。

――慶太郎の考えが、いまひとつ読めない。

慶太郎は暴力的な子ではない。司や人質を傷つけたがっているとは、いまも思えない。彼がこちらに寝返り、銃を当真から奪えばこの籠城は終わる。奪ったところで慶太郎は撃てまいが、司に渡してくれればいい。銃が司の手にさえ渡れば――。

――いや、待て。

背がひやりとした。

慶太郎は撃てまい、だと？

ならばおれは撃てるとでも言うのか。

言葉だけで「撃つぞ」と威嚇したところで、場数を踏んでいる当真に通用するとは思えない。脅しに効果が出るのは、ほんとうに撃つ気概があるときだけだ。

――だが、相手は子どもだぞ。

いかな札付きだろうと、当真はまだ十五歳だ。しかも劣悪な家庭環境で傷ついてきた少年だ。その彼に銃口を向け、照準を絞り、引き金を引くことが、はたしておれにできるのか？

――何年もの間、子どもたちにメシを食わせてきたこのおれに。

考えただけで、掌に汗が滲んだ。その手をぐっと拳に握ったとき、床のスマートフォンから声がした。

「……司？　寝たのか、司」

幾也だ。

「いや」司は慌てて応答した。

「いや起きてる。……すまなかった。すこし、ぼうっとした」

「ああ、気持ちはわかる」

幾也の口調からは、力が抜けていた。

昔の幾也だ、と司は思った。すくなくとも昼に、警察官としてこの店を訪ねてきたときの彼ではない。司の友人の声音であった。

「なあ」司は言った。

「おれは、おまえを……なにか、怒らせたのか？」

返ってきたのは沈黙だった。司はつづけた。

「すまんな、こんなときに。だがこんなときでないと、二度と訊けない気がする。……おまえが店に来なくなったことを、うちの親父が心配してるんだ。『幾也くんと仲なおりしろ』って、電話で話すたび言いやがる。喧嘩なんかしてないって、おれは何度も言ってるんだがな……」

「ああ」

幾也が応えるのが聞こえた。

「ああ。……喧嘩は、してないな」

「だろう」

うなずいた司に、

「おれが、一方的に、気まずいだけだ」幾也が声を落とした。

司は驚いた。「気まずい？　なぜだ」

「り、……――」

幾也は一瞬声を詰まらせてから、「梨々子ちゃん」と言った。その名を喉から押しだすことさえ、苦しそうに聞こえた。

「司。坂本《さかもと》梨々子ちゃんを、覚えているか」

「もちろんだ」

司は即答した。忘れるはずもない名だった。

「三年生で、はじめて同じクラスになったよな。五年次のクラス替えでも、おれたちは運よく離れずに済んで……。でも六年生になる前に、あの子はいなくなっちまった」

「クリスマス前だったな」

「そのはずだ。初雪を見たあとだった。学校裏の空き地が真っ白になっていて、一緒に足跡を付けに行った覚えがある」

「梨々子ちゃんは、アパートに母親と二人暮らしだった。……いま思えば、彼女の母親も夜の仕事をしていたんだろう。親の仕事について、梨々子ちゃんは、いっさい話さなかった」

「梨々子ちゃんといえば……。なあ、おかしな話をしていいか」

司は言った。

「ああ」幾也が答える。

この会話はスピーカーで、ほかの捜査員たちも聞いているはずだ。だが気にならなかった。むしろ聞いてほしい気すらした。

「おれは昔、あの子に言ったことがある。あの子がいなくなる三箇月ほど前だ。『うちの子になりゃあいい。おれの代わりに、うちの食堂を継いでくれ』とな」

無神経だったよ――。

司は、絞りだすように言った。

「おれはガキだった。無神経で馬鹿だった。あの子が母親に殴られていると、おれは知っていた。火傷の痕があり、刃物でできた古傷が体にあると知っていた。その上で、『うちの子になればいい』なんて言ったんだ。簡単に言っていい台詞じゃなかった。おれは、馬鹿なガキだった」

――そして、いまでも馬鹿のままだ。

「なぜって、おれはいまでも、心のどっかで思ってる。あの子がこの店を継ぐべきだった、と。店だけじゃない。家も、あの書庫もだ。書庫の持ち主にふさわしいのは、おれなんかじゃなく、あの子だった」

しばしの間、店内にテレビの音と当真のいびきだけが響いた。

慶太郎はやはり眠っていない。

和歌乃もだ。蓮斗も目を覚ましたようで、和歌乃にぴたりと身を寄せている。

三人ともこの会話に耳をそばだてていた。興味があるのかどうかはわからない。だが、聞いていると気配で伝わってきた。

やがて、低く幾也が言った。

「――……〝いのちの流れというもんがあるようにわしは思う〟……。これ、わかるか？」

「ああ」

思わず司もため息をついた。なんの台詞だ、などと問いかえすまでもなかった。

「もちろんわかるさ。おまえ、暗唱できるのか」

「飽きるほど読んだからな。もっとも、そらで言えるのはこの部分だけだ」

「おまえも読んだとは、知らなかった」

知らなかった——、いま一度司は繰りかえした。いまのいままで、彼女を思ってあの本を読んだのは自分だけだと思っていた。だが、そうではなかったらしい。

——『ふたりのイーダ』。

梨々子ちゃんが好きだった本だ。その中の一節だ。

「どんなストーリイか、司も覚えてるよな?」

「当たりまえだ。うちの食堂の本棚に置いてある」

「そうだったな」

幾也は苦笑してから、「生まれ変わりじゃないかと思うほど、似た少女が二人出てくる話だ」と言った。

イナイ、イナイ、ドコニモ……イナイ……と少女を捜しまわる椅子の話。遠い昔にいなくなった女の子を捜す話であった。

〝いのちの流れというもんがあるようにわしは思う〟は作中の台詞だ。そのフレーズののち、命とは泡のようなものであり、人は死ねばみな長い時の流れに還《かえ》ってゆく——との述懐につづいていく。

「おれも、おかしな話をするぞ、司」

幾也はどこか呆《ほう》けた声でつづけた。

「刑事課にいた頃の話だ。……おれは三年前、梨々子ちゃんに再会した」

「なに?」

司がぎょっとして訊きかえす。

幾也は含み笑った。

「安心しろ。頭がおかしくなったわけじゃない。大人になった彼女と、顔を合わせたわけでもない。『ふたりのイーダ』さ。……あの子に、ひどく雰囲気の似た子に出会ったんだ」

「雰囲気……」

「かもしだす空気、とでも言うかな。ともかく、梨々子ちゃんを思いださせる少女だった。歳は同じく十一歳。同じく賢い子で——そしてやはり、親に虐待されていた」

幾也の声は静かだった。

「児童虐待への刑事的介入と対応は、いまや全国的な問題だ。遅ればせながら、この磐垣署もその波に乗ろうとしていた。とはいえおまえも知ってのとおり、磐垣署の管轄区域には泥首がある。しょっぱなから泥首に手を突っこんだんじゃあ、きりがない……。というわけでおれたちは、泥首を除いた市街地からはじめていくことにした」

「そうして、その子と出会ったのか」

「そうだ」

「おれも知っている子か？　『やぎら食堂』に来たことは？」

「ない。ないと断言できる。彼女は泥首の子じゃなかったし、飢えてもいなかった。両親はむしろ堅い職業だった。彼らは彼女を極端に瘦せさせはしなかったし、顔や腕などの見えやすい箇所を傷つけることもなかった。それだけに悪質だった。……おれの言っている意味は、わかるな？」

「ああ、わかる」

司は押しだすように答えた。

「それで、どうなったんだ」

「児相と生活安全《セイアン》課の動きが鈍かったんでな。支援NPOや学校と連携を取り、なにかあればいつでも刑事事件として動けるよう、準備を進めていた。――だがその子の父親は、高学歴だけあって鼻の利く小利巧な男だった。まんまと逃げられた」

「逃げられた？」

「転勤願を出されていたんだ。一家ごと、他県に引っ越されちまった」

幾也の声は苦渋に満ちていた。

司は相槌を打たず、黙って話のつづきを待った。

たっぷりと長い間が落ちた。

「それから、たった四箇月後だ」幾也が口をひらいた。

「たまたまスマホを覗いたとき、おれはネットニュースで、その子の死を知った」

うっ、と司は息を呑んだ。

「ニュースの見出しには『虐待死』とあった。おれは……おれは、そんな三文字なんかで、その子の死を片づけてほしくなかった。だが、それが現実だった。世間にとっては、虐待死、ただそれだけなんだ。その三文字で、済むんだ」

「その子の、親は……」

司は言いかけ、喉に絡む声を呑んで、問いなおした。

「親は、どうなったんだ」

「逮捕された。子どもが死んで、やっと刑事事件にできたってわけさ。言いわけはお決まりの『しつけのつもりだった』だ。あの子は、いつものように父親に殴られた。そして床に嘔吐した。父親はそれを見て、『部屋を汚した。おれの金で買った夕飯を無駄にした』とあの子をさらに殴り、嘔吐物を無理やり食べさせた上、風呂の水に何度も顔を押しつけて溺死させた。そしてそれを、『しつけの範囲だ』と言い張った」

静寂があった。

いまやテレビの音も、当真のいびきも司の耳には届かなかった。

世界じゅうが静まり、動きを止めた気がした。

「……おれは、……おれはなんのために、警察官《サツカン》になったんだろうと、思った」

幾也の語尾が、はじめて震えた。

「梨々子ちゃんを――梨々子ちゃんのような子を救いたくて、サツカンになったつもりだった。だがおれは、また救えなかった。二十年経とうが、同じだ。おれはなにも変わらない。変われなかった。おれは――あの子を、二度失った。おれのせいだ。おれが、役立たずなせいだ」

「違う」司は遮った。

だが、その言葉のつづきは口に出せなかった。

「おまえのせいじゃない」ではなく、反射的に「おれも同じだ」と言いそうになったからだ。

おれだって同じだ。役立たずだ。

だからこうして、いまも厨房の床に尻を付けているしかない。当真のいびきを聞くしかない。おれは無力だ。子どもたちに何年かメシを食わせただけで、いい気になっていた大間抜けだ、と。

「あの日以来、おれは……。他人に手錠をかけられなくなった」

幾也がうつろに言う。

「怖いんだ。自分に、そんな権利があるのかわからない。他人を裁ける人間なのか、自信がなくなった。考えたら、怖くて、たまらなくて——。こんなザマでは、もう刑事課にいられない、と思った」

だから異動願を出した——。幾也が呻く。

「捜査員を、つづけられなかった。と同時に、おまえとも顔を合わせられなくなった。梨々子ちゃんを、いや、あの子を救えなかった自分を、おまえを見るたび突きつけられる気がした。だって梨々子ちゃんは、おれと、おまえの……」

そこで幾也は絶句した。

——あいつもおれも、ただ子どもが好きなわけじゃありません。

なんというか、これは一種の、そう。

——罪ほろぼしです。

司はゆっくりと天井を仰いだ。

煤《すす》けて油染みの浮いた天井を、しばらく眺めつづけた。こめかみに己の鼓動を感じた。とくとくと脈打っている。規則正しい、命の律動だった。

そうだ。おれたちの間には、つねに彼女がいた。坂本梨々子ちゃん。おれたち二人とも、あの子を救いたかった。だがなにもしてやれぬまま、失った。

「司」

幾也の声がした。

「聞いてるか、司」

「聞いてる」

「……白骨で見つかった遺体は、性別すらまだ不明だ。成人ならば、男女の違いは骨盤でわかる。だが未発達な子どもでは判別できん」

「そうか」

「そして検視の結果、遺体はアニメ『魔法使いメアリー&ベティ』のキャラクター付きトレーナーを着ていたとわかった。水色で、男児も着られるデザインだそうだ。……おまえ、このトレーナーに覚えはないか」

司は答えなかった。答えるまでもなかった。

そのアニメキャラの服を着ていた梨々子ちゃんを、覚えている。おさがりだそうで、プリントされたキャラクターは色落ちし、消えかけていた。「お風呂場でそっと手洗いしてるのに、どんどん薄くなる」と彼女が嘆いていた。

「司。……もし、歯型で判明したらどうする」

幾也の声音はひどく暗かった。

「もしあの遺体が梨々子ちゃんだったら、どうする」

やはり司は、答えられなかった。

## 3

「そろそろ六時か。時間の経つのは、早いようで遅いな」

腕時計を覗いて大迫がつぶやく。

その頭髪はべったりと脂じみ、眼球には血のすじが走っていた。

幾也は欠伸を嚙みころした。眠気はないはずなのに、さっきから生欠伸ばかりがこみあげる。

司との会話は、いまは途絶えていた。

つい十分ほど前、「市立病院に、急患を装ってマスコミが潜りこんでいた」との報告が入ったのを機に、

「おまえは忙しそうだから、またな」と司のほうから言ってきたのだ。

正直ありがたかった。いま市立病院には、高品芽愛と馳心菜が保護されている。

怪我らしい怪我がないとはいえ、心の傷ははかり知れない。マスコミや野次馬の心ない攻撃にさらしたくはなかった。無事追いはらった、との一報が聞きたかった。

——それに、あれ以上は危なかった。

もしあのまま話しつづけていたら、おれは場所も立場も忘れて涙ぐんでいたかもしれない。

自分で思っている以上に、きっと疲れているのだ。ささくれ立った神経に、あの昔話はひりつくほど染みた。

指揮本部と通信していた捜査員が、振りかえった。

「大迫補佐」

「なんだ、またマスコミか」

面倒くさそうに大迫が言う。しかし捜査員は首を横に振った。

「違います。半井楓太の母親、半井瑠奈が見つかりました。現在、福島刑務支所で服役中だそうです」

「なに」

大迫が目を見ひらき、片膝立ちになった。

「罪状は?」

「覚醒剤取締法違反と窃盗で、懲役二年二箇月。入所は七箇月前からです。量刑からして、再犯でしょうね」

「さっきの会議アプリとやらで、本人と話せるか?」

「どうでしょう。本部から交渉してもらいます」

幾也は壁の時計を見上げた。午前五時五十八分。

刑務所の起床時間は、たいてい午前六時四十分から五十分のはずだ。ただし消灯は午後九時であり、成人の多くは七、八時間眠れば自然と目を覚ます。半井瑠奈がすでに起きている可能性は、充分にあった。

むろん通常の捜査ならば、警察は起床前の囚人を叩き起こしたりはしない。その権限もない。だがいまは非常時である。一分一秒を争う籠城事件だ。

——そのさなかにおれは、幼馴染みとのんびり昔話をしたわけだ。

ふっと幾也は笑った。

脳の一部分がひどく冴《さ》え、残りは鈍麻している。

現実感が乏しい。意識のどこかが頼りなく浮遊している。

「大迫補佐。所長が特例を認めました。刑務官のスマホで、五分間のみ通信させるそうです。繋ぎます」

捜査員が言う。大迫はノートパソコンの前に陣取った。幾也と志波も、自然とその背後に付いた。

ぱっと画面が切り替わる。

液晶の中の半井瑠奈は、ひどく地味な女に見えた。当然ながら化粧っ気はない。つやのない伸ばしっぱなしの髪は根もとの十五センチほどが黒く、残りはシルバーブロンドだ。覚醒剤常用者にありがちな、無気力で濁った目つきをしている。

「楓太？　ねえ、楓太がどうしたの、あの子、いままでどこにいたのさ？」

情報を引きだすため、死体で見つかった件はまだ彼女に知らせていない。

大迫は質問を無視して、

「楓太くんが、いなくなったときのことを訊きたい」

と言った。

「あの子がいなくなったのはいつだ？　あんたがアパートを出ていくすこし前か？」

「ええっと……うん、そう。でも、違うんだよ。ほんとは置いていきたくなかった。連れていきたかったんだけどさ、ほら、わかるでしょ？」

「なにがだ」

「だって、だってさあ」

瑠奈はがりがりと己の頭皮を掻いた。

「あのとき、あたし、パクられそうだったからさ。新しい家《ヤサ》を見つけるには、身軽なほうがいいじゃん？　あの子、あたしよりしっかりしてるしさ。どこに家出したか知んないけど、ほとぼりが冷めたら迎えに来ようと思ってたの。捨てたんじゃないんだよ。ほんとだよ」

強張っていた瑠奈の頰が、「でも、よかったあ」とゆるむ。

「警察が保護してくれたんだね。よかった。いまのあたし、こんなんだからさ。悪いけど施設に置いといてよ。ほんとは施設、ヤなんだけどさ。あたしもいたことあるけど、ろくなとこじゃないもん。だから家出のほうがマシっちゃマシなんだけど、居所がわかりゃ、あたしも迎えに行きやすいもんね」

黒ずんだ歯茎で笑う瑠奈を、

「楓太くんが消えたとき、あんたは警察に行ったのか？」

と大迫は遮った。

「え？　あ、うん。行った。行ったよ」

瑠奈の目がふたたび泳ぎはじめた。

「なに？　あのおまわり、あたしのことなんか言ってた？　やっぱ言ってたんだね。やだやだ、あんなの信じないでよ。あたしほら、ちゃんとムショに入ったんだから。ここでやりなおすって、裁判でもちゃんと言ったよ。あの糞ポリ、なにを言ったか知らないけど……」

「落ちつけ」

鋭い声で、大迫が制した。瑠奈がぴたりと黙る。

「落ちつけ。――べつにこっちは、あんたを責めようってんじゃない。そのときのことを詳しく教えてほしいだけだ。話してくれ」

「詳しくったって……。話せることなんかなんもないよ。だってあたし、なんもしなかったもん。結局、届とか出さないで帰ったんだよ。なにもしてない」

「だが子どもがいなくなって、捜してもらうつもりだったんだろう。なら、なぜ届を出さずに帰った？」

「なんでって、そりゃ、出したらめんどくさいことになるぞって、さんざん言われたから」

「誰にだ？」

「ええと、名前は知らない。……でもケーサツに行ってさ、窓口でどこ行ったらいいか訊いて、そんで階段のぼって行ったの。そしたらそこに、あのおまわりがいて、あたし、子どもがいなくなったから捜してくれ、って言ったんだけど……」

「うん」

大迫の語気がやわらいだ。

「うん、大丈夫だ。聞いてるぞ。で、どうなったんだ？」

「それで……おまわりが言ったの。『警察《うち》にどうしてほしいんです？　あんたそれ、ほんとに捜査していいのかい？』って」

瑠奈の声が揺れた。

「そいつ、何度も言うんだ。『ほんとに捜査していいの？』『捜すとなれば、事件扱いだよ。ほんとに事件にしていいんだね？』『子どもがいなくなったら、真っ先に疑われるのは親なんだよ？』『どこに勤めてるの？　勤務先にもバレるし、そっちにも捜査の手が入るよ。いいの？』『あんたのことも調べるよ？』『勤務先に迷惑かかるよねえ。ご近所にも、いろいろ訊くかもしれないしね。それでもいいわけ？　問題ないって、ほんとに言えんの？』――って」

ぶるっと瑠奈は身を震わせた。

「あ、あたし、ビビっちゃってさ。クスリのこととか、ほじくりかえされたくなかったし。あ、うん、いまはいいよ？　いまはいいけどさ、そんときは、ヤだったから。怖くなっちゃって……だから、いったん逃げたの」

「いったん、か」

大迫が片目を細める。

「うん、いったん。パクられないよう、いったん引いたってだけ。ポリさんが忘れた頃、戻って楓太を捜そうと思ったんだ。ほんとだよ。あの子はあたしに『捨てられた』とか言ってるかもしんないけど、だから、違うからね。あの子ったら、ほんっと口ばっか達者に育っちゃってさ」

あたしに似て、口も手癖も悪いんだぁ――と笑う瑠奈から、大迫は顔をそむけた。

ノートパソコンを捜査員にまかせ、脇へどく。

大迫は幾也の耳にささやいた。

「おい、この室内にいま、生活安全課《セイアン》の署員はいるか」

「いません」

幾也は急いで答えた。

「確かか」

「セイアンは、塚本町のコロシに多く動員されたはずです。いまここにいる署員は、こう言ってはなんですが、急遽呼びもどしたメンバー以外は寄せ集めかと」

「三好、おまえ二年前は刑事課《ケイジ》だったよな？　その前はどこにいた」

「交番勤務でした」

「ほう。専務《センム》入りしてすぐにケイジか、優秀だな」

大迫が目を細める。いえ、と幾也が謙遜する前に、「セイアンに同期は？」と尋ねてきた。

「一人います」

「どんなやつだ。名前は？」

幾也は名前を答え、「気のいいやつでした。すくなくとも当時は。しかしここ五年ほど、サシで話していません」と用心深く言った。

大迫は志波を手まねいた。そして、その耳になにごとかささやいた。

志波がちいさく首肯し、前線本部を出ていく。

ノートパソコンから瑠奈の顔が消えるのを視認して、大迫は幾也に向きなおった。彼の耳にだけ届くよう、ごく小声で言う。

「……塚本町のコロシは、捜査一課《うち》からは寺内班《てらうち》が出張っている。テラさんとおれは愚痴友《トモ》ってやつでな。こないだも電話でぼやかれたとこだ。『磐垣署は交通課《コウツウ》と地域課《チイキ》は使えるが、ほかがひどい。ゴンゾウ揃いで使いものにならん』と」

幾也の喉がごくりと鳴った。

先々月に塚本町で発生した女性会社員殺人事件は、まだ解決の目途《めど》すら立っていないと聞く。刑事課以外で捜査本部《チョウバ》に動員された磐垣署員は、主に地域課と交通課、生活安全課――。

――そして行方不明者届を受理するのは、生活安全課《セイアン》だ。

胸の底がざらつく。つい数十分前、幾也自身が司に言った言葉が思いだされる。

――児相とセイアンの動きが鈍かったんでな。支援ＮＰＯや学校と連携を取り、なにかあればいつでも刑事事件として動けるよう、準備を進めていた。

そうだ。あのときも生安課の動きは、苛立たしいほど鈍かった。だがデリケートな案件で慎重になっているのだろう、と上に言われ、不満を抑えてしまった。

――もし、そうではなかったとしたら？

ゴンゾウ署員の意図的な懈怠《けたい》。つまりサボタージュだった、としたら？

背すじがぞわりとした。

二の腕が粟立《あわだ》ち、うなじの産毛が逆立つ。

まさか、と思う。思いたい。だが否定しきれなかった。

幾也は警察組織の一員だ。一員だからこそ知っている。警察には、けっしてすくなくない数の不良警官が存在する。そして過去に何度となく、怠慢による非違事案、すなわち不祥事を起こしてきた。

いまだに警察学校の教養《キヨウヨウ》で必ず習う、「永遠の十字架」とまで言われる桶川《おけがわ》ストーカー殺人事件や、栃木リンチ殺人事件等がそれである。

桶川事件はストーカーの被害があきらかだったにもかかわらず、所轄署が家族の再三の訴えを無視して捜査を拒んだ。あまつさえ告訴を取り下げるよう家族に働きかけ、被害者の供述調書の改竄《かいざん》すらおこなった。警察側が家族に告訴の取り下げを求めた数週間後、被害者はストーカーによって殺害された。

栃木リンチ事件もまた、署を訪れた家族の訴えを署員が無視しつづけ、最悪の結果にいたった事件である。家族は県内の四つの署に訴え、県警本部にまで足を運んだが、けんもほろろに扱われた。その間にも被害者は加害者グループから凄惨なリンチを受けつづけていた。最終的に被害者が殺されたきっかけも、電話での警察署員の不用意な発言によるものだ。なおこの署員には、〝減給一箇月〟という、ごく軽い懲罰が下されたのみであった。

――まさか。

幾也は口を掌で押さえた。

確かに「民事不介入」を理由に、磐垣署が被害届を拒むことはある。

それには署が泥首を管轄区域に擁することも大きい。あそこでの酔っぱらいの喧嘩、ちょっとした窃盗、風紀紊乱《ふうきびんらん》等を取り締まっていたらきりがないのだ。

――きりがない。そう、それが全署員の共通認識だった。

きりがない。だからしかたない。

ずっとそう思ってきた。幾也自身、例外ではなかった。

ある程度手を抜かなければ、ある程度お目こぼししなければ、警察がパンクしてしまう。マンパワーは有限なのだ。いちいち捜査していたら、それこそ税金の無駄遣いじゃないか――。

だがその怠慢の果てに、子どもたちの死があったとしたら。

口を押さえたまま、幾也は動けなかった。

胃がざわつき、酸《す》い胃液が喉もとにこみあげた。吐きそうだ、と思った。

さっきまでがぶ呑みしていた濃いコーヒーが、口に押しこむようにして食った菓子パンが、胃の中でぐるぐる暴れだす。

まさか、といま一度思った。

――まさかそんなことのために、あの子は死んだのか。

事態はおれ一人が自己嫌悪に溺れ、やさぐれて終わる程度のことではなかったのか。もっと組織的な、課全体の腐敗があったというのか。

幾也は大迫を見上げた。

視線がまともに合う。彼も同じことを考えているのがわかった。

だが口を覆った指の隙間から、声を洩らす前に、

「――大迫補佐！　新情報です」

捜査員の声が空気を裂いた。

「指揮本部に、『かなざわ内科医院』からカルテのＦＡＸが届きました。こちらにも、ただちに転送させます」

「おう、こんな時刻なのに対応してくれたか。ありがたい」

大迫が胸ポケットから眼鏡を取りだす。

「三好、おまえと幼馴染みの会話で閃《ひらめ》いたんだ。くだんの白骨には、虐待とおぼしき骨折痕と、曲がったまま治癒した癒着痕があったよな。おれのほうで〝遺体と合致する癒着痕の患者を捜したい。

『かなざわ内科医院』に頼みこんでくれ〟と、指揮本部へのメモに書き込んでおいた。二十二年から十七年前の約五年間に絞って、カルテを当たってもらえるよう、頭のひとつも下げてくれとな」

言い終える前に、捜査員からその手にＦＡＸ用紙が押しつけられる。

大迫が眼鏡をかけ、しばし用紙に見入った。

待ちきれず、幾也は立ちあがって彼の背後にまわった。叱責を恐れてはいられなかった。無遠慮に後ろから覗きこむ。

カルテにはレントゲン写真が添えられていた。データ画像でなくＦＡＸゆえ、あちこち印刷が潰れている。また用紙の端には、癖のきつい院長の字で、注釈がこまごまと書きこまれていた。

——礼は不要。年寄りの朝は早い。

——当時、火傷の診療。夜中の急患。片腕の可動域がおかしいと見て、レントゲンを撮影。虐待を疑い通報。

——しかしその後の動きなし。泥首にはよくあること。類似のケースとともに、専用棚に収納。

——おそらく同一の癒着痕。確定作業はそちらに任す。

幾也はカルテの日付と姓名に目を凝らした。診療日はいまから二十一年前の、八月九日であった。

姓名は三田獅音《みたれおん》。当時、満十二歳。

「この漢字で〝れ〟と読むのか？」

大迫が首をかしげる。横の捜査員が言い添えた。

「獅子座のレオでしょう。名づけの当て字には珍しくありませんよ」

ふん、そんなもんか、とつぶやいてから、大迫はＦＡＸ用紙を手の甲でぱしりと叩いた。

「よし。マル害が三田獅音で間違いないか、超特急で裏を取れ。並行して三田獅音の両親も調べろ。……おまえらは年寄りくさいと笑うが、見ろ。やはり信用できるのは、データよりアナログの紙文化だぞ」

にやりと彼は笑ってみせた。

4

電話越しに、司は幾也の口から〝三田獅音〟の名を聞かされた。

「どうだ、知ってる名か？」

「いや、知らん……と思う」

司はかぶりを振って、

「二十一年前に満十二歳なら、おれたちより学年で二個上だな」と言った。

当時、司は小学四年生。三田獅音はもし学校に通っていたなら六年生だ。義務教育時代の二歳の差は大きい。幼馴染みや親戚でない限り、ほとんど交わることはない。

しかしもっとも肝心なことを、司は訊けずにいた。

――それが、例の白骨遺体の子の名なのか？

と。

確定したのか？　ならば坂本梨々子ちゃんではなかったんだな？　そう訊きたかったが、訊けなかった。幾也もまた、その点は明言しなかった。

「司」

電話口に戻った幾也の口調は、硬かった。

「間瀬当真は、まだ寝ているか？」

「ああ」

答えながら、司はスイングドアの隙間越しに当真をうかがった。首が完全に落ちている。いびきが聞こえる。目覚める気配はなさそうだ。

「渡辺は起きているんだよな？　銃は？」

「当真が右手に持ったままだ。左手にはバタフライナイフを持っている」

「奪えないか」

短く幾也が言った。

「マル辺、いや渡辺慶太郎は、暴力的なタイプではないと資料にある。間瀬と違って、話も通じそうだとこちらの主任官は考えている。籠城を長引かせるのは、渡辺だって本意じゃないだろう。――起きている渡辺に、銃を奪わせることはできないか」

反射的に、司は慶太郎を見やった。

司自身、銃を奪おうとは何度か考えた。

だがそのたび「慶太郎の協力がなければ無理だ」と諦めてきた。

慶太郎は当真にたびたび「ポチ」と呼ばれ、嘲られ、ときには暴力をふるわれている。しかし反抗する様子はいっさいない。つねに伏し目で、ときおり上目遣いに当真をうかがうだけだ。卑屈そのものの態度であった。

――とはいえ、当真に心酔しているとは思えない。

慶太郎が屈しているのは、あくまで当真の暴力にだ、と司は確信していた。内心ではきっと不満が渦を巻いている。表に出す度胸がないだけだ。

司はスマートフォンの音量を絞った。

慶太郎が耳を澄ませば聞こえるが、当真の眠りを邪魔しない程度まで落とす。

――慶太郎。

無言で呼びかけながら、司はカウンター越しに慶太郎を見つめた。

まともに目が合う。慶太郎の瞳が揺れた。

聞こえていた、と司は確信した。

慶太郎には、いまの会話が聞こえていた。ならば、なすべきこともわかるはずだ。

司は視線で訴えた。当真が右手にしている銃を指し、口のかたちで「いまだ」と慶太郎に伝えた。

慶太郎の唇が震える。目がきょときょとと泳ぐ。視線を銃に落とし、次いで司の顔に戻す。その動作を何度も繰りかえす。

――頼む。

司は両手で拝む仕草をした。

慶太郎はおよそ一分近く逡巡《しゅんじゅん》し――やがて、首を横に振った。

司の口から、思わずため息が洩れた。子どもの前でため息はよくない。失望をあらわにしてはいけない。わかっていたが、こらえきれなかった。

「無理そうだ」

司は低く、幾也に告げた。

「慶太郎には……すこし、荷が重いらしい」

「そうか」

幾也が答える。司と違い、その返事には失望の匂いがなかった。結果を予期していた口調であった。

「では、主任官の次の案を伝える。これ以上、間瀬に引き金を引かせたくない。そのための策だ」

「引き金を引かせないための、策？」

司は訊きかえした。

「そんな策があるのか」

「これは、ＳＩＴが残していった裏マニュアルにある手だがな」

幾也は言った。

「銃の砲身内で弾丸が爆発する事故を、腔発《こうはつ》と言うそうだ。フィクションなどでは暴発と言われることが多い。その腔発事故が起こる条件は限られている。たとえば砲身に湿った泥土などが詰まった状態で引き金を引くと、弾丸の発射が妨げられ、砲弾に加わる衝撃で炸薬《さくやく》が爆《は》ぜる。もしくは火薬の燃焼圧力に、砲身が耐えきれずに破裂する」

「理屈はわかるよ」司は言った。

「映画かドラマでも、犯人の銃口に指を突っこんで阻止するシーンを何度か観た」

「いや、あれは作りごとだ。指程度なら、委細かまわず吹っ飛ばせるらしい。それに腔発は、ライフルなどで頻発する現象だ」

「ライフル……。では拳銃では、どうなんだ」

「正直言って、低圧なハンドガンでは起こりにくい。起こりにくいよう改良済みだと、ＳＩＴのマニュアルに書いてある」

幾也はつづけた。

「司。食堂には観葉植物の鉢植えが置いてあっただろう。いまもあるか」

「ある。パキラの鉢が、カウンターに」

「フェイクじゃないよな？　本物の植物か。鉢には土が詰まってるよな？」

「本物のパキラだ。水をやったのは昨日の昼ごろだから、表面は乾いているが……すこし掘りかえせば、湿った土が出てくるはずだ」

「よし。渡辺に銃を奪う度胸がないのはわかった。だがいまのうちに鉢を動かし、銃口を差し込むことはできないか。さっきおれが言ったあれだ。〝砲身に湿った泥土などが詰まった状態で、引き金を引くと〟――だ」

あとは言わせるな、と言いたげに幾也が言葉を切る。

司の喉仏が上下した。

なかば無意識に、目線を上げる。その視線は慶太郎を素通りし、まっすぐに当真をとらえた。やけに幼い寝顔で、いまだ眠りこけている当真を。

「幾也」

司は呻いた。

口中が一瞬にして乾いていた。舌が口蓋に貼りつき、声が喉にひっかかる。

「幾也。――で、でも」

干上がった舌で、司は唇を舐めた。

「でも、その細工でほんとうに腔発したら――。当真は、どうなる」

司は銃に詳しくない。腔発などという言葉ははじめて聞いた。映画やドラマで、それらしきシーンを観た経験があるのみだ。

だが、ただでは済まない、とのイメージはあった。銃口が詰まった銃がもし暴発したならば、引き金を引いた者はとうてい無傷では済まない、とのイメージが。

司はいま一度、慶太郎を見た。

彼も迷っているのがわかった。顔が青白い。瞳が、迷いと怯えの間で揺れている。

「警告に使うだけだ、司」

幾也の声がひどく遠い。

「やつが次に引き金に指をかけたとき、銃口が詰まっていると告げれば、躊躇《ちゅうちょ》させることができる。おれたちだって間瀬を無傷で捕らえたい。だがそれ以上に、やつが人質を傷つける事態を避けたいんだ」

わかっている、と答えたかった。優先順位は、あくまで和歌乃と蓮斗にある。彼らを傷つけさせないことが最優先だ。当然だ。

しかし鼓膜の奥で、当真の声が響いた。

――もしも……これは、もしもの話だけどよ。

――もしおれが来てても、おっさんは、他のガキと同じようにメシ食わせたかよ？

「司、聞いてるか。さっきも言ったように、ハンドガンが腔発する可能性はけして高くない。だが銃の知識がない少年相手なら、脅しに使える」

「脅しだけなら……、実際に工作する必要は、ないだろう」

「真に迫った演技が、おまえにできるならな」

その指摘に司は詰まった。

幾也が言いつのる。

「これも交渉のひとつだ、司。確かに正攻法とは言えんし、正式なマニュアルにも載ってはいない。だが非常事態下では、脅しだって交渉の手段になり得る。これ以上やつに発砲させないためなら、きれいごとは言っていられん。おれの言ってる意味は、わかるだろう?」

——母ちゃんがいなくなってから、腹減ってたまんなかったぜ。

——遠足なんかも行ったな。運動会もやった。おれ、けっこう足速かったんだぜ、へへ。

「幾也」

司はあえいだ。声が無様にひび割れた。

「あいつも……当真も、悪いやつじゃないんだ」

陳腐な台詞だ、と思った。

だが本心だった。

「環境が悪かっただけだ。おれだって、彼のような生育環境だったなら、まっすぐに育つのはむずかしかっただろう。それにやつは、まだ十五歳だ。自業自得だの、自己責任だの……そんな言葉を、投げつけていい年齢じゃない」

「わかってる。承知の上だ」

幾也の声に、司は焦燥を嗅ぎとった。

「だが間瀬当真は、いま現在、人質を取って立てこもっている。その事実はとうてい看過できん。彼の身柄を確保し、無事に矯正施設へ送るためにも、おれたちはあらゆる策を取らねばならないんだ」

「だが、だが幾也」

司は追いすがった。

「おれは、あいつの生い立ちを聞いた。悲惨な生まれ育ちだった。やつの母親は元保健師で、やつは母親とともに、父からの暴力にさらされて育った。肉体的、精神的だけでなく、性的虐待もだ。彼ら母子は、DVシェルターに逃げこもうとした。だが空きがなく、待機している間に連れ戻されて、またもとの——……」

「待て。ちょっと待て司」

幾也が遮った。

「……おまえ、なにを言ってる？」

「え？」

「こちらの資料によれば、間瀬当真の母親は元ソープ嬢だぞ。間瀬が八歳のとき、若い男を作って逃げ、以後行方不明だ。保健師をしていたのは、渡辺慶太郎の母親だ」

「……え？」

全身の血が、ずんと重く沈んだ。

音を立てて血の気が引く。沈んで、冷えていく。

体温が一気に下がった気がした。視界がくらりと揺れた。

「元保健師の母親を持ち、父親のＤＶから逃げようとして連れ戻された――。これは、渡辺慶太郎の経歴だ。渡辺の母は、彼が小学二年生の夏に子宮頸癌で死んだ。その二箇月後、彼は父親とともに本籍地の長野を離れている。以後は住民票を動かしておらず、就学実績もない。……司。おい聞いてるか？　司？」

司は啞然と目を見ひらいていた。

その視線の先には、当真がいた。

――間瀬、当真。

いつの間に目を覚ましたのか、彼は笑っていた。

左目に比べて極端に細い右目。奇妙なほど赤い唇が、嘲笑に歪んでいる。抜けた前歯がぽっかり黒い洞《うろ》と化している。その洞さえ、司を嘲っているかに見えた。

「ひゃははは、だまされやがって」

当真の高笑いが響いた。

「てめえらはいつもそれだ。ガキをかわいそうだと見下して、わかったようなツラができるときだけ、ウエメセで同情しやがる。ムカつくんだよ、糞が」

笑い声を立てながらも、当真の瞳は憎悪に満ちていた。

司一人に向けられた憎悪ではなかった。彼はすべてに怒り、すべてを憎んでいた。

社会を、自分を取りまく人間を、環境を。

自分をこの世にひりだした親を。世界のなにもかもを。

「めそめそガキをおれがあっさり手ばなしたんで、付け入れそうだと甘く見ただろ。油断したんだろ、なあ？　へっ、あのメスガキはウゼぇから、ワンチャンありゃ放りだすつもりだったのさ。ブスだし、汚えメス穴なぞいらねえからな」

思わず司は拳を握った。

耳鳴りがする。こめかみがずきずき痛む。

「せいぜいメシと交換できりゃ、ラッキーと思ってたのによ。ワッペンのやつらを追いはらえたのは、われながら上出来だったぜ。おっさんもうまいこと協力してくれたよな？　はは。てめえ、自分で思ってるほど利巧じゃねえぜ、ひゃはははは」

――ああ、おまえの言うとおりだ。

司は思った。おれは馬鹿だ。甘ちゃんの大間抜けだ。

おれみたいな善人気取りの馬鹿の足をすくうのは、さぞ楽しかっただろう。

完全に引っかかった。子どもたちに数年メシを食わせた程度で、いい気になっていた。理解できると思いあがっていた。

――おれのせいでSITを、まんまと撤退させてしまった。

こめかみのあたりで、司はぎりぎりと鳴る不快な音を聞いた。自分の歯嚙みする音だと気づいたのは、たっぷり十数秒後だった。

当真は笑いつづけていた。

「もう一個、いいこと教えてやるよ。おれがなんで、あの保護司のじじいにムカついたと思う？」

保護司のじじい。拡声器での呼びかけに反発し、当真が「謝らせろ」と強く言い張った人物だ。

司は答えなかった。しかし当真は、委細かまわずつづけた。

「あのじじいもよ、てめえと同じように、おれに死刑のことで説教しやがった。ただしじじいは、もっとアタマ悪くて正直だったぜ。十八歳より下は死刑にならねえって、ちゃーんと教えてくれた。だけど『いまはよくても、このままじゃおまえは三年後には死刑囚だ』なんて言いやがるからよ。ムカついて大喧嘩したんだ」

てめえ、おれが死刑のことなんかなにも知らねえと思って、うまくだましたつもりでいやがっただろ、馬鹿が——。

当真がそう司に指を突きつける。

「おれはまだ十五だ。十五で死刑になったやつはいねえ。知ってんだよ。知った上で、おれはいまシャバにいるんだ。残念だったな、はははは」

その哄笑《こうしょう》を、司は打ちのめされた気分で聞いた。

5

幾也は深ぶかと頭を下げた。

「すみません。ヘマをしました。……功を、焦りすぎました」

頭上で大迫が手を振る気配がした。

「いや、おまえは悪くない。どうせ駄目もとの作戦だった。しかし、つくづく一筋縄じゃいかんガキだな」低くそう吐き捨てる。

「さて、一秒でも早く小笹川事件の犯人を挙げるか、もしくはＳＩＴに突入させて強行解決するかだ。もともと二つにひとつだったが、マル間が人質を傷つけてからじゃあ遅い。『真犯人を見つけたぞ。これでおまえは冤罪《えんざい》をまぬがれた』と呼びかける手が使えなくなる」

「大迫補佐。ＳＩＴの突入だって、すんなりいくかわかりませんよ」

かたわらの捜査員が言った。

「警察庁《サツチョウ》が、他県のＳＡＴを派遣させたがってますから」

「そうだったな。もしＳＡＴがお出ましとなりゃ、泥沼の縄張り争いがはじまるかもしれん。畜生が。これ以上頭痛の種を増やしてくれるなよ……」

そう大迫がぼやいたとき、前線本部に志波が入ってきた。

志波は土気いろの顔をしていた。心なしか、最後に見たときより頬が削《そ》げている。その顔の中で、二つの目だけが鈍くぎらついていた。

「大迫補佐、報告です」

志波が畳に膝を突き、大迫の耳に口を寄せる。

しばし大迫は、志波の報告に聞き入っていた。室内が騒がしいこともあり、近くに座る幾也にすら話の内容は聞こえない。

報告は二分近くつづいた。やけに長く感じた。

大迫は志波の話に耳を傾けつつ、合間合間に手ぶりでなにやら命じている。その間にも、室内を捜査員が歩きまわる。指示が行きかう。人の出入りが激しい。

「……そうか」

区切りのように言い、大迫が顔を上げた。ねぎらうように志波の肩を叩く。

大迫は無線係を見やった。

「おい、さっきの食堂内のやりとり、矢田野も傍受しとるんだよな？」

「もちろんです」

「では矢田野に伝えろ。『いつでも前線に戻れるよう、準備は怠らんでくれ』とな。それから誰か、指揮本部の梶本さんの電話番号を知らんか？　できればプライベートの番号がいい」

応える声はなかった。大迫がちらりと幾也に視線を寄越す。

慌てて幾也は首を横に振った。確かに梶本は元上司と言える存在だ。しかし係長ならまだしも、刑事課長の電話番号など知るはずもなかった。

大迫が苦笑した。「ま、しゃあないな。では無線で繋いでくれ」

「了解です」無線係がうなずいた。

ややあって、梶本の声が応答した。

「こちら指揮本部、どうぞ」

「こちら前線《ゼンセン》本部の大迫だ。梶本さん、あんたとちょっと話したいんだが、いま大丈夫か？　まわりはどんな様子だ？」

「まわり？」

「ああ、まわりだ。あんたのな」

数秒、間があった。

「ええっと……そうですね。時間も時間ですし、静かなもんですが……。よければ、こちらからかけなおしましょうか」

「そうしてくれると助かるな。おれの番号を言っていいか？」

「お願いします」

大迫が十一桁の電話番号をそらで告げる。県警支給ではなく、自前のスマートフォンの番号らしい。

幾也はなんの気なしに首をめぐらせた。そして、ぎくりとした。

――人がいない。

いや正確に言えば、磐垣署の署員が室内にいない。いまこの前線本部にいるのは県警捜査一課の課員、つまり大迫の部下だけだ。

そうか、とようやく幾也は気づいた。

志波の話を聞きながら、大迫はずっと手ぶりで指示を飛ばしていた。あれは人ばらいさせるためだったのだ。一時休憩しろ、外を見てこい等と指図しつつ、〝電話番〟の幾也以外を、いったんきれいに追いはらった――。

数分後、大迫のスマートフォンが鳴った。

スピーカーに切り替え、大迫がスマートフォンを畳に置く。

「大迫さんですか？」

「そうだ。梶本さん、あんたいまどこにいる？」

「五階の非常口前です。喫煙所とも自販機とも便所とも遠く、この署内ではもっとも人気《ひとけ》のない場所かと。すくなくとも現時点で、あたりに人影は見えません」

「そうか、ありがとうよ」

大迫はうなずいてから、切り出した。

「なあ、梶本さん。おれぁ自慢できるような経歴は、とくに持ち合わせせん男だ。だが警察官《サツカン》としてはそれなりに長いし、人を見る目はあるつもりだ。……あんたはいい男だ。骨のある男だと感じた。そう見込んで、あんたに訊く」

彼は声音をあらためた。

「磐垣署の署長《オヤジ》は、どんな男だ」

「どんな、とは？」梶本が慎重に尋ねかえす。

対照的に、大迫はためらわなかった。

「署内の膿《うみ》を、臆せず出せる男かと訊いている」

「意味がわかりかねますが……」

梶本の探りを無視し、

「塚本町のコロシだ」大迫はつづけた。

「向こうの捜査本部《チヨウバ》に駆りだされた寺内班から、磐垣署の生活安全課《セイアン》がどうにも使えん、との情報が再三入っている。中には『使えんどころか邪魔だ。ゴンゾウの寄せ集めだ。上意下達のいろはすら、まともにこなせん』という声すらある。……なあ、もしかしてお宅のセイアンは、かなーり前から腐っちまってるんじゃないか？」

梶本の返答はない。

かまわず、大迫はつづけた。

「言っとくが、ただの噂程度で言ってるんじゃあないぞ。うちの捜査員に、ちゃんと裏を取らせた上でのことだ」

大迫の視線が、素早く志波へ走る。

「いまのところ、例の河原で発見できた遺体は三体。うち一体は犯行を約二十年前までさかのぼる。なあ梶本さん、おれだって身内の不始末は認めたかないよ。認めたかぁないが……。ここ二十年、泥首の子どもが消えても届出を突っぱねていたゴンゾウ署員、そんなやつが窓口に座っていた可能性は、ないではないよな?」

やはり梶本は答えなかった。

しかしその冷や汗を、電波越しにも幾也は感じた。握りしめた拳の中の汗が、いまにも匂ってきそうだった。

「なあ梶本さん。もしもの話だ。もしそいつが課内で幅を利かせていたとしたら、課全体が腐る可能性だってゼロではない。そうだろう?」

「……とんでもないことを、言ってくれますね」

苦にがしげに梶本が言った。

「婉曲《えんきよく》にやってられる余裕はないからな」

「それはそうです。しかしそう簡単に言わないでください。二十年ともなれば、ことは下っ端署員のみの問題じゃありませんよ」

「わかっている。だが上からの指示すら通せん署員が実際にいるとなりゃあ、疑わざるを得ん。あんだってわかってるはずだ。この警察という組織内でそんな課が存在するとしたら、すなわちそれがどういう意味を持つか」

「ですが……」

「ですがじゃねえ。非常事態だぞ、梶本刑事課長！」

ぴしりと大迫が言った。

「何人の人命がかかってると思っている。これ以上子どもの死体が並ぶのを、指揮本部の特等席で見たいのか！」

文字どおり、鞭の一喝だった。

しばし、静寂があった。息づまる静寂であった。

やがて梶本が言った。

「――おれに、どうしろと、言うんです」

呻き声に似た返答だった。

大迫が言う。

「おれが望むことはひとつだ。あんたにこのまま指揮本部をまかせたい。あんたのその様子じゃ、磐垣署の署長に期待するのは無駄のようだな。だが、まわりの雑音に負けんでほしい。あんたは自分の職務をまっとうしてくれ。――以上だ」

返事は待たず、通話を切る。

次いで大迫は、県警本部に無線を繋がせた。幾也が驚いたことに、相手は県警本部長であった。

「大迫か、どうした」

すぐさま返答があったことにも、幾也は仰天した。

この時刻に本部長が、自宅でなく県警本部に詰めているとは思わなかった。それほどの大事件なのだと、あらためて実感がこみあげる。

「朝方から失礼いたします。僭越《せんえつ》ながら刑事部捜査一課大迫警部、今回の『泥首立てこもり事件』において、本部長にご報告ならびにご相談を願いたく連絡いたしました」

「相談？」

片眉をひそめた顔が、目に浮かぶような語調だった。

県警本部長といえば県警本部のトップで、階級は警視監である。東大出のキャリアであり、幾也からすれば雲の上の人であった。

しかし大迫に臆する様子はなかった。

「はい本部長。ご相談であります。まずは直接、本部長にお話を通しておかねばと思いまして」

「わかった。聞かせてくれ」

「では報告いたします」

大迫は語った。泥首立てこもり事件の現状と、小笹川事件の進捗。そして磐垣署生活安全課への違和感と疑念とを。

本部長はひとしきり聞き終えて、

「……で、おまえはどう思う」と言った。

「まず疑念の確認。そして疑念が事実ならば、早めに叩くが吉かと」

大迫は答えた。

「これほどに世間の注目が集まった大事件です。もし非違事案が絡んでいたとマスコミにバレれば、ことは県警本部内だけでは済みません。週刊誌やワイドショウでさんざん騒がれてから処分するのと、その前に対処するのでは雲泥の差です」

「そこは同意だ。ではおまえの望みはなんだ。内部の聞き取り調査か?」

本部長の返事は早かった。さすがに頭の回転が違う、と幾也は感じ入った。困惑や逡巡によるタイムロスが、ほとんどない。

「はい。調査の許可をお願いします」と大迫。

「許可願いだと? 珍しくしおらしいことを言うじゃないか。よし、監察官をいますぐ磐垣署へ送らせよう」

本部長は言って、

「ところで、おまえの報告がよしんば事実となれば、警察庁《サッチョウ》も抱きこむ必要が出てくるな。重大事件のマスコミ対応といえば、サッチョウの総務が総本山だ」

とつづけた。

「そういえば近県のSATを寄越すとうるさく騒いでいるのも、向こうの総務課長だとか?」

大迫がとぼけた口調で言う。

「この報せが入れば、未成年による拳銃奪取と籠城で大わらわのサッチョウが、さらに混乱することと必至でしょう。SATの派遣云々《うんぬん》どころじゃなくなりそうだ。とはいえ本部長殿が、『監督不行届きだ』と長官官房にいじめられるかもしれませんが」

「かまわん。管内を引っかきまわされるよりマシだ」

本部長は断言した。

大迫がにやりとする。

「塚本町のコロシに人員を割いてるおかげで、現在の磐垣署生安課はうまい具合に散り散りです。口裏を合わせる暇を与えず、一人ずつ落とせと監察官にお伝えください。時間がありません。至急、ベテランの選《え》りすぐりを投入願います」

「いいだろう。では、なにかあればまた報告しろ」

「刑事部捜査一課大迫警部、了解です」

通信を切って、大迫は捜査員たちを振りかえった。

「話は通った。おれたちは本筋の捜査に戻るぞ。おい、マル間の父親はどうなった？　まだ捕まえていないのか」

「すみません。身柄の確保にはいたっていません」

若い捜査員が悔しそうに言う。

「父親の履歴は？」

「ここにあります」

大迫に「読んでくれ」とうながされ、捜査員は手もとの資料を読みあげた。

「えー、〝間瀬当真の実父、正樹《まさき》。満四十二歳。薬物依存症で、窃盗など前科八犯の母親のもとに生まれる。父親は不明。

妊娠中も母親は薬物をやめなかった。薬物が胎児に与えた影響は不明ながら、正樹は妊娠二十六週の早産で生まれ落ちた。保育器で約四箇月間を過ごしたのち、ようやく退院。しかしその直後に母親が逮捕されたため、生後五箇月で施設に預けられた。

同施設には二歳四箇月まで滞在し、その後は母方叔父のもとで育つ。なお母親は強盗、詐欺などを繰りかえしたのち、二十八歳のとき傷害致死で懲役刑を受け、三十四歳で獄死している。

正樹の幼少期の評判は『おとなしい。無口。陰で年下の子をいじめる。動作や発語が遅く鈍重。叱られても下を向いてにやにやするだけで、反省しない』等。

正樹を養育した母方叔父は、大字泥首に建つストリップ小屋『ピンクキャンディ』を経営している。子どものない叔父は正樹を後継ぎに望んでいたが、結局は彼の才覚に見切りを付けたか、小屋の呼び込みをさせるにとどめた。叔父いわく、

『出来がよかったら高校まで行かせてやってもよかったが、あれじゃあな』

二十五歳のとき、ソープランドで働く女性と同棲開始。翌々年、長男の当真が生まれる。しかし八年後、女性は若い男と出奔。以後は、何度か児童養護施設の世話になりながらも、男手ひとつで当真を育てている〟」

「ふん。まあ、おおよそ予想どおりだな」

大迫は顎を撫でた。

「予想どおりの男だ。箸にも棒にもかからんが、それだけにときおり突拍子もないことをやらかす。なるべく早く身柄を押さえたいもんだ」

同感です、と幾也が内心でうなずいたとき、背後の捜査員が手を挙げた。

「大迫補佐、ちょっといいですか？　科捜研の心理担から提案です」

「心理担から？　なんだ」

「さきほど科捜研とやりとりしていたとき、言われたんです。SITをいったん退けたとの一報が科捜研にも入ったそうで、それを踏まえての提案でした。『待機中のSITに配信者を追いはらわせながら、野次馬をチェックさせせてはどうか？』と」

「どういう意味だ」

「心理担が言うには、『服をふたたび着せておく、遺体を漂白剤で洗う、などの偽装工作。および二十年以上発覚しなかったことから、犯人側は犯行をコントロールしようとし、またできていた自負がある』だそうです。この種の犯人は、支配権を確認するため、殺害現場もしくは遺棄現場に戻る傾向を持ちます。

ですが今回は、犯人にとってイレギュラーな籠城事件が起こりました。心理担いわく『籠城と小笹川事件との関連は報道されていないが、街の住民ならみな知っている。犯人は進展を見届けるため、野次馬に混じっている可能性がある』――」

捜査員は言葉を切り、大迫を見上げた。

「なるほど。野次馬の確認は、確かに見落としていた」

大迫があぐらをかいた己の膝を叩く。

「ただ待つばかりじゃSITもしんどいだろうしな。よし、矢田野に伝えろ。『隊の五分の一、いや四分の一ほどを割いて、小笹川の河原と食堂の周囲に集まる野次馬をチェックしてくれ。とくに、うずうずしている若い衆を使え』とな」

「了解です」

幾也は壁の時計を見やった。いつの間にか、午前七時を過ぎている。市井《しせい》の人々が目覚め、動きだす時間帯であった。

さらに三十分後。

須賀町二丁目の『早川歯科』から、指揮本部に連絡が入った。

泥首小学校の定期歯科健診を受けもつ歯科医師である。幾也が子どもの頃は「若先生」と呼ばれていた二代目だ。

「レントゲン写真と、カルテを確認しました。お疑いの男児で間違いないと思います。毎年泥《どろ》小《しょう》では口腔ケアのまったくなされていない、虫歯だらけの子が十数人も見つかるんです。学校に通えている子だけで、その数です。……あの頃のわたしは、歯科医になりたてで張りきっていた。中でも一番ひどかった子に声をかけ、うちの医院に通うように言ったんです。『このままじゃ総入れ歯になっちゃうぞ』と」

しかし該当の子どもは、首を縦に振らなかったという。

——お母さんが駄目だって言う。

——歯医者に出すお金なんかないんだってさ。ホケンショー？　とかっていうのも、うちにはないし。

「だからわたしは『お金なんていいよ』と言ったんです」

早川医師は言った。

「まあ、若かったですからね。泥首の子どもを無償で診ていたらきりがない、といまはわかってますよ。だがその頃は、理想に燃えてたわけです。ひとまずレントゲンを撮り、次回から治療をはじめようと思いましたが……」

その〝次回〟はなかった。

翌週、その子が家族ごと失踪したからである。

母親とアパートに二人暮らしだったという男児は、がらくたとゴミとわずかな家電だけを残して、泥首から煙のように消え去った。

男児の名は、三田獅音。

父親不明。母親は当時〝お座敷ストリッパー〟と呼ばれたピンクコンパニオンだった。十九歳で獅音を産み、養育放棄で通報されるたび引っ越しを繰りかえし、泥首まで流れついた女である。

ただし獅音は毎日学校に通っていた。皆勤賞であった。

彼の母親は小学校を「無料《ただ》の託児所」と呼び、給食費の滞納を咎められると、「だったら食わせなきゃいい。水でも飲ましときな」とうそぶいたという。だがその放任のおかげで、獅音は小学校の定期歯科健診を受けられたのだ。

「よし、確定だ！」

大迫は膝を打った。

「これで現在発見できている被害者の身元が、全員確定したぞ！　三田獅音、当時満十二歳。その旨、指揮本部から各所に伝えさせろ。失踪が二十年以上前となると、母親を追うのはちと骨が折れそうだが……。おい、三好」

「はい」

思いがけず呼ばれ、幾也は肩を跳ねあげた。大迫が手を振る。

「早く幼馴染みに報告してやれ。マル間に、捜査の進捗を伝えさせろ」

「――はい！」

幾也はうなずいた。「了解です」応えながら、スマートフォンを手にとった。

「おい司、聞こえるか」

「ああ」

呼びかけに、司は間髪を容れず応答した。

幾也はほっと短く息を吐いた。強張っていた胸がゆるむのを感じた。自分でも、驚くほどの安堵だった。

「間瀬に伝えてくれ。……〝白骨遺体の身元が割れた。これで、現在発見できた遺体の身元はすべてわかった。捜査は着実に進展している〟とな」

「わかった」

「司」幾也は言った。

数秒、お互いなにも言わなかった。相手の息づかいだけが聞こえた。幾也は喉から、言葉を押しだした。

「司。――梨々子ちゃんじゃ、なかった」

乾いた声が洩れた。

「彼女じゃなかったことに、おれはほっとした。子どもが殺されたことに、なにも変わりはないってのにな。おれは、最低の警察官《サツカン》だ」

「いや、おれもだ」司が言った。

「おれも……そう聞いて、安心した。おまえだけじゃない。おれも同じだ。同じくらいの、最低野郎だ」

ふたたび沈黙があった。

だが気まずくはなかった。体温のある沈黙だ、と幾也は思った。静寂の向こうに、痛いほど司の存在を感じた。

「司。――笑わないで、聞いてほしい」

幾也は唸るように言った。

「生きて、そこから出てきてくれ」

本心だった。胸の奥から絞りだすような、本音の吐露だった。

「頼む。生きて、無事で出てきてくれ。――頼む」

# 第六章　少年

## 1

幾也と通話を繋げたまま、司はスマートフォンのアプリを切り替えた。

ちらりと目を上げ、当真をうかがう。当真は慶太郎と額を突きあわせるようにして、ぼそぼそと話していた。

いまのうちに、と司は指を動かした。グーグルのアイコンをタップし、トップページへ飛ぶ。素早く検索ワードを打ち込む。

幾也の言葉が、脳内にまだ響いていた。

――ニュースの見出しには『虐待死』とあった。

――世間にとっては、虐待死、ただそれだけなんだ。その三文字で、済むんだ。

いくつかワードを変えて試すうち、司は該当の事件とおぼしき記事を見つけた。記事そのものは消えていたが、さいわいキャッシュがまだ残っていた。

見出しは『十一歳の娘を虐待死させる・山形』。

被害者の名は出渕《いでぶち》ひまり（11）。記事にピンボケの顔写真が添えられている。

逮捕されたのは実父であった。銀行員（42）とある。

記事によれば一一九番したのは母親で、「盗みを叱ったら、娘が動かなくなった」と電話口で説明したという。その後、駆けつけた救急隊員が死亡を確認。遺体からは不審な傷や火傷がいくつも見つかった。

警察が調べたところ、死後に服を着せ、髪を乾かすなどの偽装工作も見られた。肺に溜まった水から、死因は溺死と判明した。また脾臓《ひぞう》が破裂し、腹部は古い内出血の痣でいっぱいだった。

出渕家が山形に引っ越してきたのは、虐待死の四箇月前である。以前の住居では、「深夜に子どもが裸でベランダに出されている」「子どもの悲鳴が聞こえる」等、近隣からの苦情や通報が相次いでいた。

児童相談所が介入し、ひまりは短期間ながら何度か施設で暮らした。しかしそのたび父親が施設まで迎えに来たため、家へ帰していたという。

その後、父親の転勤により、出渕家は山形へ住まいを移した。県をまたげば児相の管轄も当然変わるが、磐垣管区の担当者は、山形県中央児童相談所への引継ぎを怠ったようだ。取材に対して当時の担当者は、

「認識不足だった」

とだけ短く述べている。

〝せめて児相同士の連携が取れていれば、最悪の結果はまぬがれたのではないか。しかし悔やんで

も幼い命は戻ってこない〟――。そう苦い一文で、記事は締めくくられていた。司が思わず眉根を寄せたとき、

「おい」

カウンターの向こうから声がした。

司はぎくりと指の動きを止めた。

「おっさん、なにやってる」

顔を上げると、当真が探るような目つきを司に向けていた。

「なにをこそこそしてやがんだ。スマホをカウンターに置け。両手を見せろ」

命じられるままに、司はカウンターにスマートフォンを伏せた。掌を見せ、両手を上げる。

片眉を下げた当真が、彼をじろじろと眺めまわした。

「いま、なにしてやがった？　吐け。ガセこくなよ」

「ちょっと、調べものを」司は答えた。

当真が「はあ？」と声を高くし、司のスマートフォンを手に取った。

液晶にはニュースの文面と、被害者である出渕ひまりの顔写真が表示されている。当真はしばしその画面に見入ってから、無造作に言った。

「ふん。このガキ、知ってんぞ」

「知ってる？」司は問いかえした。

「ああ。ちょっとだけ施設で一緒だった。このガキ、愚図で弱っちくてよ。そうか、死んだのか、ははは」

乾いた声で当真が笑う。

「メシ食わせてもらえねえとか言ってたから、『そんなもん盗み食いすりゃいいだろ、馬鹿か』って言ってやったんだ。そしたらマジでやらかしたみたいで、次に施設で会ったとき、腕の骨折られてやがった。ふん、愚図だよなあ。盗み食いもバレるような間抜けは、せいぜい水でも飲んでろっての」

「それは、ほんとうか」

司は当真を見つめた。

記事には〝母親が「盗みを叱ったら、娘が動かなくなった」と電話口で説明した〟とある。この〝盗み〟とは盗み食いのことか。だとしたら、出渕ひまりの死を誘引したのは、彼女をそそのかした間瀬当真なのではないか——。

しかし当真は、

「は？　嘘に決まってんだろ」

と瞬時に掌を返した。

「なーんてな。どっちだと思うよ、おっさん？　嘘か、マジ話《ばなし》か。ははは、なんだよそのツラ。いっちょまえに、おれにムカついてやがんのか？」

「え……」

言われてはじめて、司は自分が顔をしかめていると気づいた。無意識に歯を食いしばり、両手をきつく握りしめていた。

指の関節が白くなるほど握った拳が、こまかく震えている。

――おれは、駄目かもしれない。

そう内心でつぶやく。直後に、そんな己に愕然とした。

駄目かもしれない？　駄目かもしれないだって？

この状況で、おまえは匙《さじ》を投げる気か。いくら籠城が長引いて疲労の限界にあるからといって、白旗を上げるのか。なにが子ども食堂の店長だ。なにが〝子どもを飢えさせないのが絶対の正義〟だ。

――どんな子だろうと、わけへだてせず接してきたつもりだった。

しかし、気力が萎《な》えていくのが自分でもわかる。大学時代にアルバイトした一膳めし屋の、店長の言葉がよみがえる。

「たまに、ごくたまーにだがな。相手にしちゃいかん子どもがいる」

店長はつづけた。明確な悪意をもって、他人を食いものにできる子どもがまれにいる。そういう子を見つけたら、相手にせず避けるべきだ、と。

子どもはけして天使ではない。大人のように体裁を取りつくろったりもしない。彼らはときに残酷になる。意地悪にも乱暴にもなる。しかしそこに深刻な悪意はない、たいていは。

――そう、たいていはだ。

当真は、その数すくない例外ではないか。店長が言った〝相手にせず避けるべき〟子なのではないか。

――だとしたら、おれの手に負える相手ではない？

胸中にあった、なけなしの自信がしわしわと萎んでいく。

おれは無力だ。司は実感した。今日は幾度も、己の無力を思い知らされてきた。しかし、これほど打ちのめされたのははじめてだった。

——ほんとうに当真は、誰も殺していないのか？

猜疑心が頭をもたげる。心に隙間風が吹く。

あの河原で発見された遺体は、いまのところ三人だ。もっとも古い遺体は二十年前のものだというから、当真の関与はあり得ない。

しかしほかの二人はどうだ？　ほんとうに、当真は誰も殺していないと言えるのか？

司は混乱していた。子どもを信じたい、虐げられて育った子どもに寄り添いたい、という気持ち。

それを打ち消して余りある、間瀬当真への不信感。

そのすべてが本物だった。感情がないまぜになって、胸の内でとぐろを巻いた。

——おれは、どうすればいいんだ。

どうすべきなんだ。

そんな葛藤を見透かすように、

「店長」

和歌乃が言った。

「真に受けちゃ駄目だってば。……嘘に決まってるよ。そんなやつ、どうせ嘘しかつかないんだ。ビビったら、そいつの思うつぼだよ」

和歌乃は当真を睨みつけた。

「ずっと考えてたの。あんたさあ、うちのお母さんの情報、慶ちゃんから聞いたんでしょ？　手品みたいに言い当てたけど、落ちついて考えてみたら絶対そうだよ。店長、だまされないで。こいつの中身、嘘とハッタリばっかだよ」

当真が頬を歪めるのが見えた。

司は、そんな二人を交互に眺めた。

和歌乃は頭のいい子だ。学校にこそ行っていないが、賢い少女だ。目の前の霧がすこし晴れた。彼女の聡明さに救われる思いだった。

しかし心の底にはやはり、まだ当真を信じたい気持ちも残っていた。

――こいつの中身、嘘とハッタリばっかだよ。

そうだ、和歌乃はきっと正しい。

つい先刻、当真は「わざと心菜を解放した。すべて計画どおりだった」とうそぶいた。冷静に考えれば、あれも後付けのハッタリと考えるべきだろう。

当真は和歌乃とは正反対だ。けして頭はよくない。だが攪乱《かくらん》するのが抜群に巧い。どこまでが真実でどこまでが嘘なのか。本能と勘だけで、見事に相手の心を引っかきまわしてみせる。

司は舌打ちしたい気分だった。おれは中途半端だ、と痛いほど実感した。

――おそらくおれのようなやつが、当真ともっとも相性が悪い。

大学で福祉を学んだ。できるだけ知識を詰めこんだ。そのせいだろうか。ふだんは粗野な口調と態度で鎧《よろ》っていても、しょせんは理屈から逃げられない人間だ。

――結局おれは、親父似だったたってわけだ。

「おいおっさん。この出渕ひまりとかいうガキを、なんで調べてやがった?」

当真が司に尋ねる。

咄嗟の嘘は浮かばなかった。司は正直に答えた。

「いま電話で繋がっている警察の友人が、その子の話をしていた。生前の——生きているときのその子を、担当してたらしい。だから、調べてみたくなったんだ。その子を死なせてしまったことを、友人はとても悔やんでいた」

「ふん」当真が鼻を鳴らした。

「ガセじゃなさそうだな。ま、いいや。見逃してやる」

間を置かず、和歌乃に目を移す。

「それより、てめえだ。おれを睨むなってさっきも言ったよな？　何度も言わせせんじゃねえ、ブス」

言いざま、当真は和歌乃の脛を蹴った。容赦のない蹴りだった。

和歌乃が悲鳴をあげ、体を折ってまるくなる。

しかし和歌乃は屈しなかった。痛みに唇を噛みしめ、目に涙を浮かべながら、首をもたげて当真を睨みつけた。

静寂が落ちた。

見ている司の呼吸が詰まるような、重苦しい静寂であった。

和歌乃から目をそらさず、唸るように当真は言った。

「てめえ、おれをナメてんだろ。おれが女嫌いだから、強姦《ツッコミ》はねえと思ってんだろ？」

和歌乃の肩が跳ねた。その反応を悟り、当真がせせら笑う。

「勘違いすんな。女が嫌いだからって、べつに勃たねえわけじゃねえ。女を痛めつけるやりかたなら、ガキの頃から見てきたからな。よぉく知ってんだ」

和歌乃の目が恐怖で揺れる。

「やめろ！」司は怒鳴った。

「それこそ――それこそハッタリだ。目と鼻の先、いや、店のすぐ前に警官隊がいるんだぞ。おかしな真似なぞ、できるもんか」

だがその語尾は、頼りなく揺れた。

いまや司は、己を信じられなくなっていた。自分の経験も知識も、判断も信用できない。

目の前の当真が、底知れぬ怪物に思えた。常人には御せぬ、なにものかと対峙《たいじ》している気がした。

空気がさらに張りつめていく。

そのときだった。けたたましい着信音が静寂を裂いた。

当真がデニムの尻ポケットに突っこんでいた、和歌乃のスマートフォンだ。

「……なんだぁ？」

探るように、当真は司と和歌乃を見比べた。

しかし和歌乃の顔に浮かんでいるのは困惑だった。司も同様だ。それを見てとり、当真がスマートフォンを手に取る。画面をスワイプし、スピーカーフォンに切り替えた。

「誰だ、てめえ」

当真は低く言った。

しかし返ってきた声はさらに低く、しわがれていた。「おれだ」と聞こえた。

当真の目が見ひらかれる。彼は呆然と言った。

「――親父か?」

## 2

三田獅音の戸籍に、父親の名はなかった。

母の名は江美子《えみこ》。二十二年前に売春での逮捕歴があり、供述調書によれば当時三十歳であった。

同調書に残る住所の大家に当たったところ、二十一年前の十月に母子ごと失踪していた。

「荷物を部屋に残したまんま、ある日ふらっと消えたんですよ。荷物ったって、布団と小型テレビくらいのもんでしたがね。夜中にうるさくする迷惑な店子《たなこ》だったんで、消えてくれてせいせいしました」

また大家はこうも証言した。

「正直言って、子どもを連れてったのは意外でしたね。ふだんの態度があれだったんで、てっきり捨てていくと思ってました」

そんな三田江美子は、泥首で〝お座敷ストリッパー〟をしていた。団体客の座敷で裸になり、卑猥な芸を見せる一種のコンパニオンである。

「二十一年前の夜逃げとなると、追うのはいささか骨ですね。どうします?」

指揮本部と繋げた通信で、梶本副主任官が問うた。

大迫が顎を撫でて言う。

「当時の供述調書のおかげで、三田江美子が所属していた事務所は割れている。ここで生活安全課《セイアン》の保安係に訊けりゃあ話は早いんだがな」

「ええ。もし該《ガイ》事務所がまともに登記していたなら、当時の内情はいくらか知れたでしょう。ですが……」

苦い口調が、「登記など、まずしていまい」と言外に告げていた。

「証言を集めようにも、時間が経ちすぎています。二十年も前に、ほんの数年しかいなかったピンクコンパニオンを覚えている人間となると……」

「『千扇』の女将はどうですか」

大迫の横に座る捜査員が声をあげた。

「鶴井和歌乃の母親に付き添って、まだ前線のテントに居残っているそうです。噂では利に敏《さと》い女だそうですし、『千扇』はピンク系で有名な旅館です。覚えている可能性は高いかと」

「いや」大迫は首を振った。

「あの女将はどうも気に食わん。臭う女だ。あの女から証言を取るくらいなら、そのへんの犬に訊いたほうがマシだ」

「大迫課長補佐」

わずかな沈黙の隙を突いて、幾也は手をあげた。

「『やぎら食堂』の、先代店主はどうでしょう。司の父親です」

「うん？」

大迫の目が光った。

「つづけろ、三好巡査」

「はい。『やぎら食堂』の先代店主は現在、田舎で隠居暮らしをしています。しかし二十一年前にはすでに子ども食堂の前身――つまり、泥首の飢えた子どもらの台所でした。彼なら三田獅音の母親も、三田獅音本人も覚えている確率は高いかと」

「だが、おまえの幼馴染みは三田獅音を知らんと言ったよな？」

「あいつは小学生の頃、父親の仕事に反発していました。食堂にほとんど顔を出していなかったので、知らなくて当然です」

ふむ、と大迫は考えこんでから、幾也に尋ねた。

「先代店主の連絡先はわかるか？」

「隠居する前に、携帯番号を教えてもらいました。五、六年前ですが、変える理由がなければそのままかと」

「よし、おれの携帯を貸す。かけてみろ」

「了解です」

興奮ではやる指で、幾也は電話帳アプリを立ちあげた。

司の父親である『やぎら食堂』の先代店主は、幾也からの電話に仰天した。電話口で慌てふためく彼をなだめ、幾也は用件を切りだした。

「おひさしぶりです、おじさん。いま『やぎら食堂』で起こっている籠城事件をご存じですか？」

「もちろん知ってるさ。風呂上がりにＮＨＫを点けたら、うちの店が映っていてたまげたよ。電話しても繋がらんし、かといって駆けつけようにも……。なあ、まさか、倅《せがれ》になにかあったのか」

「いえ」

狼狽《ろうばい》する先代店主を、急いで幾也は制した。

「大丈夫です。司は無事です。そうじゃなく、あの、おじさんにお訊きしたいことがあって」

手短に幾也は説明した。小笹川の河原から遺体が二体発掘されたこと。そのうち二十一年前に殺されたとおぼしい遺体が、三田獅音のものと確定したことを。

「レオちゃんか」

先代店主は呻いた。

「覚えていますか」

「ああ、覚えてる。なんてこった。あのレオちゃんが……？　そうか、もう二十年も経ったのか。確かにある日いきなり消えたが、そんな子は珍しくなかったんで、気にも留めなかった……」

そのまま悔恨に沈みこんでいきそうな先代店主に、

「母親のことはどうです」

幾也は早口で言った。

「われわれはいま、事件の手がかりを追うため、三田獅音の母親を捜しています。彼女について、なにかご存じではありませんか」

「あ、ああ。そうだな」

気を取りなおしたように、先代店主は言った。

「レオちゃんの母親は、よく稼ぐお座敷ストリッパーだった。『エレガンス』という事務所に所属してたはずだ。名前は……ええと、エミさんだかエリさんだったな。『千扇』に呼ばれることが多かった。それと、こう言っちゃなんだが」

すこし間を置いて、

「……あまり、子ども好きな人ではなかった。酒癖もよくなかったようだ。すくなくとも、レオちゃんに腹いっぱい食わせてやるような母親じゃあなかった」

言葉を選びながら、そう言った。

「彼女の行方に、心あたりはありませんか」

「すまんが、ないね。レオちゃんは店《うち》の常連だったが、母親のほうは違った。わたしなんかより、むしろ……」

「むしろ？」

「ああ、いや」

先代店主は言いづらそうに口ごもった。

「ううん……これは、ふだんなら言っちゃいかんことだが……。でも、非常事態だもんな。うむ、しかたないかな」

「なんです」焦れて幾也は急かした。

「早く言ってください」

諦めたように、先代店主がため息とともに言った。

「あー……これはわたしがバラしたと言わんでほしいんだがね。レオちゃんの母親の元同僚で、まだ泥首に残っている……というか、住みついた子が一人いる」

「同僚？　ストリッパーのですか」

「元だよ、元」

念押ししてから、先代店主は声を低めた。

「割烹《かっぽう》『なな井《い》』の女将だ。彼女はあそこの花板に見初《みそ》められてね、お座敷を引退して結婚したのさ。わたしなんかよりよっぽど、『エレガンス』のエリさん――いやエミさんだったかな。とにかく彼女について、よく知っているはずだ」


先代店主との通話が切れた。

携帯電話を幾也から受けとり、大迫は背後の捜査員を手まねきした。志波と同じ、県警の捜査員である。つまり大迫の部下の一人だ。

「監察官はまだだが、待つ時間が惜しい。おまえ、前線のテントにいる鶴井和歌乃の母親に当たってみろ。同僚やコンパニオンから、磐垣署についての愚痴を――とりわけ生安課《セイアン》の愚痴を聞いたことはないかとな。彼女たちは横の繋がりが強いようだし、あの母親は聞き上手のタイプだ」

「了解しました。当たります」

「『千扇』の女将からは、それとなく引き離せよ。和歌乃の母親を、必ず一人にしてから訊きだすんだ」

捜査員が出ていくのを見送り、大迫は志波を振りかえった。

「よし志波。おまえ、ロリコンの前科《マエ》持ちリストを指揮本部からもらったよな？　おれにも見せてくれ。科捜研から来たプロファイルもだ」

大迫は志波の右手からリストを受けとると、目をすがめた。

「ん？　その左手に持ってるのはなんだ」

「こちらは前科持ちだけでなく、逮捕歴のみの者も含むリストです。これだと膨大な数になりますので……」

「かまわん、全部だ」

ひったくるように、大迫は志波の左手からリストを取った。

五分と経たぬうち、ノートパソコン担当の捜査員が声をあげた。

「大迫補佐。割烹『なな井』の女将と連絡が取れました。例の会議アプリで繋ぎます。話しますか」

「むろんだ。画面に出せ」

言いながら、大迫は尻をずらしてノートパソコンの前へ移動した。

モニタに映る割烹『なな井』の女将は、寝ているところを叩き起こされたのか、パジャマ姿だった。化粧っ気のないのっぺりした顔で、眠そうに目をしょぼつかせている。

「おやすみのところ、すみませんね。緊急事態でして」

と大迫は謝罪もそこそこに、

「時間がないのでね。ずばり言いますが、三田江美子さんについてお聞かせ願いたい」

と言った。

てきめんに女将が顔をしかめる。

「三田江美子……って、え、あの江美子さん？　『エレガンス』にいたエミリーさんのこと？　やだ、あの人、またなにかやったんですか」

「瞬時に思いだせるということは、心当たりがおありのようだ」

「まさか。わたしはなにも知りませんよ。二十年も前に、ほんのいっとき同じ事務所で働いたってだけ。べつに仲よくもなかったし」

吐き捨てるような口調だった。迷惑顔を隠そうともしない。

「三田江美子さんが、お好きじゃないようですな」

「そりゃそうでしょ。事務所は何度もあの人の泥をひっかぶったんですよ。こっちにも、さんざんとばっちりが来て……。いまみたいな不景気だったら、とっくにクビにされてます。ほんっとにタチの悪いアル中だったんですから、あのエミリーさんは」

女将はつんけんと言い、パジャマの衿《えり》をかきあわせた。

大迫が問う。

「三田江美子さんが泥首を離れたのは、いつ、どんなきっかけででした?」

「さあ、もう二十年も前のことですしね。きっかけなんかわかりません。いきなり、ふらっといなくなったんです」

「お子さんがいたはずですが。お子さんも一緒に?」

「そのはずですよ。まあ、一緒じゃなかったとしても驚きゃしませんが」

「ほう。なぜ驚かないんです?」

わざとらしく目を剝く大迫に、女将は眉をひそめた。

「お世辞にも、子どもを可愛がってるようには見えませんでしたから。さっきも言ったように、江美子さんはアル中でね。〝わが子より酒〟って人でした」

「要するに、わが子を育児放棄しておいて、酒びたりだった？」

「なにが訊きたいんです」

女将が上目づかいに大迫を睨む。

「いまさら、なんで江美子さんのことを？　あの人、覚醒剤《エス》で捕まりでもしたんですか。言っときますが、うちはこれっぽっちも関係ありませんよ。上から下まで、すみずみまで洗ってくれて――」

「すみません。時間がないんだ。はっきり言いましょう」

大迫が声を張りあげた。

「われわれ県警は、三田江美子さんの息子の獅音くんが、なんらかの事件に巻きこまれたと考えております」

一瞬、女将はきょとんとしていた。

「獅音くん……レオちゃん？」

つぶやいてから、はっとしたように彼女は目を見張った。「待って」と言いざま、画面から小走りに消える。

戻った女将はスマートフォンを手にしていた。これ見よがしに右手に掲げ、

「この会話は録音します。たったいまから録音しますからね。もし駄目って言うなら、これ以上は話しませんから」

と宣言した。

「なぜです？」

大迫が問う。女将は憎々しげに唇を曲げた。

「なんでって、警察《ポリコ》がいまになってレオちゃんのこと言いだすなんて、まともな話のわけねえだろうがよ」

口調ががらりと変わっていた。

「てめえらは信用できねえ。どうせてめえらに都合の悪いネタが上がって、ブルってやがんだろ。なんと言おうが、絶対に録音させてもらうからね。こっちはあの頃と違って、金もコネもあんだ。店にゃ弁護士の常連だっているんだよ。お座敷上がりの女だからって、ナメんじゃねえや」

堂に入った啖呵《たんか》だ、と幾也は感心した。しかし大迫は意に介さず、

「誤解しないでください。われわれは県警です。磐垣署の者ではない」

と女将をなだめた。

「県警とは、県内の警察署を総括する本部です。あなたがそれほど警察を疑ってかかるからには、過去に磐垣署となにかあったんでしょう。しかし県警本部は、所轄署にもし不正や不備があれば取り締まり、それをあらためさせる立場にあります。誓ってあなたの発言を捏造《ねつぞう》したり、圧力をかけるような真似はいたしません。約束します」

「ふん、よく言うよ」

鼻息荒く女将が言い捨てる。大迫は首をかしげた。

「どうもわかりませんね。なぜわれわれ警察が獅音くんについて尋ねたことで、それほど過敏になられるんです？」

「わかんないって？　じゃあ言うけどねえ」

女将が声のトーンを上げる。

「誰になにを吹きこまれたか知らないけど、あたしなんかより身内を洗いな」

「身内とは？」

「磐垣署で課長やってた、蒲生《がもう》ってやつさ。とっくに定年で辞めたけど、あいつは糞だよ。もっと言っちゃえば、あいつの弟もね」

大迫の頰が、さっと紅潮するのを幾也は見た。

興奮による紅潮だった。その横顔が、「掘りあてた」と語っていた。

おれはいま、事件の核心を掘りあてた。振りおろしたつるはしの先が、ついに金の鉱脈にぶつかった——と。

大迫は目で、かたわらの捜査員に指図した。

捜査員がサブのパソコンを引き寄せ、〝蒲生〟の名で磐垣署のデータベースを検索する。結果はすぐに出た。幾也は身をのりだし、液晶の文字を読んだ。

蒲生忠弘《ただひろ》警部。十六年前に定年退職。退職したときの肩書きは、磐垣署生活安全課の課長——。

「こいつ、知ってるぞ」

幾也の横で、志波がささやくように言う。

「磐垣市長の後援会長を、十年ほど務めてるおっさんだ。なるほどな。定年してからも、あちこちに幅を利かせられる立場だったわけだ」

画面の中では『なな井』の女将が口を動かしつづけている。

「その蒲生ってやつの弟がロリコンでさ。子どもなら、男でも女でもいいって変態だったの。くわしくは知らないけど、江美子が『ビール一箱で、また変態にガキを売ってきた』なんて、ふざけたこと言ってたのはほんとだよ。つまりレオちゃんを、蒲生の弟やそのへんの変態に売ってやがったのさ」

幾也は性犯罪逮捕者のリストを手に取り、スキャナへ小走りに向かった。紙をセットし、自動送りでスキャンする。リストをOCR処理して検索すれば、蒲生姓の被疑者がいたかどうか一発でわかるはずだ。

「あのさあ、あたしはもう孫のいる身なんだ。こんないやな話、思いださせないでよ。というか蒲生が駄目なら織田《おだ》さんに訊きな。あの人、江美子とデキてたもん」

女将がいやそうに言う。

大迫は問いかえした。「織田さんとは?」

「『千扇』の番頭さんよ」

女将は語気をやや戻して、

「あそこの絲子さんは〝鉄の女〟だけど、織田さんは気が弱いからね。ちょっとつつきゃあ、ぺろっとしゃべるでしょ。『千扇』は亭主が生きてた頃はマシだったけど、絲子さんが采配するようになってから、完全に腐ったね」

「それは要するに、三田江美子を通じて『千扇』と蒲生忠弘は繋がっていた、という意味でしょうか?」

「というか『千扇』と蒲生が繋がってて、江美子はそのおまけですよ」

やけっぱちの口調で女将は言った。

「一応は『千扇』だって温泉街の仲間だから、こんなふうに売りたかぁないけどね。でもこっちにとばっちりが来るなら話はべつ。『千扇』はピンク系が強いし、もともと警察の風紀係とは持ちつ持たれつでやってたんですよ。だから風紀係を抱える蒲生課長には若い女、その弟には子どもを斡《あっ》旋《せん》して機嫌をとってたの。弟の変態ぶりがバレたらヤバいってのは、蒲生がいつも気にしてたことだしね。江美子みたいな、親失格のくそったれも一人や二人じゃなかったし」

録音しているとアピールするかのように、女将はスマートフォンを掲げていた。

「いまさら昔のことを掘りだして、なにがしたいんだか知らないけどさ。これだけは言っときますよ。レオちゃんは被害者だったんですからね。二十年も経って、いまさら売《ウ》春《リ》で挙げようったって無駄だから」

獅音の死を知らない女将は、目を怒らせていた。

「そんなことより、食堂のアレをさっさと解決しなよ。中にまだ人質の子どもが残ってんでしょ？　そっちに集中したらどう？　もし子どもが一人でも死んだら、あんたらポリコがのろまなせいだよ！」


ＯＣＲ処理したリストを検索したところ、〝前科なし、逮捕歴のみ〟リストの中に蒲生姓は二人いた。ただし一人は若すぎて年齢が合わず、すぐに除外された。

残る一名の名は蒲生明弘《あきひろ》。満六十九歳。

年齢と名前からして、忠弘の弟だろう。八年前に、下校中の女子小学生を小路に連れこもうとして逮捕されている。

磐垣市から約三十キロ離れた、尾室《おむろ》署管内での逮捕であった。その後、検察の判断で不起訴処分となっている。

「大迫補佐。鶴井和歌乃の母、和世から証言が取れました」

前線のテントに赴いた捜査員が、息を切らして駆けこんできた。

「磐垣署の生安課は〝ある層〟からの行方不明者届を受理しないことで、仲居の間では有名だそうです。『どうせ家出だろ』『家庭の問題を持ちこまれてもねえ』『事件じゃなきゃ、こっちは動けないから』と門前払いされた仲居が何人もいるとのことです」

「泥首の仲居は、脛に疵《きず》持つ者や、ＤＶから逃亡中の母親が多いです」

横から幾也は言い添えた。

「彼女たちの大半は警察官に強く出られません。公権力からの恫喝《どうかつ》に弱いんです」

大迫にそう訴えつつ、幾也は背に冷や汗をかいていた。

――おれも、一歩間違えばそうなっていたかもしれない。

桶川ストーカー殺人事件。栃木リンチ殺人事件。太宰府《だざいふ》市主婦暴行死事件。どの事件も同じだった。被害者や家族の訴えを、警察が再三にわたって無視した結果、最悪の結末を迎えた。

幾也とて、勤務しながら「なにごともなく終わってほしい」「早く帰りたい」と思った日は数えきれない。受理を渋った署員の気持ちは、「理解不能」とは言いきれなかった。

――それだけに、怖い。

だっておれも、腐ってゴンゾウ化していたうちの一人だ。もし自分が生安課に異動していたなら、彼らの片棒を担いでいたかもしれない。

ありえない話ではなかった。それだけに、二の腕の鳥肌が引いてくれなかった。

3

「――親父か？」

そう洩らした当真の呻きに、司は息を呑んだ。

当真の親父ということは、ストリップ小屋の呼び込みをしているあの父親だ。

当真の語った両親のエピソードは嘘が大半だったようだが、すべてがでまかせではあるまい。目の前でセックスする両親や、手出ししてくる父親の情婦のエピソードは臨場感に満ちていた。

――当真の父親が、なぜ和歌乃のスマホの番号を知っている？

司と同じ疑問を当真も抱いたらしい。

「どうやってかけてきた？　まさかこのスマホを持ってたガキと知り合いじゃねえよな？　前に援助交際《エンコー》でもしやがったか？」

と探るように問う。両手を空けておきたいのか、当真はスマートフォンをカウンターに置いた。

「持ち主のガキは関係ねえ。おまえと話したかったんだよ」

当真の父が答えた。

「へっ。意味わかんねえ。どうやってかけてきたかって訊いてんだよ。テレビじゃ人質の名前はバラしてねえぜ。なんでこのスマホを持つガキが、ここにいるってわかった？」

父子の会話を聞きつつ、司は自分のスマートフォンに目を落とした。

こちらもスピーカー状態である。間瀬父子のやりとりは、幾也ならびに前線本部に筒抜けのはずだ。

「いま、マスコミ野郎と一緒なんだ」

妙に間延びした口調で、当真の父親が言った。

「野郎って言っちゃ悪りぃか。へへ、テレビのスタッフってやつだな。地上波じゃなくネットテレビだそうだ。地上波より、こっちはいろいろと〝ゆるい〟んだってよ」

「んなこと訊いてねえよ。さっさとおれが訊いたことに答えやがれ」

苛々と言う当真に、父親はいま一度笑って、

「おまえが解放した人質のガキどもは、いま市立病院にいんだよ。病院に押しかけたテレビのスタッフがな、母親の友達だとかいう仲居から『〝和歌乃〟って名前のガキが中にいる』と聞きだしたわけさ」

得意げに言う。

「和歌乃ってのは、駅裏の酒屋で積み込みの手伝いしてるガキだろ？　あの酒屋の店主にはちょっとした貸しがあってよ。スマホの番号ぐれえ、簡単に聞きだせたぜ」

司は眉根をきつく寄せた。泥首の世間の狭さが恨めしかった。

当真がかたわらの慶太郎に、なにかささやくのが見えた。慶太郎がささやきかえす。

その返答が気に入らなかったのか、当真は慶太郎の腿を蹴った。慶太郎が急いで当真から離れる。

当真はスマートフォンに向かって言った。

「で？　なんで親父はテレビ屋と一緒なんだ。なんの用で電話してきやがった」

「そりゃ激励ってやつよ。おまえ、ゲキレイって意味わかるか？　はは」

当真の父は空疎な笑い声をたてた。そして、瞬時に声を低めた。

「粘れよ、当真」

「あ？」

「マスコミはおれたちの独占インタビューを撮りてえんだ。事件が話題になればなるほど、金になる。だからもっとでけえ事件にしろ。な？　父ちゃんの言ってること、わかるだろ？」

司はふたたび、自分のスマートフォンに目をやった。聞いていてくれよ、幾也、と願った。このやりとりを聞いて、早く対処に走ってくれと。

当真がすこし考えこみ、父親に問いかえす。

「その金は、おれにも入んのかよ？」

「当たりめえじゃねえか」

「ふん、どうだかな」当真は鼻で笑った。「おれに入んねえ金なら、関係ねえや。協力する義理はねえ」

チッと当真の父が舌打ちした。

「……わかってるよ、山分けだ」

だがその声は、いかにも不本意そうだった。

またも当真は慶太郎にささやいた。なにやら相談しているらしいが、内容は聞きとれない。当真が顔をあげた。

「電波が悪りいな。父ちゃん、どこにいんだ？」

親父ではなく、父ちゃんに呼称が変わっていた。

「近くだ」

「近くじゃわかんねえ。どこにいるんだ。ツラくらい見せろよ」

「ポリコがいるから近寄れねえんだ。それぐれえわかるだろ」

「顔が見てえんだ」

当真は繰りかえした。

「そっちこそわかれよ。おれぁ昨日からここに閉じこもって、ずっと頑張ってんだぜ。なのに、父ちゃんの声聞いたら気が抜けちまった。……こんなとき、父ちゃんの顔が見てえと思うのはおかしいかよ」

「なんだおまえ、今日はやけに可愛いこと言うじゃねえか」

照れたように当真の父が言う。

「ま、しょうがねえな。ちっと待ってろ」

一分ほど間があいたのち、和歌乃のスマートフォンからしゃがれた声が再度響いた。

「いま、質屋の青看板の前にいる」

ほんとうに近くだな、と司は驚いた。

『やぎら食堂』のすぐ裏手は、『霜田《しもだ》質店』の倉庫とその駐車場だ。駐車場の壁には同店の名を入れた青い鉄製の看板が貼ってあり、地元民は店舗のほうを赤看板、倉庫を青看板と呼んでいる。

「ほんとかよ」

言いながら、当真はスイングドアを押して厨房に入ってきた。踏み台を引き寄せてから、慶太郎に顎をしゃくる。

「慶、おれの背中に付け。おっさんを見張ってろ」

言いつけどおり、慶太郎も厨房に駆けこんだ。当真と背中合わせに立ち、彼の背後の目になる。だが司と目線が合わないよう、その顔は微妙にそらされていた。

当真が踏み台にのぼった。

換気扇はさきほどＳＩＴ隊員を狙い撃ったせいで、羽根が破損して大きな穴があいている。その穴から、当真は外を覗いた。

「野次馬が減ったな」ぼそりと言う。

だろうな、と司は思った。

点けっぱなしのテレビに映しだされているのは、朝のワイドショウだ。

平日の午前七時から八時台といえば、市井の人びとがもっとも忙しい時間帯である。朝食に、髭《ひげ》剃《そ》りに、子どもの身支度にと大わらわだろう。他人の籠城事件になど、かまっている暇はあるまい。

当真が踏み台を下りた。カウンターに置いたスマートフォンに顔を近づける。

「見えねえよ。ほんとに父ちゃん、いんのか？」

「いるって言ってるじゃねえか」

換気扇の真下にある勝手口を、当真はすこしばかり押し開けた。

朝の陽が射しこんでくる。思わず司は眉根を寄せ、目を細めた。

当真と慶太郎の体越しに、外界が見えた。

質店の倉庫は『やぎら食堂』より小体《こてい》なため、勝手口は駐車場に面している。店の正面に並んだ警官隊ほどではないが、その駐車場にも警官と機動隊員が並んでいた。

出入口にはイエローテープが張られている。そのテープの向こうに、白のミニバンが停まっていた。

なんの変哲もない白のミニバンだ。だがフロントガラス以外の窓はフルスモークで、中がうかがえない。

「あのミニバンか？　父ちゃん、顔を見せてくれよ」

「ケッ。甘えやがって……」

言葉とは裏腹に、当真の父はまんざらでもない様子だった。

後部座席の窓がゆっくりと下りていく。現れたのは、瘦せた中年男の顔だった。当真によく似ていた。彼の目を両目とも細くし、三十歳ほど老けさせたらこんな顔になるだろう。

「父ちゃん」

低く、当真が言った。

「……事件が話題になればなるほど、金になんだろ？」

「え？　なんだって？」

「そりゃあいいや。親父殺しなんて、めちゃ話題になるよなあ」

「ああ？」

訊きかえす父の声を無視し、当真は銃を抜いた。細くひらいた勝手口の隙間から、銃口を突き出す。

「――ガキの頃から、てめえが大嫌いだったぜ」

引き金の指に力がかかった、その刹那。

真横からなにかが飛んできた。

それは当真の肩に当たった。威力はなかったが、驚いた当真はバランスを崩した。引き金を引いた手が、銃ごと上へ跳ねあがる。

轟音《ごうおん》が響いた。

弾丸は扉の上枠のアルミプレートに当たって跳ね、天井板を貫通した。二階の家具か、家電に食い込んだ気配がした。司がこれほど神経を研ぎ澄ましていなければ――平常ならば、悟れるはずのない気配であった。

司は、当真の肩に当たったそれを見下ろした。

オレンジジュースの空き缶だ。次いで、カウンターの外に目をやる。

和歌乃だった。落ちていたジュースの缶を、彼女が当真に投げつけたのだ。縛られていたその手が自由になっていることに、司は瞠目した。

ほぼ同時に、蓮斗がわっと泣きだした。

発砲が引き起こした耳鳴りを聞きながら、司は悟った。

ずっと和歌乃は蓮斗と身を寄せ合っていた。怯えのためではない。当真の隙を見て、お互いの手首のテープを剝がそうとしていたのだ。

そしてその試みはなかば成功した。和歌乃の手はおそらく、すこし前から自由だった。

――しかし和歌乃は、じっとしていられなかった。

銃口とミニバンの間には、警官がいた。野次馬もいた。誰に弾が当たるかわからぬ状況だった。誰かが撃たれるとわかっていて、見過ごせる子ではなかった。

ミニバンの窓が閉まった。銃声に驚きを隠せずにいる警官や機動隊員を後目に、猛スピードで走りだす。すぐに見えなくなる。

「てめえ！」当真が怒鳴った。

振りむいたその顔は、まさに憤怒の形相であった。首から上が真っ赤だ。眉が吊りあがり、人相が変わっていた。

当真はスイングドアを撥ね飛ばし、厨房を出ると和歌乃の胸ぐらを摑んだ。摑んで、壁に叩きつける。

和歌乃の悲鳴が湧いた。銃口が和歌乃の額に向く。

「やめろ！」

司は叫んだ。叫びながらフライパンを摑み、当真めがけて投げつけた。

だが狙いはわずかにそれた。フライパンは当真の頭をかすめ、壁に当たって落ちた。

当真が喉をひゅうっと鳴らすのがわかった。

振りかえる。振りかえって、司を睨む。

彼の両の瞳孔がひらいているのを、司ははっきりと目でとらえた。当真の右手が上がる。その手に握られた銃が、いや銃口が、司を真っ向から――。

「駄目だ！」

細い叫びが制した。

慶太郎であった。彼はおどおどと当真を見て、

「駄目だよ」と繰りかえした。

「当真くん。あと二発しかないんだ。銃がなかったら、ぼく……ぼくらは、駄目だ」

抑止力がなくなる、と言いたかったのだろう。

当真にもその意味は通じたようだ。

彼の憤怒が引いていく。顔にのぼっていた血が引き、みるみる白茶けた表情になっていく。相変わらず、感情の切り替えが異様なほど早い。

切り替えられそうにないのは、司のほうだった。

スマートフォンの向こうから「司！　おい司！」と呼ぶ幾也の声が聞こえる。額の汗を拭い、司は口中でつぶやいた。

——あと二発。

4

幾也は大迫の采配に見とれていた。

いままさに眼前で、事件が解決しようとしている。その匂いと熱気を感じた。

自然と掌に汗が滲み、興奮でうなじの毛が逆立った。

だから彼は気づかなかった。右手に握りしめたスマートフォンから洩れる音に。間瀬当真が父親と交わす会話に、まったく意識がいっていなかった。

通話はスピーカーフォンのままだ。だが周囲の話し声や、ＯＡ機器が立てる音や無線にかき消されてしまっていた。

大迫が、携帯電話で指揮本部の梶本と話している。

「『ななヰ』の女将の証言は録画してある。データをそっちに送らせるから、鶴井和世の証言と合わせて監察官に渡してくれ。同じ内容を、本部長にもメールで送っておくんだ。すまんが、こっちは雑用をやってる暇がない」

ふいに大迫が幾也に声をかける。

「三好、『千扇』の番頭を知ってるか？」

「あ、はい」

幾也は急いで答えた。くだんの番頭の、干し柿のような顔が脳裏に浮かぶ。

「子どもの頃から知ってます。『やぎら食堂』の常連の一人ですよ。客に対しては腰が低いですが、旅館の番頭にしては陰気な男です」

「海千山千のタイプか？　恫喝が効きそうな男か」

「海千山千は女将のほうです。番頭はその言いなりという印象ですね」

「なるほど」

大迫はうなずき、出入口に立ったままの捜査員に言った。

「おい、織田とかいうその番頭を連行してこい。時間がない。指揮本部でなく、ここに直接連れてくるんだ。いいか、絶対に千川絲子には悟られるなよ」

大迫は志波を見て「おまえも行け」と命じた。

「こいつはおれの勘だが、科捜研のプロファイルはおそらく的を射ている。織田をパトカー《PC》に連れこんだら、プロファイルのプリントを読みあげろ。『犯人のことなど、警察はとうにお見とおしだ』とハッタリをかましまくるんだ。証言するなら見逃してやる、とも匂わせろよ。ハッタリはおまえの得意分野だろう」

「大の得意です。まかせてください」

即答して、志波は立ちあがった。勢いこんで部屋を出ていく。階段を駆けおりる足音が遠ざかる。

大迫は携帯電話を握りなおし、指揮本部《シキテン》に言った。

「あとは蒲生明弘だ。やつの自宅に見張りを送れ。人員が足りんのは承知だが、最低でも三人はほしい。くれぐれもマスコミに気づかれ――」

しかし言葉はなかばで止まった。大迫の語尾を、鋭い轟音がかき消した。

銃声であった。『やぎら食堂』から轟いた音だ。

幾也ははっとし、手の中のスマートフォンに叫んだ。

「司！」

しばしの間、答えはなかった。

「司！　おい司、答えろ！」

幾也の背を、冷や汗がつたう。だがやがて、あえぐような呼吸音とともに、

「――大丈夫だ」

司の声がした。

「誰にも当たっていない。大丈夫だ。――誰も、怪我はない」

司の声は震えていた。動揺が伝わってきた。しかし発声はしっかりしており、言葉もなめらかだった。

　室内のあちこちから、安堵のため息が洩れた。

「なにがあったんだ」

「当真の父親が、コンタクトを取ってきた。ネットテレビの連中と一緒だそうだ。当真が父親に向かって、発砲して……。でも、当たらなかった。うちの天井板に穴があいたが、それだけだ」

　司の声音は疲れきっていた。

　幾也は己の頰の内側を嚙んだ。肉が破れ、血の味がするのがわかった。

　なんてことだ、と思った。

　なんてことだ、目の前の解決劇に夢中で、己の役目を忘れていた。この回線を死守し、食堂内の動きを逐一確認することがおれの使命だというのに。

　幾也は司に現状を簡単に報告したのち、大迫を振りかえった。

「すみません」

　深く頭を下げる。声が、無残にひび割れた。

「目の前の動きに、つい気を取られ……、スマホから注意をそらしました。すみませんでした」

「気持ちはわかる」大迫が低く言った。

「だが、次はないぞ」

「はい」

　幾也は頭が上げられなかった。苦い悔恨が胸をふさいでいた。

大迫が無線係に首を向ける。

「ＳＩＴの矢田野と繋いでくれ」

矢田野はすぐに応答した。

大迫が矢田野に、「若手に野次馬を調べさせろ」と命じたのは一時間半ほど前だ。だが半日も経った気がする、と幾也は思った。

「三発目の銃声ですね」

矢田野が言う。大迫が顔をしかめて「ああ」とうなずいた。

「報告ですが、野次馬の中に有力なマル被候補はいませんでした。しかし――」

「すまん」

大迫は遮った。

「振りまわしてすまんが、早急にＳＩＴの隊員を前線へ戻してほしい。どうやら人質より、犯人のほうが限界のようだ。警官隊の中におまえんとこの隊員をすこしずつ混ぜるか、もしくは入れ替えていきたい。マル間の『隊員の顔を覚えた』という言葉はハッタリだろうが、念のため後列にいたやつから先に混ぜてくれ。マスコミにも、野次馬にも気づかれずにやれるか？」

矢田野は可能とも不可能とも言わなかった。

ただ「やります」とだけ答えた。

「時刻は八時半を過ぎました。夜は完全に明けた。肩のワッペンは目立つので、紺のテープを貼って隠します。十分ごとに、隊員を五人ずつ潜りこませます」

「よし、頼んだ」

大迫は声を張った。

「事件も大詰めだ。一時間以内に、全隊員を前線へ戻してくれ」

次いで大迫は、指揮本部と繋いだままの携帯電話に言った。

「いまの会話を聞いていたな？　前線の動きは以上だ。そっちは『千扇』の番頭が吐き次第、令状《レイ》請求《セイ》をかけられるよう準備しとけ。浮かんだマル被に、超特急で家宅捜索《ガサ》を入れるぞ」

5

司は厨房の棚にもたれ、当真を眺めた。

カウンターのストゥールに腰を落とし、当真は放心している。

蓮斗の手首を縛ったテープは、和歌乃と同様、ぼろぼろにちぎれかけていた。和歌乃が当真たちの目を盗み、爪で根気よく擦った成果だ。だがその努力もむなしかった。和歌乃と蓮斗は、ふたたび両手をガムテープで拘束された。

慶太郎が二人を縛り終えるのを見届け、当真がストゥールに座りこんだのが、つい二、三分前である。

糸が切れたような放心ぶりだ、と司は思った。

当真が父親を嫌っていることは、言葉の端ばしから察していた。

母親について語った内容の大半は嘘だった。しかし父をろくでなしと軽蔑していること、自分の生い立ちと環境を唾棄していることは真実だろう。

――だが、まさか発砲するとは。

一部始終を目の当たりにした司にはわかる。あれは、本物の殺意だった。当真は己の実父を、本気で殺すつもりで引き金を引いた。

だがその殺意は不発に終わった。

おそらく計画外だったはずだ。当真の反応を見るに、父親を撃とうとまでは考えていなかった。

しかしいざ父親に対峙した瞬間、抑えきれない殺意が噴き出した。手の中の銃の重みが、胸の底にわだかまっていた殺意を形にしたのだ。

当真はいま、己に失望していた。父に当たらなかった弾丸に、父を仕留められなかった自分にがっかりしていた。

やがて、ふっと当真が顔を上げた。

ストゥールに座ったまま、体を回転させる。壁ぎわに座っている人質の二人を見やる。

「……なに、笑ってんだ」

抑揚のない声だった。

両の目は、やはり黒い洞だった。

当真はかたわらの慶太郎を見上げ、「なあ」と言った。のろのろと手が上がり、和歌乃を指さす。

「なあ、こいつ、おれを見て笑ったよな？」

慶太郎が怯《ひる》むのがわかった。答えに困っている。

代わりに声を上げたのは、和歌乃本人だった。

「何言ってんの、馬鹿じゃん？」

刃物のような声だった。

母親のことで傷つけられてから、和歌乃は当真への反感を一秒たりとも隠していない。その反感が、さきほどの発砲で頂点に達していた。

だがそれは当真も同じだった。洞じみていた目に、瞬時に炎がともった。怒りと憎悪の炎であった。

「二度と言うな」

唸るように、当真は言った。

「いいかメスガキ。二度とおれを、馬鹿と呼ぶんじゃねえ」

当真がストゥールから立ちあがる。

司は急いで周囲に目を走らせた。さきほどのように、投げつけられる鍋や釜のたぐいを探した。しかし遅かった。すでに当真は和歌乃に駆け寄り、利き腕を伸ばしていた。

「やめろ！」

司は叫び、まな板を摑んだ。

しかし投げつける前に、和歌乃の悲鳴が上がった。

驚いたことに――当真が同時に、ぱっと彼女から手を離した。その顔には、はっきりと驚愕が浮かんでいた。

和歌乃がふたたび叫ぶ。

「なにすんだよ、変態！」

当真は反論しなかった。怖いものでも見るかのように和歌乃を眺め、数歩後ずさった。そして己の右手と、和歌乃の顔を何度も見比べた。

——なんだ？

司は目を瞬《しばたた》かせた。

次いで、眼前で起こったことをようやく理解する。

当真は和歌乃の胸倉を摑もうとして腕を伸ばした。しかし怒りで目測が狂い、その手は彼女の胸に触れた。

和歌乃が悲鳴を上げたのはそのせいだ。そしてかん高い声や音を嫌う当真は、思わずぎょっとして手を離した。

それだけだ。司は心中でつぶやいた。いや、それだけだと思いたかった。

——だが、そうじゃない。

空気が変わったことを、司は皮膚で察した。

さっきまでとは違う。この籠城は、一瞬にして違う局面に突入した。その証拠に、当真が和歌乃に悪態をつかない。

「変なもん触っちまったぜ」「気持ち悪りい、ウゼえ」とこれ見よがしに喚かない。あれほど女嫌いを公言していた当真が、だ。

——いや待て。そもそも当真はほんとうに女嫌いだったのか？

司はめまぐるしく頭を回転させた。

生い立ちによって、当真が女性嫌悪に傾いたことは疑いがない。

当真の成育環境は、つねに性風俗と直結していた。大叔父はストリップ小屋を経営し、父親はその店の呼び込みで生計を立てた。家に出入りするストリッパーや風俗嬢たちには性的なちょっかいをかけられた。

情操教育に最適な環境とは、およそほど遠い。だからだろう、当真は男児にばかり性的ないたずらを仕掛けてきた。

——そうだ。おれは最初から思っていたんだ。当真が同性愛者かはあやしい、と。

精神的に未熟で知識もないため、身近な女性への嫌悪と性的指向をごっちゃにしているのでは。そう疑っていた。その判断はいまも大きく変わっていない。

——だが、だとしたら。

当真はカウンターに戻り、ちらちらと横目で和歌乃をうかがっている。あきらかにその目には、いままでと違う色があった。

思わず司は拳をきつく握った。まずい、と口中でつぶやく。

その手でじかに触れたことで、当真が和歌乃を欲望の対象と見なしはじめた。しかも蓮斗に向けていた情欲より、よほど深刻でなまなましい。

当真は父への殺意を昇華できなかった。そんな自分に失望していた。

自分に自信を失ったとき、非行少年の多くが暴力に走る。おれはカスじゃない。取るに足らないゴミじゃない。その証拠に、相手を叩きのめすことができる。思いどおりにできる。支配できる。そう自分自身に言い聞かせるため、彼らはもっとも手近でシンプルな手段を取る。

——その手段とは、喧嘩、リンチ。そして強姦。

司のうなじに、冷えた粘い汗が浮いた。

未熟な男の性欲は、しばしば攻撃欲と混同される。その果てに起こる行為が強姦だ。このたぐいの男は愛情でなく、憎悪による興奮で勃起する。

——そして当真はいま、和歌乃と憎みあっている。

当真と和歌乃を、司は交互に見やった。

さきほど当真は「おれが女嫌いだから、強姦《ツッコミ》はねえと思ってんだろ?」と言いはなった。あの台詞はただの威嚇だった。

——しかし、いまは違う。

司は厨房を見まわした。

刃物はひとつもない。すべて慶太郎に渡してしまった。あるのはキッチンばさみだけだ。先端が尖っていて刃と呼べるものは、これのみである。

——いざとなれば、これで立ち向かうほかないか。

ごくりと司はつばを吞みこんだ。

6

志波を送りだしたあと、大迫は指揮本部の梶本と話を付けた。

「蒲生明弘は八年前、尾室署管内で逮捕されているそうだ。状況や被害者の様子など、逮捕時の詳細を知りたい」

きびきびと大迫は言った。

「指揮本部から尾室署に連絡を取ってくれ。できれば調書を取った取調官《シラベカン》から、明弘の印象などを聞きたい。もしシラベカンが退職済みなら、供述調書だけでもかまわん。ナルハヤで頼む」

「了解です」

梶本が通話を切った。

大迫は携帯電話を伏せ、ノートパソコンの担当に指示を飛ばした。

「おい、蒲生忠弘元警部の履歴を出してくれ」

「お待ちください」

素早く捜査員はＩＤを打ち込んだ。県警のデータにアクセスし、表示された情報を読みあげる。

「えー、蒲生忠弘、一九四五年生まれ、出身地は磐垣市大字落土《おちうど》。県立縣《あがたみなみ》南高校を卒業後、規定どおり警察学校を経て磐垣署に着任。二十七歳で専務入りし、警備課に所属。三十六歳で巡査部長の昇進試験に合格。翌年、生活安全課へ異動。四十三歳で警部補となり、同課少年係の係長に昇進。五十五歳で警部に昇進し、同課課長に就任。勤続中に目立ったトラブルや訓告などはありません」

「ふん。揉み消してりゃあ、トラブルがなくて当然だわな」

大迫は顎を撫でた。

「十六年前に定年退職したんだったな？　では三田獅音が殺されて埋められた二十一年前、やつは課長に就任したわけだ。事件を機に、生安《セイアン》課を牛耳って私物化しやがったか」

無線が鳴った。ＳＩＴの矢田野からであった。

「こちらＳＩＴ。報告いたします」

「こちら前線。どうした」

「隊員を順調に五名ずつ戻せており、いまのところ目立った混乱はありません。マスコミに気づかれた様子もなさそうです。予定どおり、一時間以内に全隊員を前線へ送りこめる見込みです。――ならびに」

矢田野は声音をあらためて、

「さっき言いかけた件ですが、やはり大迫補佐にご報告しておこうかと」

と告げた。

大迫が片眉を上げる。

「言いかけた件？　なんだ？」

「さきほどわたしは『野次馬の中に有力なマル被候補はいませんでした』と申しあげました。そのつづきです」

矢田野が息継ぎする間に、幾也は片耳に付けたスマートフォンに集中した。

店内からとくに騒ぎや悲鳴は聞こえてこない。司の声もない。異変はないようだ、と判断し、大迫と矢田野の会話に意識を戻した。

「前線のテントに居座っている、『千扇』の女将夫婦です」

矢田野が切りだす。

「あの二人は妙ですよ。テント内でもテレビで中継を観ていますが、『子どもたちが心配だ』と連発するわりに、ほとんど籠城劇に興味を見せません。そのくせ帰るわけでもなく、店の評判を気にしてマスコミ連中に媚《こ》びるでもない」

「それはわかる。あいつら夫婦は臭う」

大迫が同意した。

「とくに千川絲子はな。あの女が人殺しだとしても、おれはちぃとも驚かんよ。とはいえ、あの女は金がらみで殺すタイプだ。一銭の得にもならん殺しをするタマじゃない。小児性愛者とも思えん」

同感だ。幾也は心中でうなずいた。

幾也とて、もとは刑事課の捜査員である。今回の一連の殺人にすこしでも金の臭いがあれば、すぐに絲子を容疑者の一人に据えただろう。

――でもこの連続殺人は、凌辱と暴力の腐臭しかしない。

そんな幾也の考えを遮るように、

「わたしが疑っているのは、ヒモ亭主のほうです」

矢田野が言った。

「ヒモ亭主――根木達也と言いましたっけ？　やつは暇なのか、何度かテントを出ては煙草《たばこ》を吸いながら野次馬を眺めていました。その視線の動きを追うと、やつの興味が女性でもなく少女でもなく、少年であることがはっきりわかりました。おまけにいっとき、野次馬の一角が将棋倒しになる騒ぎがありましてね。根木のやつ、怪我して血が出た男の子の脛を、食い入るように見てましたよ。尋常な目つきじゃなかった。確か犯人は、被害者の体の一部を切りとっていますよね？」

「ああ。脚部じゃなく舌だがな」

「やつのこまかい嗜好《しこう》まではわかりません。しかし、痛がる少年に興奮していたことは確かです。指だの舌だの、体の先端というのは神経の束ですからね」

ふむ、と大迫は考えこんだ。

「言いたいことはわかる。だがあの絲子が、わざわざ人殺しのヒモなんぞ飼うとは思えんのだよ。あの女は、他人の面倒ごとをすすんで背負うタイプじゃない。男に本気で惚《ほ》れるタイプでもない。もし根木達也が犯人なら絲子はすぐに気づいただろうし、テリトリーから放りだしただろうさ」

彼が首をかしげたとき、携帯電話が鳴った。

指揮本部の梶本からであった。

「磐垣署の署員は、生安課員にかかわらず一時的に人ばらいさせました」

先にことわってから、梶本が言葉を継ぐ。

「尾室署のシラベカンはやはり退職していましたが、供述調書のスキャンデータを入手できました。八年前の十月十八日、当時六十一歳だった蒲生明弘は下校途中の女児に『道に迷った。携帯電話を貸してくれ』と声をかけ、女児が応じようと足を止めると、その腕を摑んで小路に連れこもうとしたようです」

「女児は無事だったのか」

「声を上げて抵抗したため、学童擁護員の女性が駆けつけて無事でした。逃げようとした蒲生明弘は同じく擁護員の男性に捕まり、そののち交番勤務員《ガイキン》に引きわたされました」

「確か、不起訴になったんだよな？」

「被害者家族との示談が早ばやと成立しましたからね。書面で陳謝した上で、示談金は五十万円だったようです。まあこういったケースは親も大ごとにしたがりませんから、無理はないかと」

「余罪のほうはどうだ」

「尾室署にはこれ一件のみです。磐垣署には――」

「履歴が残っているわけないやな」

「残念ながら、そう思います」

梶本はいったん認めて、

「だが余罪はあるはずです。手口が慣れており、ためらいがない。対象が狭い小路に差しかかった手前で声をかける等、計画的でもあります。またこの女児は、明弘に腕を引かれた際に脱臼していました」

「小学生相手に、暴力も辞さん男ってわけか」

「そのとおりです。生安課長の兄という後ろ盾を得て、エスカレートしたことも想像に難くありません」

「だよな」大迫は考えこんだ。

梶本がつづける。

「蒲生明弘は三十二歳で見合い結婚し、一児をもうけたものの四十一歳の秋に離婚しました。その後はずっと独り身で、親が建てた実家に住みつづけています。離婚の理由は不明ですが、慰謝料は明弘側が払ったようですね。近隣の評判は、お世辞にもいいとは言えません」

ふむ、と大迫が唸った。唸りながらつづける。

「やはり蒲生明弘が固いか。とはいえ、気になる点もあるぞ。八年前の蒲生明弘の被害者は女児だった。まあロリコンは男女の区別なく襲うやつが一定数いるから、疑問とまでは言えんが――」

そこまで言ったところで、

「すみません、電話が入りました。すこしお待ちを」梶本が遮った。

なにやら背後でやりとりしているようだ。

大迫が幾也を振りかえった。

「三好、おまえ歳はいくつだ？」

「え、はい。三十一です」

「蒲生の年齢からいって、二十数年前はすでに〝現役〟だ。泥首で生まれ育って、変質者に声をかけられたことはあるか？　おもに小学生の頃にだ」

「何度もあります」

「そうか。ことによっちゃ、面通しに参加してもらうかもしれん」

大迫が顔の向きを戻すと同時に、梶本が送話口に戻ってきた。

「蒲生明弘宅に送った見張り《シキテン》からでした」

声音に苦渋が滲んでいた。

「どうも静かすぎるので、近隣住民に尋ねてまわったそうです。隣人によれば、明弘は三日前から留守だそうでして」

「なに？」大迫が目を剝いた。

梶本がさらにトーンダウンする。

「磐垣市長後援会の慰安旅行だとかで、四泊五日で伊豆に繰りだしているようです。兄の忠弘が後援会長ですから、その繋がりでしょう」

「三日前から留守、ということは――」

大迫の語尾が消える。

思わず幾也も顔をしかめた。ということは、窪井聖了の殺害と死体遺棄は蒲生明弘ではあり得ない。強固なアリバイが生じることになる。

「あー……、いや、待て。明弘宅のシキテンは、そのまま待機させせろ！」

片手で額を押さえつつ、大迫が叫んだ。

「兄貴の忠弘が協力して、弟のアリバイ工作をしている可能性も否めん。梶本さん、あんたは慰安旅行とやらの裏を取ってくれ。蒲生明弘が伊豆の旅館にほんとうにいるか、確認するんだ。それから女児を脱臼させたときの、明弘の反応も知りたい。調書に残っていないなら、当時の捜査員を捜してくれ。どちらも至急だ」

ほぼ同時に、前線本部の捜査員から新たな情報が入った。

根木達也の逮捕歴である。

再検索したところ、指揮本部が志波に渡した前歴者リストに、達也の名も載っていたのだ。ゲームセンターで知り合った男子小学生をトイレに連れ込み、殴ったという罪状だった。

「蒲生明弘と同じく、磐垣署の管轄外での逮捕です。なお示談ではなく、小学生の親が被害届を取り下げたため、起訴されずに終わっています」

「子どもにいたずらした余罪は？」

「それはありません」

達也の逮捕歴はほかに三度あった。

どれも磐垣署管内で、微罪である。酒気帯び運転で二回。泥酔しての器物損壊が一回。器物損壊はキャバレーの看板灯籠《どうろう》を蹴り壊したもので、すぐさま示談になっていた。

「ちなみにどこのキャバレーだ?」

「泥首温泉街の店です」

「では絲子が出張ってこられるな。彼女が示談を取りつけたに違いない」

唸るように大迫が言う。

「あの女将なら、赤ん坊への傷害だろうと示談にしてみせるだろう。とはいえ、この程度の情報じゃあな……」

彼の慨嘆を横目に、幾也はスマホに耳を澄ました。

やはり『やぎら食堂』の店内に異常はない。ほっと息をついたとき、階下が急に騒がしくなった。階段をのぼってくる足音がする。二人ぶんの足音だ。駆けるような足音と、それについて歩くためらいがちな足音だった。

「大迫補佐。ただいま到着しました」

がなるような声とともに現れたのは、志波だった。次いで彼の肩越しに、しなびて青ざめた顔が覗く。

温泉旅館『千扇』の番頭、織田であった。

7

幾也の目にも、織田はすっかり観念しているかに映った。

子どもの頃から見知った陰気な顔だ。また『やぎら食堂』の常連でもある。先代店主の時代からあそこのレバニラ炒めが好物で、週に一、二度は必ず顔を見せていた。

志波が大迫の耳に口を寄せ、ささやく。

「『全面的に警察に協力し、すすんで証言するなら不起訴の可能性はあるぞ』とさんざん吹きこんでおきました。反応からして効果ありです。あと一押しで吐くでしょう」

「ご苦労」短く大迫はねぎらった。

「さて」

畳に正座した織田の前に、大迫はあぐらをかいた。

「『千扇』の織田さんだったな？　この事件の捜査主任官をつとめる大迫だ。よろしく頼む。――おい、いいぞ。まわしてくれ」

すぐ横に立つ、ビデオカメラを抱えた捜査員に顎をしゃくる。

「すまんな、織田さん。いまは調書用のメモを悠長に取ってる暇がないんだ。まあ密室の取調室でもなく、一部始終を録音録画されるほうが、あんただって間違いがなくて安心だろう」

「安心……」織田がふっと自嘲するように笑う。

大迫はそれを無視し、つづけた。

「三田江美子といい仲だったそうだな」

「江美子？　なんですかそれ」

織田はあからさまにいやな顔をした。「いったいいつの話をしてるんです。そんな大昔のこと、いまさらやめてくださいよ」

「大昔のわりに、思いだすのが早いじゃないか。江美子はいまどこだ？」

「知りません。二十年も前にふらっと泥首を出て、それっきりです。電話一本ありゃしません」

「ほう。では獅音くんはどうだ？」

織田が反駁を呑みこむ。

傍《そば》で見守る幾也の目にも、顔いろが変わったのがわかった。スマートフォンの向こうが静かなのを確認し、幾也は織田に目を戻した。

「江美子の息子の獅音くんだ。なんでいまこの名を出すか、あんたには意味がわかるだろう？　わからんわけがないよなあ」

大迫の声はやさしかった。猫撫で声と言ってもいいくらいだ。

織田はなにか言いかけて黙り、手をせわしなく揉み合わせた。額に、じっとりと脂汗が滲みだす。

織田は何度かあえぎ、唸った。

だがやがて諦め、がっくりと肩を落とした。

「……わ、わたしじゃあない」

「じゃあ誰だ」

「江美子です。江美子のやつが……」

ひびわれた声だった。

「あいつが、悪いんです。親のくせして、あの子を邪魔にしてばっかりで……。いらないなら、産まなきゃよかったんだ。わたしの目から見ても、あいつはひどい母親だった。子どもを、小遣い稼ぎの道具としか思ってなかった」

「その小遣いってのは、蒲生兄弟からせしめた金のことか？」

　ぎくりと織田の肩が強張る。

　上目づかいに大迫をうかがったその顔には、絶望があった。「やはり全部知られているんだ」という絶望であった。

「あんたから見て、蒲生兄弟はどんなやつだ？」

　大迫が問う。

　織田はうつむいた。

「……どちらも、クズですよ。ですが兄貴の忠弘のほうは、まがりなりにも公務員をつとめただけあって、まだマシです。おぼこい素人くさい娘が好きでね、一度抱いた女には興味をなくすから、その都度新しい女をあてがわなきゃならない。面倒くさいっちゃ面倒くさいが、ただの助平《すけべ》じじいです」

「弟の明弘は？」

「どうせご存じなんでしょう……。子ども好きの、アレな野郎ですよ。離婚の原因だって、てめえの娘にちょっかいを出したからだ。まだ五歳にもならない子にいたずらしたってんだから、鬼畜もいいとこです」

「その鬼畜に、子どもを斡旋してたのはどこのどいつだ？」

　大迫の声が低くなる。

「ネタは上がってる。ピンク系の売り上げを誇る『千扇』の女将は、磐垣署の生安課風紀係と昵懇《じっこん》だったんだな？　課長の忠弘には若い女、弟の明弘には子どもを斡旋して、日常的に〝接待〟してやがった。だったら番頭のあんたが、そこに噛んでいないわけがない」

「わたしになにができたっていうんです」

織田が声を上げた。

「わたしゃあ中卒だ。十六になる前から『千扇』で働いてきたんだ。女将に逆らってクビになったら、どこにも行き場所なんかない。こんな歳で路頭に迷いたかぁないですよ。人間なら、当たりまえの感情でしょう」

「感情ね。なら訊くが、あんたは三田獅音に対してちょっとの情もなかったのか？」

大迫が織田に顔を寄せた。

「何度も顔を合わせていただろう。ほんのちょっとも、可愛いと思ったことはなかったのか」

「……子どもをいちいち可愛いだの可愛くないだのと言ってたら、泥首じゃ暮らしていけませんや」

すねたように織田は言った。

「殺されたことは、知ってたんだな？」

大迫が尋ねる。

無言で織田は目をそらした。

「獅音くんの遺体は、小笹川の河原から発見された。彼は江美子に連れられて泥首を出たんじゃなく、二十一年前からあそこに埋められていた。――知っていたな？」

「さっきも言ったように、わたしにはなにもできなかったんです」

織田は首を振った。

「わたしが知ったときには、獅音はもう死んでた。江美子は泡を食って、とっととトンズラして……。そうなったら、もう、どうしようもないじゃないですか。それに、わたしが殺したわけじゃない。わたしだって苦しかったんだ。責められる覚えはない。ええ、わたしゃむしろ、被害者ですよ。女将の横暴に、長年苦しめられてきた被害者だ」

語尾が涙声になり、揺れた。

「あんたはもう終わりだ」

大迫が告げる。

「ええ、わかってます。終わりだ」

「わかっているなら、全部しゃべるんだな」

大迫の声は場違いなほど穏やかだった。

「中卒だなんだと謙遜しても、あんたは老舗旅館の番頭だ。計算できるおつむを持った男だ。これ以上ごねても、警察の心証を悪くするだけだとわかってるだろう？」

「と、取引を」

織田があえぎ、洟を啜る。

「司法取引を、お願いします。……罪を認めて、情報を提供したら、起訴しないでいてくれるってやつ……。して、もらえませんか」

幾也は息を殺し、二人のやりとりを聞いていた。

――織田は、犯人を知っているだけではない。

そう確信した。

日本で司法取引制度が導入されたのはごく近年である。おそらく織田は深く知らず、海外ドラマか映画で得た知識をしゃべっただけだろう。

だが、それこそが自白だった。起訴されるだけの罪を背負う自覚があるからこそ、彼は司法取引などとみずから言いだしたのだ。

「わかった。担当検事に口利きしてやろう」

大迫がやさしく言った。

織田の顔は蒼白だった。いまにも卒倒しそうに見えた。

その唇が震え、わななき、そうして彼はついに吐いた。

「わたしなんです」

一昨日の夜中、聖了って子の死体を河原に捨てたのは、わたしです——。

重い告白だった。

室内の空気が張りつめた。しかし大迫は眉ひとつ動かさなかった。それで？　と目でつづきをうながす。

織田は呻くように言った。

「こ、今度の立てこもり事件が起こってからというもの……生きた心地が、しませんでした。『犯人がわかり次第、テレビで名前を言え』なんて、間瀬のガキが要求した、と知って……。わたしもついにここまでか、と……」

織田は唇を紫にしていた。

「で、でもわたしゃあ殺してません。女や子どもを、蒲生たちにいくらか斡旋してきただけです。

死体の始末に手を貸したのだって、今回がはじめてですし」

「ああ、信じるよ」大迫がうなずく。

おれも信じる、と幾也はひとりごちた。

この男は腰抜けのクズだ。しかし人殺しにはなれまい。その度胸もなければ、切羽詰まった欲望も感じない。殺人者特有の、濁った激情の臭いがしない。

「だがなぜ、今回の死体はおまえが始末したんだ？」

「頼まれたんです。四十肩だそうで。肩が痛くて、腕がうまく使えないと言われて……。コロナで人員整理したこともあって、人手も足らんかったし」

「埋めずに遺棄したのはなぜだ？」

「最近、河原の近くに街灯が立って、あのへん一帯が明るくなったでしょう。覗き部屋から出てきた団体客に、見られそうになったもので、つい……」

死体を置いて逃げました、と織田は身を縮めた。

「明るくて危険なら、別の場所に埋めようとは思わなかったのか」

「あそこじゃなきゃ、駄目らしいんです」

大迫の問いに、織田がさらにうつむく。

「なんというか……、こだわりが、あるみたいでして」

こだわりか。科捜研の心理担なら「秩序型連続殺人犯の典型的特徴」とでも言いそうだな、と幾也は思った。

手の中のスマートフォンへ耳を傾ける。

やはり『やぎら食堂』は静まりかえっていた。

8

「織田が吐いて、これで犯人は確定か」

泥のようなコーヒーを片手に、志波がつぶやく。

幾也はうなずいた。「ええ」

情報の裏を取った結果、蒲生明弘は伊豆の旅館に確かに滞在していた。市長や兄の忠弘とともに三日前から泊まっており、不審な点はなかった。

「蒲生明弘では、なかったんだな」

志波が窓の外のテントへ目を向ける。言葉のつづきは、幾也が胸の内でつぶやいた。

――根木達也。

温泉旅館『千扇』の女将、千川絲子のヒモ亭主だ。

資料によれば四十七歳。四十肩で腕が上がらなかったのも納得の年代である。

達也は膣から血を流す少年を見て、目のいろを変えた。対照的に蒲生明弘は女児の脱臼を知って動転し、現場から逃げようとしたという。同じ小児性愛者でも、嗜好の違いはあきらかであった。

指揮本部と無線を繋いだ大迫が、声を張りあげる。

「捜索令状《ガサフダ》は何分で取れそうだ！」

「十五分！　いえ、十分で取ってみせます」

応じる梶本の声も、興奮でうわずっていた。

「裁判官には、すでに本部長から話を通してあります。取れるはずです」

「よし、捜査員を千川家へ向かわせろ。確保できるありったけの人員を送れ。フダが届き次第、踏みこむんだ。鍵屋の手配も忘れるなよ」

無線が切れた。

「検察はほんとうに、織田と司法取引するでしょうか？」

志波が大迫に尋ねる。

「さあな。知らん」

大迫の答えはにべもなかった。

「起訴云々の匙かげんは検察《むこう》の領分だ。おれたちの役目は、悪党を逮捕するところまでだからな。その先までかまっちゃいられんよ」


以降は、幾也がのちに捜査報告書から知った内容である。

時刻は午前九時四十二分。

裁判官を急かしに急かして発行させた捜索差押許可状を手に、先頭の捜査員が千川家のインターフォンを押した。

チャイムに応え、中から扉がひらく。

鍵を預かっているという家政婦が、いっせいに雪崩《なだ》れこむ捜査員たちに目を白黒させた。「県警です！　捜索差押許可状により家宅捜索を執行します！」と言ったきり、彼らは無言で次つぎと邸内へ上がりこんだ。

一階の間取りは座敷、仏間、居間、ダイニングキッチン、そして水まわりと納戸であった。納戸には不自然なほど厳重な鍵がかかっていた。

家政婦の許可は得ず、捜査員は同行の鍵屋に錠前をこじ開けさせた。

窓のない納戸は真っ暗だった。壁を探り、電灯のスイッチを入れる。三十ワットの電球が照らしだしたそれに、捜査員は唸った。

「――マジか、あの野郎……」

納戸の上段の棚には、ジャムやビタミン剤の空き瓶が六本並んでいた。透明な液体で満たされ、白っぽい塊が底に沈んでいる。

舌だった。

正確には、舌の先端のホルマリン漬けだ。

大きさからいって、子どもの舌に間違いなかった。

約十分後、捜査員は犯人の自室とおぼしき部屋のクロゼットから、プラスチック製の収納箱を発見した。

開けてみると、子どもの肌着が十枚ほどまるめて突っこんであった。その場で急いで確認する。男児の下着が八枚、子ども用の靴下が二組だった。どれも洗濯されておらず、うち数枚には、精液が付着して乾いたらしき痕跡が見られた。

捜査員は警察支給の携帯電話を取りだした。前線本部でじりじり待っているはずの、大迫の番号を呼びだす。

証拠品を押収できた、と知らせるための電話であった。

大迫がその報せを受けた数分後、根木達也と千川絲子は逮捕された。しれっと前線のテントに居座りつづけていた二人は、志波たち捜査員に急襲されたのだ。有無を言わさず志波は、彼らの両手に手錠を嵌めた。

パニックに陥ったのは達也だった。

絲子が逮捕されたことによる恐慌であった。

「ママにさわるな！」と彼は捜査員に食ってかかり、子どものようにその場で泣きわめいた。

絲子は対照的に顔いろひとつ変えず、

「なにもしゃべるんじゃないよ！」

達也に向かって怒鳴った。

「おまえはなにもしゃべるんじゃない。ママに全部まかせておきな！」

しかし絲子の忠告はむなしかった。

絲子と引き離され、別室で志波と対峙した達也は、赤子同然だった。べそべそと泣きつづけ、千川家が家宅捜索されたこと、舌のホルマリン漬けや下着を押収したことを聞かされると、たちまち白旗を上げてしまった。

しゃくりあげながら、達也はあらいざらい自白した。

「達也が吐いた」という報せを、大迫は前線本部の室内で、千川絲子と向きあいながら聞いた。

「――だ、そうだ」

大迫はあぐらをかいた己の膝を叩いた。絲子の顔を覗きこむ。

「『ママにさわるな！』か。愛されてるなあ、絲子さんよ。十五も下の旦那にあれほど惚れられて、女冥利《みようり》に尽きるってのはこのことか？」

絲子は答えなかった。ただ片頬で薄く笑った。

「絲子さん、あんたは泥首の生まれじゃないよな？　故郷《くに》はどこだ」

「訊いてどうするの？　刑事さんが知りゃしない、中部のど田舎ですよ」

冷笑を浮かべたまま絲子は答えた。

「まあ、ここと大差ない場所だった、とだけ言っておきましょ。ヤクザとヒモとチンピラが、女の股で稼いでる街よ。でも五、六十年前には、どこにでもあったような街です。この国は、ちょっとこぎれいになりすぎじゃないかしらね」

「きれいな水じゃ、逆に住みづらいってわけか」

「そりゃ、濁った川でしか呼吸できない生き物もいますもの」

ふふ、と含み笑う。

「なんで泥首に流れてきた？」

「なんでって、ほかの娘《こ》たちと一緒ですよ。同じようにあちこちで行き場所を失《な》くした末に、『なな井』の女将と同じようにここに居着いたんです。それだけ」

「旦那に見初められて定住したか。死んだ旦那が、『千扇』の先代主人だったらしいな？」

「ええ。あたしより四十も上の旦那さまね。いい人でしたよ。お金持ってたし、あたしにべた惚れだったし、重い糖尿で老いさき短いのがわかっていたし」

「ちなみにあんたにとっちゃ何度目の結婚だ？　初婚のわけないよなあ」

「うふふ。そんな質問、レディに向かって失礼ですよ」

絲子がそらとぼける。大迫は口の端で苦笑した。

しかし二人とも、目はまるで笑っていなかった。見えぬ火花が、空気中に激しく散った。

「しかし、ひとつわからん」

大迫がゆっくりと首をひねる。

「なんであんたのような女が、根木達也を捨てなかった？　人殺しだとわかった時点で切り捨てなかったのはなぜだ？」

「へえ、刑事さんでもわからないことがあるんですか」

「わからんね。まさか本気で、やつごときに惚れていたわけじゃあるまい」

そのときだった。別室から戻った捜査員が、大迫の耳に低くささやく。

「なに？」

大迫が目を剝いた。

張りつめていた空気が壊れた。彼は絲子に顔を戻すと、愕然とした顔で言った。

「あんたら――実の母子《おやこ》なのか」

かたわらで幾也も思わず瞠目した。口の中で声を上げかけ、慌てて呑みこむ。

「女将が十五歳で産んで、すぐに養子にやった子なんだそうです」

さきほどの捜査員が小声で言い添えた。

「はあ……」

大迫は嘆息し、何度かかぶりを振った。しかし数秒で気を取りなおし、あらためて絲子と向きあう。

絲子がふっと息を吐いた。鬢《びん》のあたりを指で掻くと、

「そんなことまでしゃべっちゃったか。――まったくしょうがないね、あの子は」

くくっと彼女は喉で笑った。

「もうおわかりだろう。達也はああいう子だ。責任能力はないよ」

口調が急に崩れる。

「弁護士から精神鑑定を依頼させるからね。いままでだって、何度も医者に『脳波に異常がある』って言われてたんだ」

その言葉に取りあわず、大迫は膝を進めた。

「死んだ亭主は知ってたのか？　あんたに子どもがいるってことを」

「まさか。知らせてたら、もっと早く手もとに達也を引きとれてたさ」

「では『千扇』の先代だった亭主が死んだあとか。旅館の実権を握って、ようやく達也を呼びよせたんだな？　旅館があんたの天下になってからだ」

大迫は自分の言葉にうなずいてから、

「なぜ達也が息子だと隠していた？」

と尋ねた。

「なんでってそりゃ、あんな大きな子どもがいるなんて言えないでしょ。あたしは客商売なのよ？

お客が興ざめしちゃうじゃない」

絲子が流し目でしなを作ってみせる。

「だいたい息子は、我慢ってもんができない子だからね。あっちのとき、あっちのときの声も大きいし、相手があたしってことにしといたほうが、いろいろ都合がよかったのよ」

反吐《へど》が出そうな話だった。

絲子は平然と襟をかき合わせて、

「言っとくけど、九歳まではいい子だったんだよ」と言った。

「養子に出した先は遠戚でね、あたしもたまーに様子を見に行ってたんだから確かさ。人が変わっちまったのは、小四の夏休みに車に撥ねられてからよ」

「撥ねられた？　では、頭を打ったのか」

「しこたまね」

絲子はうなずいた。

彼女の話によれば、達也は頭部に重篤な打撲を負いながらも、知能に別状はなかったという。

「〝視床下部〟ってとこに傷ができたんだってさ。気取った医者がそう言ってた。『不定期な性欲の過剰亢進《こうしん》、理性と倫理の低下、顕著な情性欠如が見られるのはそのためだ』なんてね。……運が悪かったよ」

「運が？　どういう意味だ」

「だって頭を打ったって、なんともない子がほとんどじゃないさ。なのに、よりによってうちの子だけが……運が悪いったらないよ」

絲子は鼻柱に皺を寄せた。

「それから医者はこうも言ったね。『人格の成長及び、性的対象なども事故当時の感覚で止まっているとおぼしい』ってさ。あの子が高校生のとき、小学生の男の子にいたずらして、つづけざまに補導されたのよ。三度目の補導で医者にかかるよう勧められて、診断を受けたら、ずらずらっとそう言われたわけ」

「ではおまえは、達也が問題を抱えていると知っていたんだな。すべて承知の上で、泥首に——自分のもとに呼びよせたのか」

大迫が唸る。

気づけば〝あんた〟が〝おまえ〟に変わっていた。

「だからなに？　怪我のせいで、達也は理性のコントロールが利かないんだ。あの子のせいじゃない。ぜーんぶ脳の傷が悪いのさ。だってあの子は自分じゃあ、どうにもできないんだもの」

絲子は挑むように睨みかえした。

その視線を大迫が受けとめて、「十五で産んだと言ったな。父親は？」と訊いた。

「さあね。死んだんじゃない？　ラリラリのヤク中だったしね」

「情夫《いろ》だったのか？」

「あたしのじゃないよ。母親のさ。十一のときからヤられて、十四で妊娠したの。やっとの思いで産んだってのに、あいつら、産後すぐのあたしをソープに売りやがってね。ムカついたから、借金もなんもかんも踏み倒して逃げてやった。きっとヤク中野郎も母ちゃんも、ケツ持ちヤクザに追い込みかけられたろうよ。ふふ、ざまあみろだ」

投げやりな口調だった。

大迫が額を撫であげた。

「なるほど。そのとき産んだ子を、成功してようやく引きとったってわけだ。しかし苦労したわりに、よそさまの子どもはちっとも大事にできんかったようだな。おまえが達也に当てがって殺させた子どもたちにも、それぞれ命があり、人生があった。それについてはなんとも思わんかったのか？」

「はっ、偉そうに。あんたらだって、人のこたぁ言えないだろ」

うんざり顔で絲子は吐き捨てた。

「ポリコどもは二十年以上、気にも留めなかったじゃないか。この街から子どもが何人いなくなろうが、目も向けやしなかった。正義の味方ぶってるけど、本心じゃわかってんだろ？　この泥首には、いらない子どもが掃いて捨てるほどいる。あたしらはただ街を掃除してやっただけだ、ってね」

「いらない子か。――ケッ」

大迫が頬を歪める。

「いるかいらないかを決める権利が、おまえにあるかよ」

口調に、はっきりと嫌悪が浮いていた。

「先に言っておく。責任能力だなんだの言いわけは、おまえ自身には通用せんぞ。百パーセント確実に起訴、いや、有罪に持ちこんでみせる。警察の威信をかけてだ。おまえは人格にこそ問題があるが、すくなくともまっさらの正気だ」

「それは――」

絲子の口もとがはじめて引き攣れた。

「連れていけ」

大迫が顎をしゃくる。

捜査員二人が両脇から絲子を摑んで立たせた。引きずられるように、絲子が前線本部を出ていく。足袋の裏が薄汚れているのが、妙に目に付いた。

幾也がその背を見送っていると、

「しかし、根木か。……そうとわかってみりゃ、あの科捜研のプロファイルは出来すぎだったな」

大迫が低くつぶやいた。

「確かに」志波が同意する。

プロファイリングにはこうあった。

――子どもに声をかけても警戒されづらい。子どもと同レベルかやや上の感性で話すことができる。同年代からは幼稚で危なっかしい人物と見られている。

――社会的に無能と思われる。負け犬タイプ。

――幼稚なトラブルメーカーで、おそらく軽犯罪の前科か逮捕歴がある。喧嘩や危険運転などを繰りかえしがち。

「支配的な女と長く同居している、とも書いてあったな。支配的な女か、ふん。まさしく千川絲子にぴったりだ」

「〝支配権を確認するため、殺害現場もしくは遺棄現場に戻る傾向を持つ〟ともありました。和歌乃の母親を送ってくるという名目で、根木達也は絲子をともなって前線本部を覗きに来た。あれは、捜査の進捗を探るためだったんですね」

志波が相槌を打つ。

「累犯者ってのはたいてい、慣れからくる杜撰さと自惚《うぬぼ》れで自滅するもんです。とくに根木達也のような、自制心に乏しいやつならなおさらですよ。……だがなんのこたぁない。共犯者が管理してやがったんだ」

「ああ。根木一人なら、二十年以上も逃げおおせるのは不可能だったろう。根木がここまで跋扈《ばっこ》できたのは、ひとえに冷静な共犯者がいたおかげだ。十二分な胆力があり、知性があり、やつを完全に御せる絲子という共犯者がな」

幾也はスマートフォンに耳を付けた。

やはり静かだ。

しかし安堵は覚えなかった。逆に幾也の胸が、ざわりと波立った。

おかしい、と思った。

それは純粋な勘だった。刑事畑で培った勘だ。おかしい。いくらなんでも静かすぎる――と。

「さてと」

大迫が無線係に向きなおった。

「明弘宅からシキテンを引きあげさせるか。指揮本部には『ただちにマスコミ各社に一報を入れろ』と伝えてくれ。連続殺人犯を逮捕したこと、並びに犯人の姓名をテレビで発表させるんだ」

次いで幾也へ顔を向ける。

「三好、おまえは幼馴染みに……」

「ま、待ってください」幾也は彼を遮った。

「お言葉の途中、失礼いたします。しかし大迫補佐、なにか変です」

「変とは？　どういうことだ」

「さっきから、食堂の中が静かすぎるんです。スマホを通してなにも聞こえてきません。あまりに動きがなさすぎます」

「なに……」

大迫が言いかけたとき、新たな無線連絡が入った。

「大迫補佐！」

ＳＩＴの矢田野であった。

大迫は幾也に「待て」と手で合図して、無線に応じた。

「どうした」

「当隊で赤外線センサーを稼働させ、店内の動向をうかがっていました。人質およびマル対に、不審な動きがあります」

「動き？」

「床の上で、複数名がもつれているようです。現在進行形で起きあがる様子がなく、どうやら格闘していると思われます。危険です。早急に突入の許可を――」

その瞬間、四発目の銃声が轟いた。

## 9

「ト、トイレ、行かせて」

泣きそうな顔でそう訴えたのは、蓮斗だった。すがるように慶太郎を見上げている。

慶太郎がちらりと当真に視線を向けた。

だが当真は興味のかけらも示さなかった。

慶太郎は蓮斗をうながして立たせ、その背を押すようにしてトイレへ連れていった。

そのとき、司の背を奇妙な違和感が駆け抜けた。

一方、当真は和歌乃を凝視している。いまや見つめていることを隠そうともしない。

その双眸《そうぼう》に浮いているのは、あきらかに思慕や恋情のたぐいではなかった。ぎらつくような欲望のみだった。

――なんとかしなくては。

司はふたたび、目で武器を探した。

籠城がはじまってからというもの、おれはずっと下手を打ってきた。とんだ役立たずだった。だからこそ、これ以上失敗はできない。

――どんな手を使っても、和歌乃を守らねばならない。

当真の銃はあいかわらず背中に挿してあった。

しかしもてあそんでいたはずのバタフライナイフは、彼の手にはなかった。厨房から見えない位置、おそらくはカウンターに並んだストゥールのひとつに置かれているに違いない。

――隙を見てスイングドアを開け、そのナイフを奪えないだろうか。

司は考えた。そして即座に「無理だな」と打ち消す。

ナイフの場所が正確にわからないのではどうしようもない。当真に気づかれずに厨房を出られたとしても、ナイフを探す隙に撃たれて終わりだ。やはり頼りなくとも、手もとのキッチンばさみで襲うほかあるまい。

当真の横顔を睨みながら、司は自分がとるべき動きを脳内で組みたてた。

当真が和歌乃に気をとられている隙を突き、まずはスイングドアを突破して厨房から出る。当真に振りむく間を与えず、その背中へはさみを突きたてる。そして銃を奪う。銃で牽制《けんせい》しつつ、彼のバタフライナイフをも確保する――。

――できるだろうか。

イメージするのは簡単だ。

だが実行できるかと問われれば、まるで自信がなかった。

そもそも司は喧嘩慣れしていない。荒事といえば、暴れる酔っぱらいを数人がかりで取り押さえるか、暴力親父から逃げてきた子どもを守って盾になるくらいだ。自分から喧嘩をふっかけた経験すら一度もなかった。

――しかし、迷っている暇はない。

司はスマートフォンをミュートにした。厨房の抽斗を開け、底にそっと置く。自分が当真を刺すところを、幾也には聞かれたくなかった。静かに抽斗を閉めた。

拳銃の残弾はあと二発のはずだ。

当真は「当たるようになってきた」とうそぶいた。だがしょせんは素人である。一発目ははずす確率が高い。

――問題は、二発目だ。

そのとき当真に撃つ体勢が整っていたら。そして当真に迫った司が、はずしようのない射程距離内にいたなら。

――それでも、やるしかない。

司はキッチンばさみを握りしめた。

仕掛けるならば、慶太郎が不在のいましかなかった。

だがその思いは当真も同じだったらしい。慶太郎という邪魔者がいない、いまこそがチャンスだ――と。

和歌乃は壁を背に座っている。

当真が立ちあがり、ゆっくりと和歌乃の前にしゃがみこんだ。

「なあ」

猫撫で声だった。

「なあ。おまえ、よく見たら悪くねえツラしてるぜ」

当真は手を伸ばして、和歌乃の髪にするりと指を通した。

「な、――なによ」

和歌乃が体を引いた。

当真の様子がおかしい、と本能的に気づいたらしい。顔いろを変え、背を壁に押しつけて身をよじる。せいいっぱい気丈な声を出したが、その語尾が震えた。

「やだ、なに触ってんの。こっち来んなよっ」

「へへ、悪くねえ。……おまえ、処女か？」

当真は舌なめずりせんばかりだった。

「メス穴は汚ねえけど、処女なら別だぜ。まだ誰も突っこんでねえってことだもんな。なあ、おまえ処女かよ？」

「来んなってば」

避けようと体をねじり、和歌乃は当真の肩越しに司を見た。助けを求める目だった。怯えと恐怖に濡れた目だ。

当真の手が、和歌乃の乳房を無造作に摑んだ。力まかせの摑みかただ。和歌乃の口から「ひっ」と悲鳴があがる。

その刹那、司は走っていた。

体当たりでスイングドアを開ける。当真の背めがけて、はさみの刃を突きだす。

気配を察した当真が、咄嗟に振りかえるのがわかった。だが司は手を止めなかった。はさみの刃が、当真のひねった脇腹を抉《えぐ》った。

当真が声をあげた。

勢いのままに、司は彼を押し倒した。馬乗りにのしかかる。

真下の顔を目がけ、右の拳を叩きつけた。手ごたえがあった。もう一発叩きこんだ。無我夢中だった。

他人の顔面を拳で殴るのははじめてだ。

頭の中は真っ白だった。動作のすべてを脳内で組み立てたはずなのに、殴った瞬間に全部吹っ飛んだ。もはやなにも考えられなかった。

当真の手がもがき、なにかを探しているのが見えた。

銃だ、と司は察した。銃を求めて手を動かしている。反射的に、左手で当真の腕を押さえた。

その刹那、かん高い音が空気を裂いた。

和歌乃のスマートフォンからだ。アラームだった。司はびくりとし、一瞬動きを止めた。

当真はその隙を見逃さなかった。

司が気づいたときには、すでに当真の拳が顔面すれすれに迫っていた。

人中を狙った拳であった。体ごと避ける暇はなかった。司は顔をそむけ、すんでのところで急所を守った。しかし拳は、口の横に当たった。

口中に、どっと血の味があふれる。己の歯で頬の内側が切れたらしい。

真下から、当真に両手で胸を突かれた。司は体勢を崩してのけぞった。当真が素早く司の体の下から抜けだす。獣じみた俊敏な動きだった。

――はさみはどこだ。

無意識に手から放してしまったようだ。血を吐きだし、司は目で床を探した。落としたのか、放り投げたのか、まるで記憶にない。

――どこだ。

もう一度思った刹那、こめかみに重い衝撃を感じた。

視界が大きく傾《かし》いだ。司は床へ横倒しになった。

殴られたのだ、と一拍置いて気づく。逃げなければ、ともがいた。こんな無防備な体勢のままではいられない。

だが、手足の自由が利かなかった。こめかみへの一撃が脳を揺らしたらしい。すぐには回復しそうになかった。

当真がのしかかってくる。気ばかりが焦る。

まずい、と司はうろたえた。思考が恐慌で満たされた。

この展開はまずい。喧嘩慣れした当真にマウントを取られてはなすすべがない。自分と当真の体格は互角だ。はねかえせない。一方的に殴られるだけだ。

——何発、耐えられるだろうか。

司は歯を食いしばった。

耐えろ、と己へ言い聞かせた。耐えた時間のぶんだけ和歌乃を守れると思え、と。

だが限度がある。十発か、せいぜい二十発だろう。もしおれが失神してしまったら、そのあとは——。

だが当真は殴ってはこなかった。

代わりに彼は、司の喉に左手をかけた。ぐぐ、と手に力がこもる。喉に当真の親指が食いこむ。

司は身をこわばらせた。

——絞められる。

そうか、喧嘩は殴る蹴るだけじゃないんだ。ようやくそう悟った。経験の差がはっきりと出た。自分の愚かさが恨めしい。このままでは、やつに絞め落とされて終わりだ。

さらに喉への力が増した。

気道がひしゃげ、塞がれる。呼吸が詰まる。

「店長！」

和歌乃の悲鳴が聞こえた。だがもはや首をもたげることはできなかった。

苦しい。息ができない。ゆっくりと視界が狭まっていく。世界が暗くなる。

薄れる視界の中、司は当真が己の背へ右手をやるのを見た。戻した当真の手には、銃が握られていた。

銃身が迫る。真っ黒な銃口が突きつけられ、司の視界のほとんどを覆ってしまう。

鼻さきに、火薬が臭った。

——死ぬ。

司は思った。

死ぬのか。こんなところでおれは死ぬのか。

銃口の向こうに当真の顔があった。真っ赤だった。憤怒で首から上に血がのぼり、膨れあがっている。さらに顔面の下半分は鼻血で染まっている。

少年の双眸に、司は殺意を見た。まじりけない純粋そのものの殺意であった。

当真の指が引き金にかかった。

司は目を閉じた。

死を覚悟した。奇妙に、安らかな気分だった。

しかし銃声は聞こえなかった。いつまで待っても、聞こえなかった。

そろそろと司はまぶたを上げた。

なぜか銃口が、顔から逸《そ》れていた。自分にのしかかった当真の体が、ぐらりと揺れる。

ゆっくりと当真が横へ倒れていくさまを、呆然と司は見守った。

倒れるその背中に、不気味な角度で木製の柄が生えていた。

出刃包丁の柄であった。生えているのではなく、突き刺さっているのだ――。そう認識できるまでに、たっぷり十秒近くかかった。

「……け、」

司は呻いた。

「慶太郎……」

床にくずおれた当真の背後で、慶太郎が膝を突いていた。

ひどく現実感のない眺めだった。

蓮斗が和歌乃に駆け寄るのが見えた。

ほっ、と慶太郎が短い息を吐く。手に付いた血を、彼はTシャツの裾で拭った。

「おまえ……」

司は上体を起こし、数回咳きこんでから、言った。

「……お、おまえの、……考え、なんだな?」

出刃を抜いていないせいか、当真の出血は多くなかった。紙にインクを落としたように、じわじわ、じわじわと床へ染みだしていく。

その血を眺めるうち、司の脳裏にあった考えも確信に変わり、ゆっくりと胸に広がっていった。

「慶太郎――。おまえは、当真の……頭脳なんだ」

かすれた声が洩れた。

「まわりはおまえを当真の手下と思い、おそらくは当真自身も、そう認識していただろう……。だがおまえの考えで、当真はここに立てこもったんだ。そうだな?」

慶太郎の頰は強張っていた。陶器のような無表情だ。

その頰が、やがてふっと歪んだ。

「……ふだんから、言ってたんです」

慶太郎の声がこぼれた。

「ふだんから……『なにかあったら、やぎら食堂に立てこもるといいよ』って、何度も何度も、当真くんに吹きこんでました」

裾で手を拭きつづけながら、慶太郎はぼそぼそと言った。

「『あそこなら食べ物がいっぱいある。いつでも子どもがいるから、人質にも困らない』って。『もしなにかあったら』『なにかあったら』って、しつこく言いつづけた。当真くんは『なにかってなんだよ、ウゼえ』ってキレたけど……。結局はぼくが期待したとおり、ここに逃げこんでくれました。ねえ店長、こういうのを〝暗示をかける〟って言うんでしょ?」

貸してもらった漫画で読みました――。そう、慶太郎は薄く笑った。

「すべて、その暗示の成果か?」

司は問うた。

視界の隅では、当真が血を流して倒れている。助けねば、と頭の片側では思う。だがもう片側は麻痺していた。いましゃべっている自分の声すら、奇妙なほど遠かった。

「『投降してほしければ連続殺人犯を捕まえろ。そいつの名前を公表してからだ』との主張も、おまえのアイディアか？　警官から銃を奪ったことも？　もしかして、あの河原で目撃された発端から、すべてなのか？」

慶太郎はその問いには答えず、

「……去年の夏だ。覚えてますか？　店長」

と言った。

「去年の夏、楓太はいなくなった。あいつは、みんなから嫌われてました。でもぼくは好きだった。確かに手癖はよくなかったし、嘘つきだったけど、可愛いとこだってあったんです。ぼくは――ぼくは、弟みたいに思ってた」

慶太郎が司をまっすぐに見た。

この子と真正面から目を合わせたのははじめてかもしれない。司は思った。

いつも慶太郎は、おどおどと他人から視線をはずして生きてきた。だがいまは、別人のようだ。

――いや、こちらがほんとうの慶太郎か。

「慶太郎。おまえは、犯人を知っていたんだな」

呻きに似た声が洩れた。

「この街に子ども殺しの連続殺人犯がいることも、その正体も、ずっと前から知っていた。そうなんだな？」

「——あの人に声をかけられて、物陰に引っ張り込まれた子は、この泥首に、たくさんいます」

慶太郎は抑揚なく言った。

「でも、誰も気にしなかった。あの人のことも、急に消える子どもが泥首に何人もいることも。子どもがいなくなったあと、すこし経つと、決まって河原の一区画の土の色が、掘り起こしたみたいな色になることも……」

「なぜ——」

司は問いかけて、やめた。

なぜまわりの大人に訴えなかった、など愚問だ。答えはわかりきっていた。

「けど、ぼくも、人のこと言えないです」

慶太郎は目を伏せた。

「知っていたのに、自分さえ無事ならいいと思ってた。むしろ、自分が生きのびるたび、ほっとしてた。でも、それじゃ駄目だったんだ。そうとわかったのは——楓太がいなくなってからです」

「連続殺人犯は、誰なんだ」

司は尋ねた。慶太郎が答える。

「『千扇』の女将んとこの、ヒモ旦那です。達也さん」

さらりとした声音だった。

「ぼくも十二歳くらいまでは、達也さんに可愛がられてました。ごはんやゲーム代をおごってもらったり、薬を買ってもらったり……。でもぼくは、絶対あの人と二人きりにならないって決めてた。あの人と親しくなりすぎた子は、みんなある日、ふっと消えるって知ってたから。……和歌乃ちゃんにも、それとなく注意したこと、あるんです。和歌乃ちゃんはここらの子どものリーダーだし、彼女が言い聞かせれば、みんなも気を付けるようになるでしょ。でも彼女は達也さんの好みじゃなくて、声をかけられてなかった。だから、いまいちぴんと来なかったみたい」

慶太郎は薄く苦笑した。

奇妙なほど老成した笑みだった。

「でもその頃はまだ、カクシン――確信？　までは、いってなかったんです。それがカクシンになったのは、楓太がいなくなってからだ。あいつもいなくなる前、達也さんにべったりだったんです。やめろって、ぼくは何度も言いました。なのにあいつは聞かなかった。楓太のそういう、馬鹿でわがままなとこ、可愛かったけど……。やっぱり、馬鹿は馬鹿ですよね」

聞きようによってはひどい言葉だ。だが悪意は感じなかった。

むしろ、慶太郎の自嘲に響いた。

「そのあと、聖了がいなくなったって知って……。聖了にはゴメンだけど、チャンスだと思った。だから当真くんを誘って、あの朝、小笹川の河原に行ったんです。でも聖了が埋められてなかったのは、さすがにびっくりでした」

死体の様子を思いだしたのか、慶太郎は顔を歪めた。

司は口をひらいた。

「死体を発見して疑われたら、警官から銃を奪って、この食堂に立てこもる。そこまでが計画だったのか？　慶太郎、おまえは――」

　喉仏がごくりと動いた。

「……和歌乃ちゃんや芽愛を、傷つけるつもりはなかったんです」

　慶太郎が声を落とす。

「いまさら言っても、信じてもらえないだろうけど――、警察の人をあんなにひどく刺すとか、和歌乃ちゃんを襲おうとするとか、そこまで想像してませんでした。いつもの当真くんなら、ここまではしなかったんだ。……ぼくのミスです。当真くんが興奮して、テンパるってとこまで、予想できなかった」

「慶太郎」

「店長こそ、なんでわかったんです」

　穏やかに彼は問うた。

「なんで、ぼくの計画だってわかったんですか？」

「なんでって」

　すこし口ごもってから、司は答えた。

「当真は、確かに馬鹿じゃない。思考に瞬発力があり、場に応じて機転が利く。正直言って、おれもだまされかけた。……だが立てこもりが長引くにつれ、当真がおまえを呼び寄せ、相談する場面が多くなっていた」

　やつ一人では、計画外のことに対処しきれないからだろう――。司は言った。

「当真がおまえを無意識に頼り、おまえはおまえで当真をさほど重要視していないのが、だんだん透けて見えてきたんだ。それに当真のでたらめな過去は、おまえからの借り物だった。和歌乃の生い立ちを言いあてたのも、おまえからの情報がもとだった。となればおまえは当真の手足ではなく、〝頭〟と考えるのが自然だ」

短い沈黙が落ちる。

「……気づいてもらえなくて、いいと思ってた」

慶太郎は言った。

「たとえぼくの考えに気づかなくても、店長なら精いっぱい、人質の子どもを守ろうとしてくれるでしょ。それを期待したんです。店長はぼくが知ってる限り、一番頭がよくて、まともな大人だから」

慶太郎が目を細める。

「媚びて言ってるわけじゃないですよ。……ぼくは、店長に賭けたんだ」

照れたように笑う。

「この籠城劇を、おまえは長引かせたかったんだな?」

「うん。できるだけ、ことを大きくしたかった。ぼくたちはこの世にいないも同じだ。ぼくたちの声なんて、普通にしてたら誰も聞かないもん。でもテレビが騒げば、きっとみんなが聞いてくれる」

慶太郎の声は静かだった。

「大きな騒ぎになれば、偉い人たちが動くかもしれない。楓太がどうなったか調べてくれるかもしれない。ぼくを、父さんから引き離してくれるかもしれない。――だって何度施設に行っても、父さんに連れ戻されちゃうんだ。うんざりだよ。ぼく、学校に行きたい。馬鹿のままはいやなんだ。……勉強したい」

重い言葉だった。

「世間のみんなは、死んだ子どもにしか興味ない。生きてるうちは『自己責任』って言われるだけだ。死んではじめて、『かわいそう』って言われるんだ。そんなのはいやだ。同情されたって、死んだら意味ないじゃんか。生きてるうちに、ぼくは、ここから逃げたかった」

「そうか。わかった」

司はうなずいた。

ここまでしなければ、大人や世間は誰も自分の言葉に耳を傾けやしない。そう思いつめたのだ。この少年は。

「……慶太郎、投降しよう」

右手を彼へ差しだす。

「約束する。おれはおまえに不利な証言は、いっさいしない。もうすぐ殺人事件も解決するはずだ。投降して、当真を病院へ搬送させよう。おまえはおれを助けるために、やつを刺しただけだ。おまけに未成年だ。けっして重い罪には――」

声はそこで途切れた。

鼓膜のつぶれるような音が空気を裂いた。同時に、眼前の慶太郎が吹っ飛ぶのを司は見た。

銃声だ。撃たれたのだ。

司は座りこんだまま、目を動かした。

当真が銃を握っていた。

彼はあえぎ、唸っていた。その背にはやはり出刃包丁が突き立っている。たったいま撃った反動が、背中の刺創に響いたらしい。しかしあえぎながらも、当真はふたたび銃を持ちあげようとしていた。

司は呆然としていた。

動けなかった。すべてがスローモーションに映った。

銃口がゆっくりと上がり、司を狙う。

残弾はあと一発のはずだ。はずす距離ではなかった。当真の指が、引き金にかかる。

だが、その刹那。

「突入！」

引き戸が倒れ、紺の塊が店に雪崩れこんできた。

紺の制服をまとった、何十人もの警察官であった。

機動隊員なのか、ＳＩＴなのか、ただの警官隊なのかもわからない。だが当真が押し倒され、その手から銃が飛んでいくのはかろうじて見えた。

ガラスの割れる音。そのガラスを靴が踏みしめる音。めきめきと木材が割れる音。悲鳴。怒号。

そのすべてが津波のように押し寄せ、店内を呑みこんだ。

はっと気づいたとき、司は隊員に両腕を摑まれ、揉みくちゃにされていた。

視界のすべてが紺で埋まっている。

和歌乃と蓮斗の姿が見えない。当真も慶太郎もだ。首を振っても見あたらない。

「子どもを！　人質の子を！」

司は叫んだ。叫んだつもりだった。

だがその声はあたりの喧騒にかき消され、呑みこまれた。

体が傾ぎ、誰かに押し倒された。頰で床を感じた。冷えた床の上で、顔が縦にひしゃげる。

「慶太郎はどうした！　当真もだ、怪我してる！」

苦しい体勢のもと、司は叫びつづけた。

麻痺していた思考が、皮肉なことにいま完全にクリアだった。和歌乃。蓮斗。当真。慶太郎。目で探したが、一人も視認できなかった。

「おれはいい。いいから――子どもを頼む！　子どもたちを、先に！」

# エピローグ

## 1

司は両脇を隊員に抱えられ、支えられて歩いた。

ガラスや木材の破片が散乱する床に、壊れた引き戸が倒れている。割れ残ったガラスがわずかにこびりつき、桟が折れ曲がっていた。

その残骸をまたぐようにして、一歩、店の外へと出る。

外界はすっかり朝だった。

陽射しに目をすがめる。やけにすんなり喉を通る空気に驚く。閉めきっていた店内の空気は、こもってよどんでいたのだとはじめて気づいた。

斜め前方でフラッシュが焚《た》かれた。

司は眉根を寄せ、顔をそむけた。

だがフラッシュは止まなかった。それどころか、逆に増えた。

なぜこんなに明るいのにフラッシュを焚くんだ。そう抗議したかったが、声がうまく出てこなかった。

　フラッシュの向こうに、ずらりと居並ぶ警察車両が見えた。見慣れた『やぎら食堂』の駐車場が、パトカーとごつい警察車両と、警官の群れとで埋めつくされている。温泉宿に食材を配達する運転手がトラックを停められるよう、食堂の駐車場は広めに造ってあった。その敷地がいまや、人と車でいっぱいだ。さらにイエローテープの向こうには、マスコミと野次馬が固まっている。

　こんなふうになっていたのか。司は他人事のように思った。テレビ越しに眺めていたのとは大違いだ。表には、こんなにもたくさんの人がいたのか。野次馬のざわめきも、中にいたときはほとんど聞こえなかった。いや、当真の声にのみ集中していたからだろうか。

　さかんに焚かれるフラッシュで網膜が焼けた。光の残像で、視界がまだらに染まる。

　口もとにマイクが突きつけられた。司を抱えた隊員が、無造作にそれを押しのけた。

「いまのお気持ちは?」

「ご感想は?」

「犯人の少年と話しましたか?」

　犯人? なんの話だ? 司は顔をしかめながら思った。

　連続殺人犯は大人の男だぞ——。そこまで考えて「ああ、立てこもり事件の犯人か」と気づく。

そうだった、慶太郎は犯人で、おれは被害者ってわけか。

ふと、自分の手が目に入った。拳頭が傷つき、乾きかけた血がこびりついている。おそらく当真を殴ったときにできた傷だろう。

フラッシュでまだらになった視界の向こうに、救急車が停まっていた。

慶太郎と当真が搬送されていく。

無事かどうかはわからなかった。慶太郎が、どこを撃たれたのかも不明のままだ。

――二人とも、助かってくれ。

ただそう願った。当真への恐れと憎しみは、拭ったようにかき消えていた。

ふたたび口もとにマイクが突きだされる。ほとんどなにも考えず、反射的に司はそのマイクを摑んだ。

「いまのお気持ちは？」

マスコミの記者らしき男の声がした。

「気持ち、は――……」

司は唇を舐めた。だが舌は乾いてごわつき、ほんのすこしの湿りけもなかった。

右側の隊員が腕を引いて「行きましょう」と急かす。

司は足を踏ん張り、

「すこしだけ」

と小声で訴えた。隊員たちの腕の力が、わずかにゆるんだ。

「おれ、いや、わたしの気持ち、より――」

司は口をひらいた。

「伝えることが、伝言が、あります。立てこもりの、従犯の子からです」

嗄《しやが》れていて、自分の声ではないようだった。

「彼は……その少年は、わたしに言いました。〝世間は、死んだ子どもにしか興味がない。死んではじめて、『かわいそう』と言ってもらえるんだ。そんなのはいやだ。自分の声を、みんなに聞いてほしかった〟と」

清すぎる空気が、吸いこむたび喉に染みた。

「それから彼は、こうも言いました。学校に行きたい、馬鹿のままはいやだと。勉強したい、と。――さいわいにもわたしは、親のおかげで大学へ行けました。だから、知っています。学ぶことは、別世界を知ることです。よりよい世界へ、自分を運んでいくことです。従犯の彼も、それをわかっていた。しかしわたしたちの街には、現実として、学校に行けない子たちがたくさんいます。小学校さえ通えず、常用漢字も読めず、自分の住む狭い世界しか、知るすべのない子どもたちです。彼もその一人でした。彼、は――……」

司は絶句した。

それ以上、言葉が出てこなかった。

自分にはなにも付け足す権利がないと思った。慶太郎の言葉を伝える、それだけで充分だった。

「あの子がそう口にした意味を考えてください」だの、「受けとめてください」だのと訴えるのは、あまりに空疎だった。

司は右の隊員にかぶりを振り、

「すみません。……もういいです」

と伝えた。

隊員たちがふたたび、司を抱えて歩きだす。

駐車場の端に張られたテントが見えた。その前で和歌乃と蓮斗が、それぞれ母親と抱き合っていた。

蓮斗は、赤ん坊のように顔を真っ赤にして泣いていた。

和歌乃もまた、両腕で母親にしがみついていた。その肩や背が嗚咽で震え、大きく波打つ。堰が切れたような、無防備な泣きかただった。母親がその背をやさしく撫でる。

肩に毛布がかかるのを、司は感じた。

おそらく警官だろう。振りかえって礼を言おうとした。だが声は喉で固まり、目は和歌乃たちに吸い寄せられて動かなかった。

みぞおちのあたりから、問いがこみあげてくる。

己への問いだった。

——おれはまだ、あいつらにメシを作って食わせたいだろうか？

和歌乃と蓮斗だけではない。当真や慶太郎にもだ。泥首の子どもたちすべてにだ。

以前とまったく同じ気持ちで、おれは、店を再開することができるだろうか？

答えはすぐに出た。

——いますぐにでも、作りたい。

淡い風が吹きつけ、司の頬を撫でた。

夏の匂いを残した陽射しが、頭上からまっすぐに降りそそぐ。

警官の手が、彼の背をそっと押した。司もこれから病院に搬送され、そこで数日保護されることになるらしい。「いくつか簡単な検査があります」と説明する救急隊員に、司は無言でうなずいた。

群生の茴香《ういきょう》が、なぜか一瞬、きつく香った。

## 2

籠城事件から、約半月が経った。

あのあと司は、救急車で市立病院へ送られた。検査の結果、とくに異状はないとされ、家に戻されたのは二日後のことだ。

ＳＩＴに突入された店内はめちゃくちゃだった。

カウンターやテーブルは壊れ、椅子は踏み割られ、床は泥の足跡だらけでひどい有様である。しかし二階の住居部分は、寝るには問題なかった。

司は裏の外付け階段から二階にのぼり、泥のように眠った。病院ではついぞ得られなかった、深く濃い睡眠であった。

目を覚ますと、夜だった。

ドアノブにはビニール袋がいくつも掛けられていた。退院を知ったのだろう、『野宮時計店』の店長夫婦をはじめ、『かなざわ内科医院』の院長や、常連たちからの差し入れである。

保冷剤とアルミホイルで包んだおにぎり、フルーツの缶詰、ゼリー飲料、缶ビールなどだ。どれもありがたくいただいた。


そうしていま司は、幾也とともに県庁前の喫茶店にいる。

出渕ひまりの墓参の帰りだった。

彼女の遺骨は母方に引きとられ、母方祖父母とともに永眠していた。

喫茶店はごく小体な店構えである。L字型のカウンターと四人掛けのテーブル席が三つあるきりだ。ジャズだろうか、ゆるくピアノの音が流れていた。

九月もそろそろ終わりだった。しかしいまだ蒸し暑さはつづいている。うなじの汗を、司はおしぼりで拭った。

「……間瀬当真も渡辺慶太郎も、来週には退院できるそうだ」

幾也がアイスコーヒーのグラスに、ポーションミルクを注ぐ。

「そうか」

司は短く答えた。

あのとき発射された四発目の弾丸は、慶太郎の左肩を貫通した。そして慶太郎が突き刺した包丁は、当真の肝臓を傷つけていた。

どちらも命にかかわる重傷ではなかった。二人とも〝殺人犯〟の十字架を背負わずに済んだわけだ。

取り調べのあと、二人は家裁の審判を受けることになるらしい。

当真の少年院行きと、長期収容はまず間違いなかった。そこで暴力防止および、性非行防止指導の矯正プログラムをほどこされていくのだろう。

しかし慶太郎の処遇がどうなるのかは、まだ不透明だった。同じく少年院送致か、もしくは保護観察で済むか。これればかりは裁判官の裁量次第であった。

「マスコミ各社が、慶太郎に接触したくてうずうずしてるとさ」

幾也が低く言う。

「なんとかしてインタビューを取れないかと、しつこく病院のまわりでとぐろを巻いてやがる」

「そうか」司は繰りかえした。

幾也がアイスコーヒーをストローなしで一口飲み、

「おまえのせいだぞ」

と笑った。

「だな。おれのせいだ」

司は殊勝にうなずいた。

解放された瞬間に司が発した〝従犯少年からの伝言〟を、テレビや週刊誌は予想以上に取りあげてくれた。

「学校に行きたい。生きる権利と学ぶ権利がほしい」

というシンプルな慶太郎の訴えは、日本を教育先進国と信じ、識字率の高さを誇ってきた〝良識ある人びと〟に、なにがしかのショックを与えたらしい。

とくに朝昼のワイドショウは、十日以上にわたって籠城事件を取りあげた。

泥首についていて「チャウシェスク政権が倒れた直後のルーマニアのようだ」と言いはなち、大いに顰蹙《ひんしゆく》をかった評論家までいた。

はたまた国内最大の匿名掲示板では、

「いまどきどんな街だよ。昭和中期かよ」

「ヤラセくせー。またマスゴミの仕込みじゃねーの」

という冷笑と、

「いや、ああいう街はまだあちこちに残ってるって」

「残ってるっていうか、貧困と格差拡大で昔に逆行してる感じ」

などの意見とが渦巻いた。

――とはいえ、いかに大衆が騒ぎ、マスコミが叩いたところで即効性はない。

この国の舵《かじ》は、そう容易に行きさきを変えない。世論が多少動いたところで、泥首の現状がすぐさま変わるはずもない。

だが亀の歩みだとしても、問題提起はできた。すこしずつ新しい風が吹きこんでくれるのではないか。そう司は期待していた。

「ところで、千川絲子は元気か」

司は向かいの親友に尋ねた。

「いたって元気だ」

幾也がうなずく。

「息子の達也はべそべそ泣いてばかりだが、女将はしれっとしたもんだよ。歴戦の取調官《シラベカン》を毎日うんざりさせている。おれたちが知ってるとおりの、ヤベぇ女だ」

担当の取調官は県警でも選りすぐりの、落としのプロをわざわざ別班から呼びよせたという。

「おまえは最初から、なにもかも知っていたんだな？」

取調官はそう絲子に問いただした。

「いや、それどころかおまえは積極的に獲物を探し、達也にあてがっていた。織田を手足のように使い、蒲生たちに女や子どもを斡旋して目をつぶらせ、二十年以上にもわたって泥首の子どもたちを毒牙にかけてきた。そうだな？」

「あの子には、誰かをあてがう必要があったんです」

絲子は真顔で答えた。

「そうしなきゃ、そこらの良家のお坊ちゃんが襲われてたかもねえ。スイッチが入ったときのあの子は、止めたって止まりゃしなかったもの。ある意味あたしは、あんたらの息子や孫を守ってきたんだよ？　感謝されてもいいくらいだね」

うそぶいた絲子の目は、嘲笑で光っていた。

舌や下着のコレクションは、むろん達也のものだった。しかし遺体を漂白剤で洗うなどの偽装工作は、絲子の発案であった。

達也の供述によれば、

「被害者たちはすぐ殺してしまうときもあれば、監禁が長引くときもあった。最長で、二週間くらい監禁した」

だそうだ。

また小笹川の河原からは、現時点でさらに二遺体が発見されている。

大半の被害者は達也によって責め殺された。しかしまだ息があり、「どうせ顔を見られたから」と絲子が手を下したこともあったという。

とはいえ絲子自身は、

「達也の言うことを鵜呑みにしないでください。あの子は、まだ子どもなんですよ。空想と現実の区別が付いてやしないんだ」

と現在も、のらりくらりと尋問をかわしつづけている。

だがそんな〝鉄の女〟も、一度だけ声を荒らげたことがあったそうだ。

「あんな馬鹿息子がそれほど可愛いかね。ふん、うるわしい母子《おやこ》愛ってやつか？」

とわざと挑発してみせた取調官に、

「はぁ？　なにがおかしいんだよ」

絲子は顔いろを変え、食ってかかったという。

「自分の子が可愛くて悪いか。てめえが産んだたった一人の子どもを守って、何がおかしいってんだ。あたしはね、江美子たちみたいな腐ったやつらとは違う。ビール一箱で子どもを売る糞になるくらいなら、わが子をかばって死刑台《バタンコ》に吊るされたほうが、なんぼかマシだね」

と――。

テーブルに、司の注文したジンジャーエールが届いた。

「……で、幾也。磐垣署のほうは落ちついたか？」

「まだざわついてるよ」

幾也はかぶりを振った。

「とくに生安課は大騒ぎだ。県警の監察官が毎日出入りして、数十年ぶんの書類をひっくりかえしている」

司は入院中で観られなかったが、籠城事件の翌日、県警はマスコミを集めての謝罪会見をひらいたらしい。磐垣署生活安全課の腐敗ぶりについてであった。

県警の管理職はもちろん、磐垣署署長と生安課長が出席し、記者たちの前で深ぶかと頭を下げた。しかし署長や担当職員はそれぞれ減給二箇月という、ごく軽い処分に終わったという。

「なにしろ元凶の蒲生忠弘が、十六年も前に退職してるからな。責任のほとんどを、やつにおっかぶせたかたちだ」

蒲生忠弘は、磐垣市長の後援会長をひっそり辞任した。

また弟の明弘については、当時の児童買春は時効が成立しているものの、現在も彼の自宅五キロ圏内で〝児童への声かけ事案〟が多発しているとわかった。今後、余罪を追及していく方針だそうだ。

「生安課は、来春に異例の大異動が予定されている。膿をあっちこっちへ分散させて、濁った川を浄化していこうって計画だな。それまでは監察官が、睨みを利かせて見張りつづけることになる」

幾也はようやくストローの袋を破って、

「そっちはどうだ。和歌乃たちはどうしてる？」と訊いた。

「おおむね大丈夫だ」

司は請け合った。

「心菜や蓮斗はまだ、夜中にうなされたりと後遺症が残っているがな……。市立病院から、ＮＰＯ

の無料カウンセリングを紹介してもらえた。芽愛も加えて三人で、週イチで通うことになったよ」

「和歌乃は？　あの子は長くあの場にいて、一番しんどい立場だったろう」

「行政側もそう思ったらしい。和歌乃に重篤なＰＴＳＤ症状はまだ出ていないが、今後どうなるかわからんからな。あの子だけ、別のプログラムを受けると決まった。こちらは心療内科で、やはり無料だそうだ。こう言っちゃなんだが、行政が役に立つのをはじめて見た気がするよ」

司は苦笑した。

「結局、慶太郎の言うとおりだったな。『ことを大きくしなきゃ、なにひとつ世間さまは動かない』んだ……」

ジンジャーエールを啜る。生姜の風味が濃かった。おそらく自家製だろう。

——そのうちおれも、カウンセリングを受けたほうがいいな。

そう司は思った。

自覚はある。確かにあのときのおれはおかしかった。緊張状態がつづいたせいか神経がささくれ立ち、目の前の間瀬当真が底知れぬ怪物に思えてならなかった。

確かに当真はずる賢く、タフで凶暴な不良だ。手ごわい相手と言えた。

——だが、しょせんは少年だった。

怪物などではなかったと、いまならわかる。当真もまた、慶太郎という頭脳がなければ生きていけない、か弱い存在だった。大人に庇護《ひご》されるべき対象であった。

どうか少年院の矯正プログラムが有効であるように、と司は祈った。

父親の影響をまともに受けて育った当真の倫理観とジェンダー観は、齢《よわい》十五にしてすでに歪みきっていた。しかし希望を失ってはいない。当真を父親から引き離し、泥首に戻すことさえなければ、きっと――と思っていた。

「昨日も、和歌乃が店に来たんだがな」

司は笑みを作って言った。

「『店長、あたしも本読みたい。今度あたしに漢字教えてよ』なんて言われたよ」

「あの子がか」

幾也が目を見張る。

「ああ。『漢字が読めなきゃバイトもできないじゃん。本一冊くらい、最後まで読めるようにならなくちゃね』だとさ。おれは嬉しかったんだが……例の、匿名掲示板の面々が聞いたら笑うかな」

「うん?」

どういう意味だ、と幾也が目で尋ねてくる。

司は答えた。

「いや、うがちすぎかもしれんが、思ったんだ。当真たちがこれほどの大事件を引き起こして――交番員の首を切りつけて銃を奪い、食堂に立てこもって、何百人もの警官と捜査員を振りまわしたってのに、おまえらが得たものはそれだけか。ガキ一人が『本が読みたい。漢字が読めなきゃ』と決心したっていう、たったそれだけか――? なんて、笑われるかなってさ」

「いいじゃないか」

幾也が微笑した。

「もしそうだとしても、おまえは満足なんだろう?」

「ああ」

司はうなずいた。

「なら、いいじゃないか」

「そうだな」

幾也の言うとおり、司は満足だった。

慶太郎は「馬鹿のままはいやだ」と言った。和歌乃は「漢字が読めなくちゃ」と言った。どれも泥首のような環境に置かれた子どもたちにとっては、なにより重要な第一歩と言えた。

ものごとは〝第一歩〟がなければなにもはじまらない。すべてはここからだ。そう信じていた。

「本と言やあ、おまえの親父さんはどうした？」

幾也が問うた。

「一昨日まで、こっちに戻ってたんだろう」

「ああ。店がぶっ壊れちまったからな。むろんあらかた国が補償するだろうが、その他保険の手続きやらなんやらを手伝いに来てくれたんだ。取れたての茄子《なす》とピーマンを袋にどっさり入れて、バスを乗り継いでやってきた。真っ黒に日焼けしてたよ」

それで面白いことが――。言いかけて、司は噴きだした。

あの日、当真が店を急襲した際、いち早く逃げだしたピンクコンパニオンのユキのことだ。ユキは退院した司を見るやいなや、

「よかったよお」

と顔をぐしゃぐしゃにして抱きついてきた。

「店長が死んじゃったら、誰がうちの子たちに焼きそば作ってくれんのさ。あたし、料理全然できないんだからね」

その後もユキはしばしば司の顔を見にきた。しかし司の父を見た途端、

「やだぁ！　超好み！」

飛びあがって彼女は叫んだ。

「店長もいい男だけど、お父さんはもっといいわ。超ストライクど真ん中。ねえ店長、新しいお母さんほしくない？」

そんなユキの猛攻をかわし、用事を済ますと、父はふたたび田舎に帰っていった。

「いまは『三体《さんたい》』と『神州纐纈城《しんしゅうこうけつじょう》』を交互に読んでるんだ。やっぱり読書はいいぞ。慶太郎くんにも、いつかお薦めの本を贈ってあげよう。……あ、おまえに新しいお母さんはあげられんから、そこはすまんな」

だそうであった。

喫茶店にしばし、司と幾也のくすくす笑いが満ちる。笑いがおさまる頃、ふっと幾也が言った。

「――刑事課に戻れるよう、総務に異動願を出した」

静かな声だった。

「通るかどうかは、もちろん不明だがな」

「そうか」

首肯して、司はスタンドからメニューを抜いた。

「やっぱり腹が減った。なにか食うかな」

ひらいたメニューに目を落とす。

「ええと、軽食メニューは……ホットサンドにグラタンだけか。いいじゃないか。こういう店の軽食は、たいがい美味いんだ」

だがどっちを頼むべきか、と迷う司に、

「なあ」

幾也が言った。

「なあ、考えたんだが——おれは梨々子ちゃんを、本格的に捜しはじめようと思う」

司はメニューを閉じ、顔を上げた。

「もちろん勤務しながら、その余暇を縫ってだ。成果が出るかはわからん。見つかる見込みも薄い。だが、やりたいんだ。このまま一生なにもせず、死にぎわに後悔したくない」

「……わかった」

真正面から幾也を見て、司は首肯した。

「協力する。おれにできることがあれば、なんでも言ってくれ」

「なんでもか」

「ああ」

「じゃあ、いまのうちに言っておく」

幾也がにやりとした。

「もし梨々子ちゃんが生きていたら——元気だったら、おれはその場でプロポーズするかもな。そしたらおまえは黙って見てろ。今度こそ邪魔するなよ」

「おい、おれがいつ邪魔したよ。人聞きの悪いこと言うな」

司は笑った。

「おまけにあつかましいぞ。なんで梨々子ちゃんがフリーだと決めこんでやがる。彼女はいい子だったから、絶対モテるぞ。いま頃は国語教師か、いや作家かもな。とっくに結婚して子どもがいて、幸せの絶頂かもしれん」

「ああ」幾也が目を細める。

「――だったらいいな。それなら、最高だ」

「だよな」

司もうなずいた。

「最高だ」

窓から初秋の陽《ひ》が射しこんでくる。

「もし梨々子ちゃんに子どもがいたら、おれの作ったメシを食ってもらいたいよ。もちろん彼女にもな」

つぶやきながら、司はグラスを見下ろした。

ジンジャーエールのこまかい泡が、底からあえかに立ちのぼる。

脳裏に『ふたりのイーダ』のフレーズが浮かんできた。〝いのちの流れというもんがあるようにわしは思う〟ではじまる、例の一節だ。

命とは泡のようなものだ。

司も幾也も梨々子も、そして当真も慶太郎も、泡のひとつに過ぎない。

いずれ命が尽き、大いなる時の流れにともに呑まれて還ってゆく。だからこそ、命は等しくいとおしい。

——帰ったら、明日の仕込みをしなくちゃな。

そろそろ里芋や栗が美味しい季節だ。揚げ里芋や栗ごはんは子どもたちも喜んで食べる。つぶしてコロッケにしたり、栗入りの治部煮《じぶに》にするのも悪くない。

ほんとうなら、おれみたいなやつはいないほうがいい。

おれがいなくても、子ども食堂なんてなくても、すべての子どもが腹いっぱい食べられる、それが当たり前の社会になるのが一番いい。

それはわかっている。しかし現実には、明日も店に子どもたちがやって来る。

皿洗いをし、掃き掃除をして、「玉子丼ひとつ」と頼む子たちが訪れる。その子たちがいつか途切れる日を夢見ながら、彼は厨房で毎日鍋を振るうのだ。

——夢は、いくつあったっていいもんだ。

献立を頭の中で組みたてつつ、司はメニューに目を落とした。

## 引用・参考文献


『ふたりのイーダ』松谷みよ子　講談社青い鳥文庫
『警視庁科学捜査最前線』今井良　新潮新書
『警視庁捜査一課特殊班』毛利文彦　角川書店
『犯罪者プロファイリング　犯罪を科学する警察の情報分析技術』渡辺昭一　角川oneテーマ21
『FBI心理分析官　異常殺人者たちの素顔に迫る衝撃の手記』
ロバート・K・レスラー&トム・シャットマン　相原真理子訳　早川書房
『ケースで学ぶ犯罪心理学』越智啓太　北大路書房
『捜査心理ファイル　捜査官のための実戦的心理学講座　～犯罪捜査と心理学のかけ橋～』
渡辺昭一編　渡邉和美・鈴木護・宮寺貴之・横田賀英子　東京法令出版
『「非行」は語る　家裁調査官の事例ファイル』藤川洋子　新潮選書
『「警察組織」完全読本』ふくろうBOOKS
『残念な警察官　内部の視点で読み解く組織の失敗学』古野まほろ　光文社新書
『警察用語の基礎知識　事件・組織・隠語がわかる!!』古野まほろ　幻冬舎新書
『事件でなければ動けません　困った警察官のトリセツ』古野まほろ　幻冬舎新書
『テロリズムへの敗北　ペルー日本大使公邸占拠事件の教訓』石川荘太郎　PHP研究所
『ヤクザ・チルドレン』石井光太　大洋図書

**初出**
「小説すばる」二〇二一年九月号〜二〇二二年八月号
本作品はフィクションです。実在の個人、団体とは関係がありません。

ブックデザイン
坂野公一（welle design）

カバー写真
Adobe Stock

櫛木理宇（くしき・りう）

一九七二年新潟県生まれ。

二〇一二年『ホーンテッド・キャンパス』で第十九回日本ホラー小説大賞・読者賞を、『赤と白』で第二十五回小説すばる新人賞を受賞してデビュー。

著書に〈ホーンテッド・キャンパス〉シリーズ、『死刑にいたる病』、『鵜頭川村事件』、『虜囚の犬』、『氷の致死量』などがある。

著者　櫛木理宇《くしきりう》
発行者　樋口尚也
発行所　株式会社集英社
東京都千代田区一ツ橋二-五-一〇
〒一〇一-八〇五〇
電話　〇三-三二三〇-六一〇〇（編集部）
〇三-三二三〇-六〇八〇（読者係）
〇三-三二三〇-六三九三（販売部）書店専用
印刷所　凸版印刷株式会社
製本所　加藤製本株式会社



二〇二三年五月一五日　第一刷発行

# 少《しょう》年《ねん》籠《ろう》城《じょう》


ISBN978-4-08-771827-0 C0093
定価はカバーに表示してあります。

# 櫛木理宇『赤と白』

冬はどこまでも白い雪が降り積もり、重い灰白色の雲に覆われる町に暮らす高校生の小柚子《こゆず》と弥子《やこ》。同級生たちの前では明るく振舞う陰で、二人はそれぞれが周囲には打ち明けられない家庭の事情を抱えていた。そんな折、小学生の頃に転校していった友人の京香《きょうか》が現れ、日常がより一層の閉塞感を帯びていく……。絶望的な日々を過ごす少女たちの心の闇を抉り出す傑作長編。

**集英社文庫　第二十五回小説すばる新人賞受賞作**